吕新作品系列

我理解的青苔

吕新/著

山西出版传媒集团 北岳文艺出版社
BEIYUE LITERATURE & ART PUBLISHING HOUSE
·太原·

图书在版编目(CIP)数据

我理解的青苔 / 吕新著.—太原:北岳文艺出版社,2018.1
(吕新作品系列)
ISBN 978-7-5378-5387-3

Ⅰ.①我… Ⅱ.①吕… Ⅲ.①中篇小说—小说集—中国—当代 Ⅳ.①I247.5

中国版本图书馆CIP数据核字(2017)第266688号

书名:我理解的青苔
著者:吕　新

策　　划:续小强
责任编辑:马　峻

项目统筹:马　峻
装帧设计:张永文
印装监制:巩　璠

出版发行:山西出版传媒集团·北岳文艺出版社
地址:山西省太原市并州南路57号
邮编:030012
电话:0351-5628696(发行部)　0351-5628688(总编室)
传真:0351-5628680
网址:http://www.bywy.com　E - mail:bywycbs@163.com
经销商:新华书店　印刷装订:山西人民印刷有限责任公司

开本:890mm×1240mm　1/32　字数:173千字
印张:8　版次:2018年1月第1版　印次:2018年1月山西第1次印刷
书号:ISBN 978-7-5378-5387-3
定价:38.00元

目录

南方旧梦

起义者在一个夏日的拂晓时分占领了河对岸那座烟雨迷茫的瓷器城。其时，守城的将军带着眷属及其部分随从早已逃之夭夭，留下了满街破碎的陶片。

码头上和火车站前的广场上一片废墟，到处都挤满了逃亡的人潮。昔日的一些在风中舞动过的旗帜都卷曲在泥泞的地上，深浅不一的马蹄声从上面纷纷越过。商人们的手里提着苦心经营了多年的皮箱，仓皇如鱼地穿过黎明时的广场，穿过由儿童和妇女组成的一道道人墙，逃亡在阴雨连绵的季节里。

从码头上望去，雨中的石级重重叠叠，正在重复增加。瓷器城青砖的城门高高在上，城头上的野草遮住了昔日的垛口。

城内的街角处，一部分奉命执勤的士兵荷枪实弹，冒着黎明中蒙蒙的细雨，在阴晦的紫红色的天空下面徘徊，观望。瓷器城古老的市井格局和水乡特征使那些来自北部山区的士兵们都大为惊讶，并由此对这个潮湿而陈旧的地方萌生了浓厚的兴趣。在一些临街的高而窄的窗户上悬挂着众多的陶瓷面具和坚实耐久的古玩，城中的某些局部的地方让人想起旧式器皿上的那种光泽黯淡、意境玄妙的手工彩绘。

天空放亮以后。司令部的卫队开到了街上，执勤官操着浓重的太行方言，士兵们的脚下踏着满街零碎的陶片、玻璃和衣物，他们看见初现的朝霞使这座昔日的阴晦而年久的瓷器城蒙上了一种神话的色彩和意义。

一

几十年前的一个骨质疏松的夜晚，我的朋友梁邦在他的那间有着淡蓝色墙壁的厢房里去世了。梁邦永远地闭上了他的那双苍白的眼睛，因此，最初的一些情形已无法再现。

那天夜里，他喂养多年的那只画眉早早地睡着了，他的妻子夏淑云正倚在窗前读一本“新月社”的旧杂志。月光从对面拱形的屋脊上照进来的时候，有一只手正揽在她的腰间。那只手的指甲与她的开司米毛衣有着同样的一种颜色。夏淑云怀念昔日的旗袍和手镯，她总是频繁地日复一日地梦见《蝴蝶》开头的第一章和子夜时分的狐步舞。

梁邦去世后，有好多年我没有她的消息。曾听说她一直孀居在家，足不出户，每天只靠读书与睡觉打发时光。又听说她委身于一位声名显赫的将军，已更名为费丽夫人。这一准是那位将军的主意。

有一天她忽然打电话给我，电话里传来她冰凉如水的声音。她说，给我说说南方吧，讲讲那里的事情，我现在厌倦了任何的书籍。

那个天气阴晦的午后，我见到了她——费丽夫人，她已不再是昔日的那个夏淑云了。她的隐现在一身黑纱裙里的肢体依然苗条漂亮。她与我说话的时候，手里一直摆弄着一块青色的陶片。后来，又换了一块黑色的。

她说这是她的习惯。

我记得以前的那些年，她从来没有过这种习惯。

晚些时候，她告诉了我很多事情。

她说几年前被囚禁于南方监狱里的那个刀条脸的人是梁邦的祖父。同室中的另一名囚犯刘文治在几年之后的一个黄昏里，曾经独自去造访过一个女人。刘文治始终清晰无比地铭记着那一带的地形和四周房屋以及树木的格局，最令人印象深刻的是那附近有一座鸭蛋形的山岗，岗上是沉静的红色的沙子。时隔一年之后，当刘文治再次路经那里时，他发现眼前的一切已面目全非了。他现在看到的是一片摇曳着众多芦苇的水，水边有一位放鸭子的老太太。一年前的那些房屋和山墙，还有那座山岗上的红色沙子全都不见了。那一瞬间，刘文治觉得自己像是在做梦，做了一个为时一年的梦。梦醒之后，他站在水边，看着那位满脸皱纹的白发苍苍的老太太。他询问老太太，询问一年前的那些房屋和那些红色的沙子。他询问老太太的来历，他说他记得这一带当时只有一条细细的水沟，水沟里除了青蛙，再什么都没有了。他还记得水沟的后面有一些窄窄的房子，当他望着那些房子的高高的尖顶时，有人告诉他说那是一些骨牌制造者们居住和工作的地方，每到深夜，便听到从那些房子里传出阵阵笑声和哗啦哗啦的洗牌的声音。

老太太心平气和地望着水面，望着那一群状如岛屿的鸭子。老太太告诉他说，她在水边生活了七十年了，从小到大一直在这里放鸭子，有时也去湖心里采一些红菱或莲子。老太太让他看看水边的那些低矮古老的木头屋子，木屋的里外都显示出一种颠扑不破的岁月的痕迹和标志。

一年前。那位清瘦如梅花的女人正在她的床上用一副扑克牌算命，她的丈夫原来是一名武官，但酷爱表演艺术，曾多次为濒临灭绝的“绿岛剧社”四处奔走，筹集款子。几年后，他患猩红热离开了军队。他的印章用蓝绿两种颜色的玉石构成，制造者就是那个“绿岛剧社”里的一名盲人琴师。琴师的妹妹是一个评弹艺人，一生怀抱一只琵琶浪迹于江南城乡。她的一位师姐为一名旅长生下一个男孩，不久之后，便削发为尼了，隐身于狼山之中的清风庵。其时，驻扎在盆地边缘的一支杂牌军发生了哗变，旅长青云直上。

那个白皙斯文的会弹钢琴的小男孩后来成了一名忠于职守的典狱长，终日衔着一支粗粗的雪茄，在高城与天空之间的那种距离中踱来踱去。有一年春天，一位珠光宝气、徐娘半老的妇人前来看他，那妇人言说是他的姑母，以前的那些年一直居住在海边的一座花园里。那天夜里，他看见姑母的两条雪白的腿，但皮肉十分松弛，这使他感到眼前的气候非常恶劣。他想起了狱中的一名丹凤眼的女犯，女犯的父亲在很多年以前曾经是一家花店的老板，那种温馨的情调和芬芳的岁月造就了他们一生的性情和趣味。当时，那个花店里有三名兢兢业业的来自乡下的伙计，其中的一位名叫金杏甫，十八九岁。另两名，一个在二十四岁那一年里死于非命。另一位告老还乡后在一个湖边以看守磨坊和船只为业，生前再不愿意看到一枝花。金杏甫在一个夏天的雨夜里为一家公馆送花出来后，看见路边停着一辆黑色的小汽车，一个穿大衣的男人将一个女人从汽车里拖出来后，扔给了那女人一只皮箱。雨雾使金杏甫无法看清那个男人的脸，只看见那女人的高跟鞋掉了一只，只看见那男人穿着一件灰色的麦尔登呢大衣，戴一顶爱尔兰式的圆礼帽。这以后，那辆汽车便亮着灯消失在雨夜里了。

金杏甫与那个不肯告诉他年龄的女人依靠着那只雨夜里的皮箱，一起生活了五六年。那女人的臀部有一片树叶状的黑底，这种标志深深地刺激了他的某种神经和意识，以至于使他对那个符号终生难忘。

他们当时的邻居是一个精于茶道的老头，有七十岁了，但依然红光满面，虎背熊腰。老头的屋里摆满了各种各样的化妆品，还有上千张唱片，只在他的卧室里有一盆苍翠的剑兰。那老头平时很少出门，每天都有“望江亭”的两个十四五岁的小伙计挑着一日三餐和茶酒点心准时送来。

四月临近结束的一天，老头的一个侄子因公曾路经这里，他是一位桥梁设计师，他神色匆匆，他此行的任务重大而神秘，不久前的一天夜里，一位工兵专家炸毁了他几年前精心设计的一座江上大桥。

他的太太参与一个教育基金会的一些虚拟性的事务活动。某一天夜里，另一位绅士太太邀她去打牌。在牌桌上，她见到了刚从国外回来的大少爷—— 一个年轻英俊的欧洲博士。大少爷将自己从红海之滨带回来的一些图片呈现在她们的牌局中，这使得所有在场的太太们都大为惊讶，并从此滋生了某种模糊的对往昔岁月的恶嫌意识。那天夜里，开车的阿黄送法院院长的太太回家的途中，不时地从汽车的玻璃上望见前面的路上有一根一米左右的圆柱体的东西摇来晃去，如同飘荡在水上。他听说这一带以前曾经是一片风声鹤唳的旷野，行人至此常常迷失方向，不辨东西、最终都去向不明。很久以前的一位无神论者的儒生在这一带迷路后，正值一个漆黑的夜晚，四野无人。儒生后来走进一座庙中决定向出没在庙中的鬼怪打听道路时，鬼们都已熟睡，没有一个理他。儒生望见神像前的香案上有几枝星星点点的香火，微弱而暗淡，不足与谋。

那位儒生流传于后世的只有几十首诗词，还有一部被称之为“淫书”的《樱桃道人》。其中的一首诗被人书写在“望江亭”酒楼的一面粉墙上。几年后，新主人改换门庭时，那面粉墙也被一同推倒了。

他们在那堆废墟中发现了一些陶瓷的碎片和一只青铜的战马，马背上的武士弯弓搭箭，一只眼睛已经瞎了，另一只凝视着某一件事物。有人曾设想了那种事物的轮廓背景和一些局部现象，其性质都是幻想的、在最大限度的颜色范围内，一面深色的镜子，一个三角形的平面，都足以重现最初的那种特征，都足以使一个时代的一切触角全部毁坏。

几年后，有人做了一个试验。开始的时候，他设想的方法比较简单，他把一个日常里极为熟悉的字写到一面墙上，经过了一些时间的流逝之后，他看到在那个孤单的字的周围突然增加了许多的出人意料的东西。就是那些虚实不定的事物，使他认识到思想原来是消瘦的，就像山羊的面孔，但同时又像泡沫和因子一样在不断地徒劳无益地繁殖和增多。这件事给他留下了一种难以磨灭的深刻印象，后来的一天，他把自己的妻子或妹妹的一张肖像挂到了那面墙上（周围什么也没有），几年之后，他发现那张肖像变得非常陌生，当他盯着她们的面部或身体的时候，他发现他已完全不认识她们了。更为难堪的是，连平日里使他和她之间相互关联相互亲密着的那种语言和行为方式也全都没有了。这种事实的真相令他吃惊而惶惶不安。他开始一次又一次地欺骗自己，他宁愿相信那一切都只不过是一个梦，一个非人的梦。他总说，我做了那样的一个梦，一个带有触角和尾巴的、不近情理的无情无义的梦。

这个做试验的人就是刘文治。

整整一个下午。我在她的冗长的叙述中忘记了自己的身份和此行的目的，她好像也同样忘记了她想听到的南方故事。她的近乎透明的四肢呈现在我的面前，我闻到了一个中年女人特有的那种气息。

傍晚的时候，天上下起了雨。附近一带的山路上浮动着一种微弱的红晕。我出来后，看见一个面孔红润的人正向那些古老的房屋之间跑去。

二

天空如此泥泞。

那个人的脚步声擦着刘文治的耳朵从他的脸前走过时，刘文治感到一阵夹带着血腥气息的风横穿草丛而来。腥风弄脏了刘文治的目光，脸前的草棵子东倒西歪地摇晃起来。刘文治看见眼前的那只棕黄色皮靴上缀有三个生锈了的小铁环，铁环随着那个人犹疑不决的步伐一起一落。马靴不断地将草地上的泥水踩响，纷乱的草枝和藤条使那个人的行进变得困难重重、脚步声烦躁不安。

刘文治那天始终没有看见那个人的脸。诡秘的身份和不良的品行使他将自己的头一直深深地埋在草丛里，并将一张脸紧贴在泥泞潮湿的土地上。他只在冥冥之中感到穿棕黄色皮靴的这个人的面孔比较红润，胡须短而密集，有一双灰色的眼睛。

地上的泥水这时散发着一种生菜的气息，这使他仿佛在千里之外的异乡目睹了那久已远逝的童年岁月。黏稠而无形的浓雾从河对岸的浅滩上飘移过来，大雾中刘文治听到了几声沉闷嘶哑的汽笛声。

浓雾遮去了那双棕黄色的马靴，以及与此有关的一切附属的东西。

月亮从后面照过来的时候，刘文治看见自己的影子像一株开花的植物。与此同时，他看见那几个身穿皮大衣的军官正站在不远处的一座鸭蛋形的山岗上相互轻轻地交谈，其中有一个矮个子的人还在不停地打着某种含义不明的手势。他们的谈话使得一部分方言和术语在潮湿的夜风中向四处飘去，流散在河边和更远一些的树林子里。刘文治听不懂那些地方色彩浓烈的语言，包括那类方言的声调和包含在内部的和浮在表面上的内容，他只感到他们的种种表情和状态像一种难以逾越的障碍物—— 一些深狭的壕沟或冗长的无边无际的瓦砾之地—— 一样阻止着日后的行程，使得一切都困难重重。他甚至还设想自己可能会在某一天的午后或傍晚时分丧生于某一个水塘或一处浅浅的竹林之中，他的尸体将会被一个早起的农妇或野叟最先发现，也可能会被一群夜游的野狗所围困。他用手抹了一下自己的湿漉漉的脸，他的一只耳朵被浓浓的草汁染成了绿色。远处灰蓝色的河面上涌动着一种虚无缥缈、柔若无骨的白雾，部分尖利的檐角漆黑如铁。河两岸的一些村庄里不时地传来几只狗的叫声，声音里仿佛正在撕咬着一件什么东西。

天亮之时，刘文治神色恍惚地来到了一个名叫竹罗的镇上。在此之前的一段昏暗无声的时光里，他一个人蹲在一条只有渡船没有人影的河边认真地洗干净了脸上的血污和手中的一部分残骸。河水低吟着荡过他的皮肤和骨头，黎明时的这种片甲不留的洗涤使他不知不觉地忘掉了一些事情，包括最初的种种起因和几个过程。当他后来从河边站起来以后，他产生了一种如释重负的感觉。

接下来，他看见精巧而破落的竹罗镇在露水和晨雾中慢慢涌动起来。

在一座古旧的石桥上，有两个挑着蔬菜的佃农模样的人正在歇息，一老一小，像是父子俩，刘文治从他们的面前经过时，那个十二三岁的孩子一直都在很注意地看着他。那孩子的目光像一种牙齿坚利的小动物，刘文治在行走的过程中感到自己的小腿上的衣物和皮肉都被那种尖利的牙齿紧紧地咬住了，他感到腿部很疼，仿佛正在嘀嘀嗒嗒地淌血。

他出去没多远，刘文治就听见身后的那个孩子对那个老人说：

这个人很像是刘文治。

谁是刘文治？老人说。

就是下河湾的那个刘文治，开茶馆的那个，又会剃头，又会算命。那孩子说。

还说你眼尖呢，那个刘文治是个跛子，这个人的两条腿好好的。

我也是觉得奇怪，刘文治的腿怎么会不拐了呢？要不然，我早就叫住他，我让他给你算一命。那孩子说。

在这地方，他大概不会跟我们多要钱，没准还能白给你算一命。孩子说。

老人对孩子说，你别操闲心了，等会儿到了镇上卖菜的时候，你多长个心眼就行了。我这个年纪的人算不算都一样，反正离死不远了，好命歹命都有一死。

孩子说，得，又来了，成天总是死呀活啊的，就不能说点儿别的。你把菜卖完后给我两个铜子儿，让我今晚去镇上的书场里听一回《小五义》。再过两天，说书的人一走了，想听也听不成了。

老人说，不行。

孩子说，我就要两个，只要两个，您就是给我三个，我也绝不会要。我用一个铜子儿听书，用另一个铜子儿买花生。我保证我不把花生都吃光。我只吃一半，另一半拿回来孝敬您。我敢说您一定没吃过那样好的花生。

那孩子说话的时候，一直还在注意着渐渐走向镇子里的刘文治。刘文治也感觉到了，他的躯体有一种被砍伐被肢解后的痛苦，背影正在早晨潮湿的空气里熊熊燃烧。他知道那个孩子一直都在望着他，那种清澈的视线如一头幼兽在追逐着他的影子。

刘文治走进竹罗镇狭窄的街道和破旧的房屋中间，青麻石的街上走着许多挑担子的人。狭窄的街道两边排列着众多低矮幽暗的店铺和手工作坊、木工坊、竹器店、茶馆、货栈、药铺、寿衣店。刘文治走在一些屋檐下的时候，闻到了一种熟悉的烹煮青刀鱼的气息。他似乎被青刀鱼的那种气息渐渐地向老家的岁月里拖去，他感到自己有些力不从心。他看见一家当铺的门前围着一团乱哄哄的闲人，有两个人正在那里吵骂。其中的一个人裸着上身，脚下穿着一双破烂的草鞋。那个人古铜色的脊梁上泛着一层微微的绿意，如一件青铜时期的物品。那一群神色各异的人站在当铺黑色的铺面下，仿佛一出皮影戏的故事。刘文治混在人群里，他感到自己像一片满街飞舞着的枯叶。镇上的树顶、屋顶和塔尖都阴沉沉的，上面的天空亮一片，暗一片，斑驳而迷离。他在一个狭窄的点心铺里要了几只馄饨，一个人坐在门口淡而无味地吃着。铺子里的伙计问他要不要加胡椒。他看见一对手捧鲜花的男女慢慢地从街上走过，那个穿旗袍的女人很像他少年时代的一位女朋友，她的腰被身边的那个男人挽着，走起来如同漂浮在水面上一样。当刘文治后来追至门外时，那两个人早已不见了。他只隐隐地看见有一辆黄包车正在向远处驶去。在他观望的时候，一个年迈的行乞者颤颤巍巍地走进了他的视线之中，他望见了一颗白发苍苍的头，一身褴褛的衣服如一条条松散而恐怖的锁链。

转过了一个摆满了紫砂壶的街角以后，他看见那个卖菜的孩子守着两挑子菜茫然地坐在一家杂货店的前面。那个老头不知哪里去了，那孩子的一双眼睛在街上瞧来瞧去。孩子的左边是一个卖旧货的老妇人，守着一堆灰暗的散发着霉味和各种怪味的旧式东西，那些东西大小不等，品种古怪。最长的是一支古代作战时使用的长矛，银色的枪头，最小的是一些各种形状和颜色的玉坠子和石像。

刘文治把两个铜子儿摊开在那孩子的眼前，对他说道，给你两个铜子儿，今儿晚上听书去吧。

那孩子瞪着两只眼睛望着他，孩子说，先生，您想让我替您做什么事呢，我这会儿可腾不出手，伯父不让我离开。

他说，我没有什么事情让你干。我自己还是个闲人呢，我就是想让你今儿晚上去书场里听《小五义》。

那孩子对他说，先生，您长得真像刘文治，就是下河沟的那个刘拐子。

我敢说您肯定不是刘文治。孩子说。

他说，跟你一起来的那个人是你伯父，我还以为是你爹呢？

孩子说，瞧您说的，我哪会有爹，我爹要是还活着的话，我想要几个铜子，他会痛痛快快地给我几个。

他说，你爹死了？

孩子点点头，说，我跟伯父伯母一家过，我伯母可凶了，我敢说像您这样的人见了她，也不能不怕她。

刘文治这时发现在不远处有两个穿黑衣服的人正向他这边眺望，他感到那两个人似曾相识，其个的一个红润面孔的人更令他触目惊心，久久难以忘怀。

三

现在，十九世纪以前的浪漫主义情调依然如故地影响着整个花园。

这一年是辛丑年。

处于明媚阳光下的这座欧式花园，以意大利风景画为蓝本，在园境组合上追求一种纯一完美的画中之境。花园内摒弃了一切由人工修剪过的几何形花卉图案，并改变了以往用建筑来充当园林主角的方法，而只铺设大片起伏不断的草坪和自然生长的野花异卉，并在草坪的四周配置了无数高矮大小不一的各种树木。在那种沁人的郁郁葱葱的梦幻情调里，一些小型的姿态万般的建筑便点缀在其中，忽隐忽现，形成了一种浑然天成的效果。

花园中的水池，也突破了过去的古典主义的那种规则和格局，其表现形式采取开沟引河的形式。使明亮的水道曲折蜿蜒地在花园中穿行——消失——再现，达到了一种用少量的水流制造出大江大河的幻觉，令人流连忘返，恍若隔世，恍若再生。

花园的四周没有围墙，只有一道干涸的壕沟，壕沟的出现，分割了园界，又丰富了花园的空间，使园内外的景物互为一体，互为欣赏和注视的对象。

这一年以前的那些岁月里，这个花园以植物造境为主导，园中建筑的比例极少。花园内不强调轴线，没有直路，布局不对称，取消了几何形的花圃。树木成丛、成片，三三两两，疏密有致。园内的小道斗折蛇形地伸向远处的乔木林中。湖岸、河道柔和的曲线与四周的灌木交相呼应，湖水中的莲花迎风摇曳，岸边是中国式的假山和山洞。

景象层层推进。那些倒映在湖面上的漂浮不定的云层，表现着这一地区瞬息万变的自然景象和天气，以及风向。

后来的一年里，这座花园的主人陆文龙将军的儿子——二少爷陆苇从欧洲度假归来，他按照英国建筑家、造园家布朗的“园宜入画”的论点，将这座花园改成了一座典型的英国式的风景园林。

在这一年的这个季节里，费丽夫人正蜷伏在园内的一张白色的椅子上，躲避着从天空里洒下来的明媚阳光。医生戴堤昨天来出诊时，又一次对费丽夫人讲了阳光对人体的种种作用和意义，对她这种病来说，阳光将胜过那一张张的药方。戴堤医生是一位稳健精明，温文尔雅的大夫，早期曾受过严格而崇高的训练。费丽夫人那时对他温柔地笑过。在她认识的人当中，也许只有戴堤医生的话是最能使她无条件地接受的。早餐过后，她便来到了园中，虽然她生平不喜欢一切光亮的东西。但还是将自己无条件地暴露在阳光下。

她身旁的一张石桌上摊开着一本书，园中的阳光这时便照耀着书中的那一页文字和插图。石桌上原先还有一把扇子，每日折叠在一起，但自从戴堤医生嘱咐过不得使用扇子后，她便让沈妈收起来了。早餐她没有吃，她只远远地向铺着雪白台布的餐桌上瞟了一眼后，便算是完成了某一种仪式。

将军那时正手持一柄银匙在一只汤盆里漫不经心地搅动，那情形有如逆水行舟。她拖着裙裾窸窸窣窣地从楼梯上下来，她向餐桌作例行的短暂的告别仪式，这中间将军一直望着她，手中的银匙仍在漫不经心地搅动，但他没有说话。在她的身影从客厅里消失，一只脚已跨到门外，一只脚尚在里面时，她听见将军正在左边的那间餐室里对沈妈说话，他的声音很轻很闷，如一只蜜蜂。

草坪的那一端，有两个七八岁的孩子正在打板球。

草木上众多的露珠在阳光里晶莹剔透，闪闪烁烁。从花园外面飘进来的空气中，有一种爆竹的气息还弥漫在里面。

现在的时间是上午，太阳在头顶上面正处于一种徐徐上升的时期。清晨早在园丁修理花木的过程中便已结束了。

她选了一个既能沐浴阳光，又不至于使脸部完全暴露在阳光下的姿势在椅子里面半躺半坐了下来。这种姿势及其效果使她十分满意，她一下子便感到心情愉悦舒畅起来，她独自喃喃地说了几个字（也许是一句话，也许是一个人的名字）。

沈妈的手里托着一件玫瑰红的披风，穿过平坦碧绿的草坪，向这边走来。

夫人，将军怕您受风，让我送披风给您。

沈妈站在她的背后说道。

你去吧。费丽夫人说。

她没有转身，也没有抬脸，凭着记忆中的种种印象和胸前以及腿部的感觉，她知道花园里的阳光现在正耀人眼目，如火如荼，有一种类似燎原的、洗涤一切的企图。她的那一声回答简短而轻巧，美丽而冰凉，如一只袖珍的蝴蝶一样玲珑万分地从她的口里飘了出去，栖落在她的身后，落在沈妈的眼前。

沈妈将手里托着的披风小心翼翼地放到了旁边的那张石桌上。面对光滑洁净的桌面，沈妈仍是用自己的白色纺绸衫的袖子揩了几下，之后才将那件玫瑰红的披风放了上去。沈妈在这个过程中看见了平摊在桌子上的那本书，书页仍如几天前那样一如既往。沈妈不识字，但认的画，她认识书中的那幅插图，早在几天前甚至更早的一些时候她便见过了，现在一切依然如故，沈妈于是就知道夫人几天来其实始终没有再往下看。沈妈离去的时候，看见夫人半躺在椅子里的情形如一张随时都会被一阵风刮去的画，沈妈那时候还想到了类似“昙花一现”这样的东西。

那两个打板球的孩子在草坪那端尖声叫着，他们都穿着短裤和白色的网球鞋，他们的声音滚动在阳光里，像遍地的果子。

卵形的花圃里有许多早年间栽种的花梗，从半中腰起就满枝都是团团的绿叶，有心形的和舌状的，远望时就如同一片静止的绿云从天空中垂落了下来，仿佛凝结了时间和环境，久久没有动过。几只蝴蝶在一簇簇红黄蓝的花朵上周游，飞舞，不断地侵扰着花瓣上面的那一层金粉。那些花瓣都张得很开，如一张张鲜艳而芬芳的唇，当夏日情感沉郁的风吹来时，它们便微微掀动，体现着一种生命的冲动，扩散着软软的呻吟。花圃里褐色的泥土上面落英缤纷，光色四溢。阳光和树荫在花园里轻轻拂动，投下了许多摇曳不定的大小不一的斑斑驳驳的碎影。在车库的那一边，几株伞状的绿树构成了一种萧瑟的支离破碎的效果。以前的那些日子里，厨房里的几个女佣常在那一带悄悄地走动，穿着上白下黑的便装，与花匠们情投意合。眼下正是六月中旬，战争仍在进行，有一种时起时伏的气氛，有关战争的消息也忽远忽近，局势的色彩变幻得令人目不暇接。甚至难以置信。艺术与一些娱乐活动甚至娱乐场所都隐没在战时灰蒙蒙、蓝幽幽的层雾中了，如同一种柔软而巨大的织网，将一切全部笼罩了起来。那些身穿透明纱裙，热情奔放的姑娘们在白日里都变得一本正经，判若两人，要么捧着一本书发呆，要么牵着一条毛茸茸的狗在草坪之间来回溜达。到了夜晚，她们就来了精神，通宵达旦地跳舞，在手风琴和钢琴声中高谈阔论，抨击狄更斯，热爱柯罗甚至雷诺阿。一些拥有遗产的老寡妇也乘着汽车或马车，急不可待地去干一些秘密的大事。事关国家甚至整个民族。现在想起来，年逾五十的徐太太已经有一个星期没来陪她聊天了，她想不出究竟有一些什么样的事情会紧紧地将那位徐娘半老的寡妇太太牵住，但那些事情肯定本身就全具有某种摄人的能力，就像漂亮的服饰和优雅的起居室一样，令她倾倒不已。

现在，在花园北侧最边上，木兰花散发出浓烈的香气，一直向附近的中央广场上散去，直到香气散飘得无影无踪。

现在，那个男人正在向花园里边张望。他看见了在草坪的那边打板球的那两个尖声尖气的孩子，他看到了这边白色的太阳椅子和椅子里的费丽夫人，甚至看到了摊开在石桌上的那本书和那件玫瑰红的披风。

最初，他一直在花园外边的那道干涸的壕沟上溜达，他足蹬一双异常结实的黄牛皮鞋，手里提着一只同样颜色和质地的箱子，他的黑色的蝴蝶结已经有些歪歪扭扭的了，他的那种怯生生的模样像是故意装出来给人看的，具体地说，就是做给费丽夫人这样的多愁善感的女人看的。透过稀疏的树影和花丛，他看到那位优雅的夫人正蜷伏在那张白色的椅子里，他看到她的两条长腿在柔软的半透明的纱裙里隐隐约约，轮廓分明。花园里的情景使他想起了一幅希腊名画。

一辆黑色的汽车从花园里碧绿如茵的草坪上徐徐地滑过。

四

回忆我的叔父刘文治，他生前和身后的许多岁月烟水苍茫，迷雾重重，他的一双貌似乖巧的招风耳时常在我的记忆里耸立、扇动，状如一只红色的翅膀。我记得他曾经语重心长、郑重其事地对我讲过许多十分深刻的话，我后来只记住了一两句，其余的那些都忘记了。

某一年的一个闷热的午后，我见到了那位解甲归田赋闲在家的旅长陆青云。这位昔日的野心勃勃的武官，现在以饲养鹌鹑来打发时光。其时，他正坐在一棵冠状如伞的树下看一群幼小的鹌鹑争食，他的两鬓遍染了时间的霜雪，一双眼睛灰蒙蒙的。

雨前的天空和大地潮湿而阴暗，鹌鹑乱哄哄的争食的场面显然使他十分开心。他脸上的笑容经久不散。他告诉我说，刘文治真是一个狡猾无比的东西，一个排的士兵昼夜不停地围剿了几天，结果竟然一无所获。谁都清楚刘文治那时就隐藏在那条河边的草棵子里，但就是难以见到他的踪影，连一种信号、一丝动静也捕捉不到。

我想起了那条匪盗出没、娼妓如云的河流，它从前只是一条荒寂无人的内陆河，是时间的流逝使它变得越来越重要起来，日趋繁忙和紧张。它岸边的一条民间大道在某些时候飞扬着弥天的尘土和疏松的人影。

大风将刘文治的衣角吹了起来，使他像一只灰蓝色的水鸟一样具有了那种振翅欲飞的姿势。刘文治从河岸边的一片草丛里站起身，他望见河面上漂浮着一些带血的羽毛。岸边的几个树桩子上面布满了水，这个现象使刘文治相信在他到达这里的不久之前，有人在那些树桩上坐过。那个人的身体湿淋淋的，他坐在那里的时候，衣服上的水就全部流到了树桩上。刘文治现在感到难以判断的是他不知道那是单独的一个人，还是几个人。也许，那个（那些）人此刻就隐藏在附近的某一只舱中或某一棵树后，他的一举一动都已暴露在了那种阴暗而诡秘的视线之中。

丛生的疑虑使刘文治将一个绿色的东西扔进了河里，水面上荡开几十道波纹后，慢慢地又恢复了当初的平静。

远处，警备队的摩托和卡车从一些不显眼的地方里冲出来，油烟和尘土掩隐了一部分树木和房屋的轮廓。

树下有一些夹着包袱的人。

一个和尚睡在一条水沟旁，瘦削的身体如一片卷曲着的树叶。

河边大道上的尘雾散去之后，刘文治戴着一副墨镜向一条歧路上走去。宽大的镜片使他的下巴和额头变得高深莫测。视线内到处都是歪歪斜斜的房屋和支离破碎的事物。霉绿的地方很多，如同一个又一个的秘密。

接下来，刘文治望见一些结构松散的农舍隐现在浓密的绿色的桉树叶子中间，人语和水声清晰可闻，触手可及。转过几道墙壁以后，刘文治看见一位妇人正在弯腰拾捡丢失在稻草堆中的一只只鸭蛋。妇人的长长的头发触及地上的稻草。她的两条圆润健壮的腿支撑着一个圆弧的胯，造型如同一道拱形的门。

刘文治朝那道拱形的门前走去。

在这个过程中，刘文治听到了那种微弱的鸭蛋碎裂时的声音。刘文治的一只手从妇人的两腿之间滑出来时，妇人惊叫了一声。一种黏稠滞重的汁液滑过她的手心，她的手心里很热很烫。刘文治深深地叹了一口气，一种穷途末路的感觉迅速地传遍了他的全身上下的每一个地方。妇人撩起衣襟擦着手，布匹滑动的时候发出了一种低哑暗远的声音。一部分被太阳晒干后的稻草窸窣有声。下面的那一部分稻草没有被太阳晒过，霉湿而发黑，长着一簇簇白绿的细芽。刘文治像一个孩子一样站在妇人的身边，他看见妇人惊惧的神色中泛出点点令人思乡的潮红。她的一只手臂像屋檐下饱满湿润的丝瓜一样下垂着，五个手指舒卷着使刘文治产生了一种倦慵和强烈的睡意。

刘文治听到自己的声音在面粉般的阳光里还在缓缓地飘走，游荡，距离遥不可及。那妇人的身体在他的目光里已不再成形了。一只鸭蛋在阳光里奔跑着，翅膀下的一团黑影如一座没有人烟的漂泊已久的岛屿。

你把我的蛋全弄碎了。

我的稻草。

刘文治听见那妇人声音模糊地诉说着，她不停地用衣襟擦拭着湿润的手臂和其他的一些部位。刘文治用手挡着自己的身体，他在妇人的面前显得很不好意思，十分害羞。他捂着自己的身体在地上转来转去。依附在妇人手上的那种汁液在阳光下亮晶晶的，分散了他的目光。地上纷乱的稻草不时地阻止着他的行程。慌乱使他一下子失去了所有的记忆。

之后，刘文治看见妇人从地上抓起了一把干燥的稻草，一些阳光被她从稻草中抖落了出来。阳光向地上坠落的时候，刘文治听到一种清脆的陶瓷器皿的碎裂声——也许是一种金属或者绸缎的声音。

接下来，刘文治看见那堆暗红色的稻草垛后面站着一个矮个子的男人。那个人穿着一身厚重而紧张的黑衣服。刘文治看不见那个人的眉毛和眼睛，只看见那顶草帽下悬挂着一张十分红润的面孔，以及面孔上的半只鼻子。稻草和阳光拥挤着，使刘文治的眼睛几近失明，使他无法分辨出几步以外的东西。

穿黑衣服的矮个子男人手里握着一根粗粗的长满毛刺的竹竿从草垛后面走过来的时候，刘文治感到一阵阴风袭击了他的下半身，他的身体抖动了一下，便感到自己在不知不觉中尿湿了裤子。阴冷和潮湿使刘文治的脸上出现了一种浮躁不安的神色。

穿黑衣服的矮个子男人微笑着，露出嘴里的两排细碎而密集的牙齿，那张十分红润的面孔如同一朵正在绽开的芙蓉花。

鸭蛋不是我弄破的。

我只是有点口渴。

刘文治声音干燥无比地说着，他的话使那些稻草更加纷乱。之后，他看见那根骨节粗重的竹竿上出现了一些线索分明的缝隙，有几条浓艳的红丝线一样的东西窜到了那根竹竿的上面。穿黑衣服的矮个子男人鼓起两腮，在刘文治散乱的视线里呸呸地朝地下唾着。最初吐出来的是一个肉红色的小东西，那个小东西在地上的稻草边连弹了几下后便不再动了。接着，穿黑衣服的矮个子男人又从嘴里吐出一个白色的形状十分古怪的骨质的东西。刘文治起初觉得那个白色的硬东西像一颗牙齿，后来又觉得像一只蜗牛的外壳，他听见它在落地以后发出了叮的一声硬响。

先前的那位妇人这时已掩住了胸怀。她提着一桶水，潮湿而沉重的木桶使她手臂上青蓝色的筋络毕露无遗。

我要喝水。

给我一口水喝吧，我已经两天没看见过水了，大旱之年真让人人难熬。

刘文治向水桶走去。这时，他看见那妇人忽然在阳光里跑动起来，她的衣服和脸在稻草和树影之间反复闪现。

纷乱的稻草在她的两腿之间探头探脑。

最初的那种令人思乡的潮红早已退浅，并消失殆尽。木桶中的一张脸肃穆而生动，他叹了一口气，用手弄脏了那张脸，弄皱了那张脸。他听见一阵哀叹之声在清澈的水面上徘徊，游荡，如一只无人无桨的小舟。四周飘散着的云彩如丰收之后的棉花。

木桶里没有水。

回首往事的时候，刘文治的一只潮湿不堪的手触到了一件硬邦邦的东西。起初，他以为是铁器，或者是一块骨头甚至陶泥。他的目光被一种含义不明的感觉牵引着，他看见那个穿黑衣服的矮个子男人仰而朝天地倒在一堆干湿不匀的稻草上，他的那张十分红润的面孔已不再如当初那样鲜艳，不再如当初那样逼真，变得灰白如土。

从瓷器城到竹罗镇，我在你的后面走了五十四天，我总算到家了。

穿黑衣服的矮个子男人说完之后，头向一边歪去，永远地睡了过去。纷纷攘攘的稻草不断地触动着他的脸和衣服。刘文治看见那些稻草像一些剪不断的髭须一样仍然骚扰着矮个子男人，使得从前那张红润的面孔难以平静下来，永远处于一种深深的不安和烦躁之中。

树篱后面的重重的茅舍不见了，水边的虫子在夜色里发出了疏朗的叫声。

灰蒙蒙的月亮升起来的时候，正值那天的夜半时分，刘文治听到那妇人发出了一声尖叫，之后便再没有任何剧烈的声音了，只有一种低远而微弱的东西在响动。借着外面苍白的夜色，刘文治看见自己的两只手上依附着一种类似胎衣一样的潮湿滑腻的东西，有一种浓重的血腥之气正回旋着向他的脸前逼来。

刘文治起身离开了那张吱吱作响的竹藤床，他触到了那只沉重地立在墙角的木桶，这使他产生了一种叶落归根的感觉。竹桶里的清水被他一饮而尽之后，他开始向外走。他的嘴里渐渐泛起了苦涩。他回味那个竹桶，这使他确信刚才饮下去的并不是水，而是一种药汁或鸡血。大旱之年的确难以见到那种清澈的净水。

屋里的一部分土瓷的器皿和陈设在夜晚里闪烁着一种幽暗的光晕。刘文治这时看到屋门口有一道蜷曲着的黑影，其中的一处高高地隆起着，另一些地方显得干瘪而下陷。刘文治的腿在跨越那个高高隆起的地方时，另一只脚却踩到了那些干瘪下陷的部分上。

他听到了一种类似猫的叫声。

最初，刘文治以为那是一堆物体的暗影，或者是盛粮食的口袋，刘文治没以为那是一个斜躺着的正在熟睡着的人。当他走出几步之后，他听到先前的那种类似猫叫的声音突然加剧。突如其来的叫声使刘文治出了一身冷汗，他知道自己出来的时候，一只坚硬的脚踩着了门口那个人的胃和另一段不太长的无精打采的东西。他听到那个从梦里醒来的人此时正在门口大呼小叫，嚷成一片。

有贼人！

那个人这样喊道。

刘文治在叫声之中看到身后的树影和房舍的轮廓平静如水。在苍白的月夜里，四周的景象如一幅吸水性很强的水墨图。他知道那个人刚才只不过是虚张声势地诈唬一通而已，实际上他并没有追上来。刘文治当时只是觉得那个人没有勇气，缺乏必要的胆识和力量，他那时一点儿也不知道他踩着的是一个跛腿的盲人。那个人事实上一直都没有站起来，仍如最初一样蜷伏在门口，像一个影子似的干叫了几声。被毁坏了的器官使他再无力号叫下去，一切都变得难以延续和持久了。

跛腿的盲人蜷伏在那里，两只手来回倒替着揉着自己身体下面的那一段不太长的无精打采的东西。剧烈的疼痛差一点儿使他双目开启，重见光明。他轻轻地用手揉着，捏着，独自在月夜里喃喃说道：

我的妈呀！

我的儿啊！

数十年失明的生涯使他此时无法看到面前苍白的月光和平静的树影，无法看到昔日村舍的结构和地上凌乱如麻的稻草，更看不到月光下的那个来历不明的形迹可疑的人，他只闻到了一种不大好闻的腥味。

接下来，跛腿盲人手中先前的那种动作停止了，他不再揉搓。任凭它一如既往地继续无力地垂下去。他现在突然感到事情多少有些不妙，有点儿不大对头。非同寻常的嗅觉使他感到一切全都变得复杂起来，不再如当初那样简单。这以后，他的一颗头在幽暗中转来转去，如一架无人看管的旧式的风车，他伸出两只枯藤般的手向四处触摸。

不久之后，他摸到了一件使他怀想已久的东西——一件柔软的妇人的器官。

他把那个柔软而阴性的东西放到唇边。这个失明了大半生的老盲人此时的口水和眼泪一齐涌了出来。

夜晚潮湿的空气里泛着一种深长的霉味，有如回味无穷的药酒和民间秘方，那是一种腐烂的令人深深不安的东西。

陈年的阴风穿堂而过。

天交五更的时候，跛腿的盲人渐渐地感到有一种依赖性极强的东西附在了他的手上。他先后舔了手掌和十指。

舌头告诉他，那是血。

五

花园里的树影和回廊重重叠叠，浆果和风声穿插在其中。

午夜时分，她听到将军独自一人在他的悬念林立的起居室里鼓捣出许多奇怪的声音，他似乎正在指挥着一场重大而著名的战役，交战的双方都以皮带和马靴为媒介，以双方的女人为目标。将军喘着粗气，半个世纪以来的戎马生涯使他将一些椅子一一地从原来的位置上挪开。他站在月白色的地毯上，挺胸收腹，目视前方。将军在这个万籁俱寂的午夜看见交战的双方最后都以失败而告终。

接下来，将军看见一件雪白的胸前插有红蓝铅笔的衣衫在空中迎风飘舞。衣衫上的纽扣如一些熟悉而陌生的眼睛。那时候，他感到自己无法承受那种充满了无限敬重和爱戴的视线的仰望。他听到晚归的钟声已经响起，水面泱泱，岸边四面楚歌，歌声如同团团的白雾和柔软的鹅毛。

曾经有许多个夜晚，他一个人颓然无力地蹲伏在抽水马桶上，久久不愿起来。他听到从前的一些尸体从河流的上游地段漂泊着顺流而下，在花园外面深狭的壕沟里团团打转，日复一日地徘徊着，在夜深人静的时候，与水声一起撞击着壕沟的两侧，绵延起伏的烽火使一些人变成了精神上的六指，使一些在以前岁月里几乎是水中捞月的事正一步一步地演绎为铁的触手可及的现实，使现有的种种渠道和脉络都遭到了粉碎性的堵塞和淹没，直至最后完全消失。他时常听到园丁和卫兵们的种种抱怨之声。他们时常会在花园的墙下或树影里拾捡到一些莫名其妙的东西，其中不乏那些令人沮丧，令人烦躁不安的灾难之物。有时候，一张白纸，一只雕花烟斗和一只血迹斑斑的手套，甚至一副陶瓷或塑料的面具，都会使他连续多日辗转反侧，失眠到天亮。他经常独自站在落地的镜子前久久地打量自己。长久的审视使他发现自己原来是一个十分陌生而难以相知的人，包括他的肖像和行为方式。他看见自己的灰蒙蒙的头发像一种陈年的积雪一样总是一成不变地覆盖在头上。这种状况使他的眉宇间多少有些抑郁和躁动不安，他时常诅咒自己眉宇之间的那种无形的却又难以驱散掉的东西，他常为一种不真实之感而所累所苦。曾经有一段日子里，每当面部瘙痒之时，他便操起了刷子。他觉得皮肤与靴子从根本上来说是一样的，都是最初的那同一种柔软的物质。使用不同的方法去区别对待它们，毫无任何意义可言。有一天深夜时分，他躬身在椅子下和床下寻找一枚红色的星形的纽扣，他意外地发现有一些白伞黑褶的小蘑菇依靠着椅子的木腿生长了出来，它们的根须都留扎在地毯的下面。突如其来的植物使他回忆起了从前见过的一朵飘浮在他头顶上面的云彩和一片聒噪不休的树叶。

白昼和夜晚交替着出现，一遍一遍地重复增加着时间的数目。他梦到了一座凄冷阴森的古堡，里面住着一些毫无用处的漂亮女人和一部分阴险的告密者、窥视者。梦醒之后，他听见天上的雨水很整齐地落进了花园里，花砖的甬道旁积满了尘土般的雨水，树枝和花瓣都湿漉漉的，如一张张大汗淋漓的脸和女人的嘴，如一些令人郁闷的生活细节和令人尴尬的生活场景。

他梦见了一种活法—— 一种另外的活法——和一种精神的故事，包括一个人的模模糊糊的背影。那个人穿过重重的水沟和树丛，那个人总是摆出一副无家可归的浪子模样，在大雨中长久地游荡。在寂寥的天底下日复一日地漂泊，逃亡。

其实，没有谁要追杀他，没有谁要将他赶出门外，背井离乡。梦醒之后，他嘲笑自己悬念林立的心地和一部分念头，他感到梦中的雨水正在漫过寂静的花园和整齐的地毯。那些白伞黑褶的小蘑菇渐渐地浮上来，被衬托在雨水的上面，如一群群纸扎的月亮。

午夜的流逝，使他的记忆开始渐渐消失，一些歧路上铺满了鲜花和大小不一的星形的标志。在某些时候。那些貌似细微的东西实际上就是神的一种象征，一种表里不一的事物。

午夜过去之后不久，他跟随着消失的记忆一齐失踪了，从他的那间铺着月白色地毯的房间里，从那座庞大而隐秘的花园里永久地消失了。此后的一些年中再没有他的任何下落和消息，没有谁再看到过他的影子。

其时，有一个人冒着深夜里的大雨站在一棵苍老的月桂树下。那个人的一张红润的面孔看上去如同一副精致而安详的陶瓷的面具，雨水使他的脸上像是永远地挂着一种不落的笑容，一种世上最简单的笑容。

他身后的一只石凳上蒙满了冰凉而淡黄色的水。他的手里有一块陶片，状如石器时代狩猎的斧子，他的视线之内有一道高大的灰色的雨墙。

六

再过几个时辰，这一天就要在寂寞和萧瑟中结束了，一座座灰暗的光线组成的移动着的岛屿和城堡从西北方向绵延过来。笼罩在镇子的上空。深重的潮气从各个角落里散落出来，一齐流荡在灰暗凄冷的街上。

咸肉店的老板娘—— 一个四十多岁的姿色正在流逝的女人——打开店门以后，一种锈迹斑斑的雨点立即依附在了她的皮肤之上，她看到那种东西像是密密麻麻的雀斑，又如同迷乱的湿疹。突然间发生的这种现象使她惊讶无比，并产生了一种奇痒难挨的感受。她的头发在脑后挽成了一个圆形的髻，她穿着一件白色的纺绸衫。她神色木然地站在低矮的铺檐下，对着阴雨绵绵的天空仰起了那张光亮而肥胖的脸，又将一只掌心柔软有如鱼肚的松弛的手伸到铺檐之外，铜钱似的雨点一串一串地从天上坠落下来，又纷纷漫过她的胖胖的手指滑了出去。她低了一下头。之后又重新仰起来。

她感到有一些锈水流进她的内衣里去了。

咸肉店老板娘在这一天行将结束的时候，仰望镇子上阴雨连绵的天空，她脸上的表情既是听天由命的，又带有小孩子失望时的惊愕和缠绵。宽大而松软的白色纺绸衫使她的身子显得更加高大丰满，里面似乎贮积着无穷尽的浓汁和水分。雨雾中刮来的一阵夹带着烟草气味的风使她不由自主地打了一个冷战。她感到自己的头发十分麻木、松散，犹如一张潮湿而漏洞百出的网。

铺檐下的灰暗的旧石板光滑而凸凹不平，这些石板与镇子街头上的石板一模一样，都泛着一种坚实耐久的绿锈。这种痕迹得自于风雨和一代又一代人在已逝时光里的重复的磨蹭，到如今已经难以洗刷清白了。这种类似的迹象还出现在镇子里的所有古旧的灰暗霉湿的地上，依附在屋里或厅堂中的一部分古董和土漆的日常陈设之上。

咸肉店的后院有三棵枝繁叶茂的泡桐树，树下并排摆列着几张宽阔而平展的案桌，是用来屠宰和肢解的，后院的一部分风景和陈设其实是一个作坊。平日里，那些被肢解后的色泽鲜艳的肉类都由一个一个的铁钩子串着，一条条地悬挂在树杈上，浓重而茶色的树影常将那些肉类衬托得异常美丽。

树叶在绵绵的阴雨中一起一伏地飘荡着，状态有如众多绿色的安详宁静的蝈蝈，树上还闪现着几条鲜艳的布片或碎纸似的东西，淫雨和迷雾使它们的真相越来越难以辨认。

咸肉店者板娘第二次走出铺面之时，她的头发有些蓬乱，身子摇摇晃晃的。她的手上端着一只煎药的砂锅，她苍白着一张脸，朝街头和四下看了看。银灰色的雨线织满了空间和大地，远处南山寺红色的飞檐下传来了晚钟的声音，冗长而缓慢。雨水贴着街中石板的缝隙流过来的时候，咸肉店老板娘弯下腰将砂锅中盛着的那些乌黑的形状各异的药渣倾倒在门前的一只竹筐里。药渣中的一块黑褐色的陈皮跳入她的视线内之后，老板娘突然感到自己的目光有些肿痛，她想起了一件很久以前的事情，那件事情的大部分细节都令人异常难堪，令人无地自容，包括那种来龙去脉。

屋檐上淅淅沥沥的滴水使老板娘的脸从药渣和竹筐上移开了。她不明白自己这时候为什么会想起那件久远的往事，她站在屋檐下好半天没有动，什么也没干，一副无所事事的样子。她第一次感到记忆和场景是一种很奇怪的东西，在幽冥之中掌握着一个人的一切东西。这之后，在她无意之中转身的时候，她突然看见一个灰色的人影拱曲着身子冲出了咸肉店。那个人在阴雨的街上急匆匆地走着，形同一条平滑的短尾鱼。他的头和脸都深深地埋在肮脏不堪的衣领之间，脚步将青石板上的雨水踩出一片啪叽啪叽的声响。

咸肉店老板娘的身体摇晃了一下，黑色的砂锅倾斜在她的两手之间。

她的身体向后退着，躲避着铺檐上哗哗的流水，雨雾中的那个仓皇如鱼的背影挡住了她的视线，她感到眼前的事情出现了许多值得推敲的地方。灰暗中的那种越来越远的啪叽啪叽的踩水声消失了之后，她仍感到有一种东西继续遮盖着她的目光，堵塞着她的视线。她昏昏欲睡地站在店门口，阴冷的街风将她的白色纺绸衫和下身的黑裙吹起来，展现出了一节松软的皮肉和紧勒在大腿上的红色的吊袜带。

淅淅沥沥的雨水流进了那只倾斜着的砂锅里后，立即变得漆黑一团。

街对面的一间狭窄的阁楼上这时晃动着一个弓身曲背的人影。透过街面上灰蒙蒙的雨线。咸肉店老板娘望见了那个人的一整套费力而未必讨好的动作，每一个动作都是那样的滞重而困难重重，他的一张大汗淋漓的脸在隐隐约约之中因扭曲而变了形。韵律和节奏上的不连贯，有如恼人的淫雨天气，令人沮丧而无限绝望。在时断时续的动作之中，那个人最后终于直起了四分五裂的身子。一阵羽毛的潮湿的腥气这时从街上飘过，咸肉店老板娘望见那个人的手里捧着几瓣肉红色的花朵。紧接着，那个人便在阁楼内的墙壁之间来回跑动起来。在这灰蒙蒙的雨天里，咸肉店老板娘看见那个人在跑动的过程中，他的元气丧尽的脸上始终洋溢着一种赤裸裸的笑容。

雨中的时光平滑如水。

咸肉店老板娘站在低矮霉湿的铺檐下，她感到手中的分量越来越重。起初，她以为是时间的重量，时间在流逝的过程中常将一些本身的重量搁置下来，停顿下来，形成途中的一些场景和风物。后来，她才发现是雨水贮积了砂锅的大半个部分。

她心怀失望地倒掉了砂锅中肮脏的夏季梅雨，水流漫到街上时，一辆卡车在雨雾中呼啸而过。车身上蒙着绿色的篷布，几条长满黑毛的腿从篷布的一角里伸出来，暴露在雨雾中。卡车消失之后不久，两个戴草帽的男人骑着单车从街上走过，低垂的帽檐儿使他们的眉目成为一种人为的暂时的秘密，单车上的两张脸一张红润一张苍白，都狭窄如刀条。

咸肉店老板娘望着两个在雨地里渐渐远去的人，这时她突然想到了一种什么，那只黑色的砂锅这时从她的手中悠然滑出。在门前的青石板上摔成了大小不一的几块碎片，但她并没有听到那种碎裂的声音。

她返身走回屋里的时候，店内幽暗的光线使她产生了一种类似迷路的感觉。咸肉的气味像行动迟缓的壁虎一样从各个角落里爬出来，又如同封闭的蛛网一样织满了整个空间。弥漫的盐水使她的皮肤有些隐隐灼痛。她像一个腿脚不便的盲人一样伸出手摸索着一些平日里极为熟稔的桌椅和墙柱，但脚和腿仍然不时地碰响了一些坛罐和瓦盆，她忘记了所有东西原来的位置和方向。乌木的桌椅闪烁着虚实不定的暗晕，这使她对昔日里熟悉的并赖以生存的店堂产生了一种幽深莫测的感觉，她现在已完全吃不准这店堂里的距离和空间到底有多大了，她只看见一些邪恶的悬念和龌龊的影子暴露在几处必要的位置上，成为一种障碍和势力。早些时候，她的身体的某一处一直处于一种润滑的状态中，现在她感到那个地方已渐渐干涸了，她感到了一种摩擦后的疼痛。她将身子倚在一架摇摇晃晃的屏风上，伸手撩起了她的黑裙——薄薄的黑裙如此沉重，仿佛灌满了劲风——松开了紧勒在大腿上的吊袜带，丝带将她的腿勒出了一条深重的印痕。

她第一次感到这个店堂内昔日的布局和陈设并非完美无缺，而是一塌糊涂，存在着数不清的不尽如人意之处。

沉重的丝质黑裙压迫着她的身体，使她在振作之时感到了一种强烈的倦慵和松软无力。昏暗中的一件影影绰绰的东西使她并拢着的两腿在不知不觉中向两边分开，她听到了一种呼啸着的声音。她想起了往日的时光，她疏漏了一些生活的细节和必要的背景，忽视了空白和场景以及道具的作用和意义。烦琐而循环的市井活动使她忘记了对于时光的精心梳理，与人说话时不能用适当的字句去形容天空的颜色、天气，是那天的什么时候，一张旧桃心木桌子上的污渍，街灯、马车，头发式样，精致而来历不明的绿色手镯。

她看见了那种没有深度的时光的故事。

昏暗之中，她的两只手摸到了一种冰冷而滑湿的东西。堆放在墙角里的两颗巨大的毛发丛生的猪头将她绊得踉踉跄跄，麻木不仁。她的黑裙载着她从那两颗猪头上面艰难地掠过。雨声像有条不紊的钟摆一样。

门口的一片光亮使她看见自己的雪白的纺绸衫已经污秽得面目全非了，衣服的下摆上有一片滞浊的斑痕，用手摸上去后听到了哧哧的一阵声响。她感到往日的时光里她见识过这种东西，只是有关的地点和人物全都记不起来了，只留下了那种无形的声音。

店堂的后院里寂静如初，格局和氛围一如往常，只是所有的一切都笼罩在一种铅灰的暗潮之中，案桌上的两把牛耳状的屠刀交错着放在一起，都被雨淋着，刀身上的雨水使那种宁静而冷峭的寒光变得雾蒙蒙的，往日的那种锋利的锐气全都没有了。

天气不好。

她独自喃喃地说了一声。她的目光离开空中以后，她看到了案桌上的两片苍白的指甲，像两片鱼鳞一样。只是厚度远远胜过鱼鳞，接下来，她看见了一小撮粘连在一起的短短的胡须——不过，她一直以为是一些没有收拾干净的猪鬃——三棵泡桐树之间早先相互连接着的藤绳断了一根，绳头无力而僵直地垂落在地下，垂落在雨水里。雨水使它变得僵挺而滑腻，难以捉摸和挽回。

这时，她听见自己站在肉案前似乎喊叫了一声，但院内及店堂里一片死寂，一点儿回声也没有听到。一个人影也没有在她的面前出现。死寂和宁静使她对这个后院和她自己本身产生了怀疑，她现在不知道也无法确定自己在刚才喊过没有。因为没有听到任何一丝回响，她觉得自己刚才并没有喊叫过。

我不曾说过什么。

这一次，她清清楚楚地听到了自己的语言，听到了自己想要表述的意思，这使她立即高兴起来，脸上洋溢出了一种松弛而懒散的表情。她像一个贪馋的孩子那样站在湿漉漉的肉案前，两眼紧盯着案子上的那些色彩鲜艳的乱七八糟的东西。雨水顺着她的头发和颈部流进她的胸脯里后她也浑然不觉。

之后，身后传来的扑通的一声闷响使她转过了身子，她看见一只灰色的小乌龟从一口大瓷缸里跳了出来。

大瓷缸早在很久以前便贮满了雨水。

灰色的小乌龟浑身水淋淋的，一瘸一瘸地向一个布满青苔的角落里爬去。它缓慢爬行的动作和过程有如一种冗长而深久的叹息。雨水在那些青苔的四周冒起一些白亮白亮的圆泡，有的转瞬即逝，有的久久不愿消失，在先前的位置上团团打转。

店堂前面的门这时被推开了一道不太宽的缝，一位薄施脂粉的少妇夹带着红粉和外面的风雨走了进来。

咸肉店老板娘看见进来的是东邻唐老板的儿媳，一位二十七八岁的少妇。

少妇向咸肉店老板娘讨借一把裁衣用的剪刀和木尺。少妇说她昔日的一位女友要帮她裁剪一件旗袍。少妇还告诉老板娘说她对那种云霞般的衣料已怀想许久了。

天这么晚了，不怕把衣料裁坏了吗?

咸肉店老板娘说。

不是刚过正午嘛，钟刚敲过十二点，还有整整一个下午呢。

少妇说道。

少妇的话使咸肉店老板娘的脸上立即笼罩了一种烦躁不安的东西。她听见少妇拿着剪刀和木尺窸窸窣窣行走在店堂外面的屋檐下，少妇边走边躲避着雨水。

远处烟雨迷茫的河面上这时传来了一声沉闷的汽笛声。

咸肉店老板娘突然用手护住了小腹以下的部分，她感到自己的黑裙下面稀里哗啦的。

这时候，她仿佛看见了那种无所不在的时间，她感到一些事情在时间上出了毛病，并伴有种种的破绽和形形色色的漏洞。她试图用回忆来解释一切，证实一切的头绪和现象，但阴晦霉湿的梅雨天气使她丧失了几乎所有的记忆和经验，而已逝的那一部分时光又混乱无比，使她身心迷荡，手足无措。

时间在雨地里悄悄流逝。

最终，她放弃了回忆和猜想，独自摸索着向那死寂的空无一人的后院里走去。

她觉得有些事情根本不存在有任何的证据和背景，努力去寻找那种无形的东西，最终只能是徒劳无益，一无所获。她觉得事情就是事情，没有任何的起因和源头，一切都如转瞬即逝的时间一样来不及捕捉，更无法拖延和停顿。事情过去了，也就结束了，什么都不再有了。猜想和推敲是正常的，但丝毫不具有任何的作用和意义。一切的寻找和发现的过程只能使事情的迷雾越来越重，越来越深，变得艰辛而复杂。人为地造成的迷雾和困难往往比事物本身更为晦涩，更难以破译。

后院里的景色和种种迹象使咸肉店老板娘突然记起了一些古老而陈旧的民间故事。她熟知那些得心应手的工具和日常的物品，熟知与之相适应的背景和场地、气氛和位置，作坊里的所有内容和店堂中的诸多事情构成了她的极为庞杂而冗长的精神和物质上的时空。

冒着庭院中霏霏的淫雨。她一个人无悲无喜、不声不响地站在昔日的肉案前。她用手中的一团棉絮慢慢地擦拭着那两把牛耳状屠刀上的丝丝缕缕的血迹，她在这种时候感到了一种从未有过的空旷和荒冷、凄清和遥远。她找不到一个能与她说话的人。她现在一点儿也不想去猜想那些血迹的来历和种种过程，她觉得许多事情弄清了并不比不弄清好多少，弄清了或许更糟。她现在就一切都不想弄清，包括那些丝丝缕缕的血迹。

这时候，雨中的一种现象引起了她的注意。她看见一棵槐树上悬挂着两只长长的胳膊，另一棵树上悬挂着两条皮肉松弛的腿。那只下垂着的手上戴着一枚橘红色的戒指。树下的泥水里倒扣着一只棕黄色的木屐。

转过身，她看见一面烟雨迷茫的粉墙上用木炭写着一行字：

刘文治到此一游。

辛丑年夏

她觉得这行字写得真黑。这使她马上想起了那种整齐而光鲜的、漆黑如墨的木炭条子，它能写出很好看的字句和话语。

七

黎明时的花园里涌动着一种冰冷的树木的气息，有一种低暗的苦味。

在她登上厨房的台阶时，她衣裙后面的一角破烂的地方被黎明时的风鼓荡着，飘动了起来。她的上半个身子萧瑟地哆嗦着，怀里的一捆柴火不时地掉出一两根来，落在脚下的台阶上。

她一面弯下腰去拾捡，一面在口里嘀嘀咕咕地抱怨着坠落的柴火和天气。

厨房里冷冰冰静悄悄的。她生着了火。烟雾中响起了她的干枯生涩的咳嗽声。咳过之后，她小心翼翼地探出头望望，见周围仍如先前一样沉寂时，她终于放心了。吵醒了他，这一天就又别想好过了。她这样一个人自言自语地说着，一边开始干活儿。她在地上走来走去，将一条围裙扎在腰间。

那时候她一点儿也不知道夫人其实已经起来了，她更不知道夫人这一夜又未曾合眼，一直失眠到天亮。按照以往的多年来的习惯和经验，他们这一家人都要在早晨完全结束以后才陆陆续续地慢慢起来。

穿着一身黑缎面棉睡袍的夫人这时就站在黎明时的楼梯口上，她的手里拿着一只红胶皮的热水袋。一种微光从灰暗的一扇窗户上透了进来。夫人站在楼梯的顶上，脸色苍白，声音平淡而冰冷地叫着她的名字，叫声落入了昏黑的枯井般的楼道之中。

沈妈应了一声，停下了手里的活儿，在她匆匆地穿越门廊的过程中，夫人的声音一直伴随着她的心情和步伐。那声音平静如水，如同一种一成不变的格局。

冷风吹乱了她的头发，她出现在那片灰蒙蒙的光里。身子看上去像是一件落地的老式的红颜剥落褪尽后的摆设。

知道了，一有了热水马上就给您灌，回去睡吧，她说。

我不知道这是怎么回事，我要是不起来，就没有一个人会早起。夫人说。

把它放下回去睡您的吧。我这就把水烧热。她说着，身子在那束光线里移动了一下，加深了那种灰暗的效果。

你不是不知道，早饭开迟了对大家都没有什么好处，你好像一点儿也不知道。

这声音从夫人的嘴里出来，像一股微不足道的气流，不带有任何的色彩和变化。夫人阴郁而冰冷地站在黎明时的楼梯顶上，像一尊沉静的黑釉瓷器。

您回去睡您的吧，我这就去弄早饭。

她说着，身子从那束灰暗的光线里慢慢地分离出来，向厨房那边走去。

夫人转身上楼，一只手捂在胸前，一只手下垂着，声音短促地诅咒着寒冷的黎明。

厨房里的门敞开着。

还没走进厨房，她便听到从里面传出一阵刺耳的叮叮当当的砍伐声，就是那种用铁器砍伐木头或骨头的声音。

十四岁的杂役米囤正在用一把菜刀砍削着一只粗粗的竹筒。

住手！

她挪动着年老的身子冲进厨房里。

你这有人养没人教的野种！

她说着，便上去夺那把菜刀，第一次没有看准，她扑了一个空。接着，她看准了，一把夺过了那菜刀。

米囤抱着那只削了一半的竹筒，看着她将菜刀举在窗户前的光线里。她将一张脸凑近刀前，仔细看着，鼻尖几乎挨着刀刃。

你要是弄坏了这菜刀，误了早饭，看我怎么收拾你，我保证我三天不让你吃饭。

她说着，用手在刀锋上来回试着。

您又大惊小怪了，我刚砍了两下，怎么会把刀弄坏，再说刀是铁的，这筒是竹子的，谁软谁硬这不是明摆着的么。米囤说。

她看看刀刃并无损伤，便放到了一边，以后不准你动我的刀。

她说着，重新挽起了袖子，嘴里哼哼着开始干活儿。

你是想把楼上的人弄醒吗？夫人刚才已经起来了，你要是再弄出那种叮叮当当的倒霉的声音，把将军吵醒了，可有你的好戏看。你好像对这些从来就不知道。

她对米囤说着。锅里的水在她多皱的脸前升起了一丝微弱的热气，她的脸和手比先前那阵子柔和湿润了一些。

米囤的脸上笑着。

你还笑？

她惊讶而愠怒地说道。

我敢说将军这会儿肯定不在楼上他的房间里。

闭嘴。

你再胡说。看我不把你赶出去。你往后再也别想来我这儿烤火。她说。

不信您可以上去敲敲看。米囤说。

我可不会上你的当。她说，你上去了，将军一准会赏你一个什么稀奇古怪的东西。

将军每天夜里都要从他房间里的窗户上爬出来，再顺着窗外的树哧哧地溜下去。米囤说。

你又在胡说了，你是想让我把你从这暖烘烘的厨房里赶到外面去是不是？是不是？她说。

我没胡说，我干什么要胡说。又没人给我赏钱，我是亲眼看见的。米囤说。

你亲眼看到的？她问道。

信不信由你。米囤说。

你知道他要干什么？我不知道这是怎么回事，他干什么要从窗户上爬出去，他干什么不从楼上下来开门出去？她说。

米囤说，我哪会知道，好像是有一个人在什么地方等他。

有一个人在等他？她说。

就是这么回事。米囤说。

老天爷，有一个人在等他！她张大了嘴，哆哆嗦嗦地向窗户前走去。早晨冰凉如水的气流在外面寂静的花园里悄无声息地流泻着。

站在窗前，她闻到了那种甜丝丝的清晨的气息和冷风的气味。

八

刘文治走进那间陈旧的散发着浓烈的檀香气味的厅堂里以

后，看见一盆疏松的黄水仙在正面的一张八仙桌上开得歪歪斜斜的，一副摇摇欲坠的架势。

姨夫蜷曲着身子躺在一张红木床上，脸朝墙睡着，悄无声息。

其时正值一个天气闷热的午后，山色阴晦，水气弥漫，到处都使人感到一种密不透风的淤塞和堆积。远处的菜地里有一个女人正在不住地起伏闪现，像是在地里捡拾一种什么东西。天地之间充斥着一种潮乎乎的湿气，一切的风物都暗淡而无声。

眺望朦朦胧胧的田野和远处模糊的茅舍的轮廓，残存在刘文治记忆里的一些事情使他疲倦伤神，久久不能安心。

他在那种潮湿而阴暗的天色里踏上了姨夫家门口那道布满了苔痕的石阶，随之而来的一阵冷风吹动了门前的一道纸符和一串风干了的苦瓜条，哗哗作响的苦瓜条如同一串清脆的算盘珠子，弥漫在堂门里面的深长的檀香味这时流泻了出来，这最初的情景和气氛使刘文治连日奔波的脸色变得十分难看。

刘文治东倒西歪地奔进姨夫的古色古香的厅堂里以后，倾斜的身体又一次失去了平衡，他伏在了一张桌子上，致使那上面的一只细颈大肚的宋代古瓷猛烈地摇晃起来，一种清脆的声音从古瓷瓶里传了出来——不久以后他才发现那里面存放着一些含义不明的镜花铜钱，他吃了一惊，仿佛被一根哗啦作响的锁链绕住了手脚。正面墙上的一幅“东山送米图”横幅也发出了响动。

平地而起的响声使面壁熟睡着的姨夫忽然翻身坐了起来，这位昔日的陶瓷工匠闪烁着两道灰暗无神的目光，眼睛里正游动着丝丝缕缕的复杂如鱼的血丝，出神地望着这个风尘仆仆的陌生人，表情黯然而迷茫。

刘文治努力地向神志尚不够清醒的姨夫笑了一下，疲倦的奔走和风雨的剥蚀使他想尽快结束眼前的这种场面，他渴望一张床，需要一段为时冗长而昏暗的睡眠时光。

但是岁月的流逝已使刘文治的容颜与昔日相比变得不尽相同，几近难以辨认了。于是，他将先前一度倾斜着的身体慢慢地挺直了。他声音沙哑地说道：

姨夫，是我，我是小金弟。

我就是从前的那个老爱生病的小金弟。

姨夫久久地望着他。这位昔日的陶瓷工匠在心里承认自己对眼前的这个久远的名字有一种模糊的隐隐约约的印象和记忆，但也就只是一个空空的概念而已，就像他平日里时常想起的淬火或者上釉那些字眼时一样，一切对他来说都只是一个简单的字眼，一种虚泛的概念，并不具有任何的过程和指向，甚至也无法与淬火和上釉相提并论，后者毕竟还都是他所熟悉的。

小金弟?

你就是从前的那个经常往我的陶泥上撒尿的小金弟?

是的姨夫，那就是我。

人家都说我的陶器上老有尿臊味。

姨夫这时已渐渐地从先前的那种昏昏沉沉的睡梦中回转过来，眼神里增加了一些新的东西。姨夫说着，从那只红木的床上下来，走到一只铜盆前洗净了手。之后，姨夫又走到一个青瓷的罐子前，打开盖子，伸手从里面往出掏着茶叶。

在这个过程中，刘文治断断续续地说了一些岁月如烟之类的话。

刘文治慢慢地喝着茶，向外面眺望。窗含烟水，远山衔黛，几处茅舍旁边的喇叭花开得血肉丰满，重重叠叠。石桥上的一头牛久久地站着，一根鞭子渐渐地从牛背上升了起来，在空中划出一条黑色的弧线。

姨夫坐在他的对面，脸上的神色笼罩在檀香味中如同平静的瓷晕。

刘文治这时发现姨夫房舍内外的格局有些似曾相识，他怀疑自己迷了路，他觉得不久之前他曾经冒雨离开过这个地方，窗外的那些杂乱如麻的稻草和阴郁的树影使他深感不安，他发现一切都极为熟悉。

我又一次迷了路。

他端着茶杯久久地思索着这个问题，差一点将他的心思暴露在姨夫的面前。但虚冷的旅途和阴暗不均的漂泊生涯使他在不久之后便放下手里的茶杯，倒在姨夫刚才睡过的那张红木床上睡着了。他的脸冲着霉湿而斑驳的墙，身体蜷曲着，与姨夫先前睡着的那种姿势和情形极为相仿。

姨夫为他在床边点燃了一根艾条，用以驱散蚊虫和霉湿之气。沉睡之前，刘文治对于外面的如泣如诉的风声感到无比惊愕，雨水漫过一些茅舍和菜畦，在几座粮囤的四周环绕蛇行。几个月来的风雨将他的昔日的容颜毁蚀得干干净净，几乎不留一点儿从前的痕迹。

姨夫家青铜的门环在他的身后被弄响了一声，姨夫粗布的衣襟上淌着淡黄色的夏季雨水，雨水中的檀香味深远而持久。

他回忆起了从前岁月里的一部分事物，姨夫的影子在几座青烟缭绕的瓷窑之间来回穿插，起伏出没。那种时候，瓷窑上空飘舞着的紫红色烟雾和淡蓝色烟雾常常被天地之间织起的密集的雨帘所吞没，驱散。他眼看着一些泥土的模型拥挤着进入温暖的瓷窑。以后，一张张黑白原色的面具和彩绘的日常器皿依次地从窑里闪现出来，停留在苍白的稻草堆上，或被一辆辆的马车运走。风雨稀疏的时候，姨夫将一只黑白的面具戴在他的脸上，面具上烟火的气息依然清晰可闻。姨夫叫喊着小金弟的名字，领他到窑工们睡觉的地方去避雨。数年间的精心打磨和昼夜交替的焙制使一些窑工疲倦万分地倒卧在瓷窑四周，倒卧在日复一日的烟雨之中。雨时下时停，无数次地重复。在一堆高高垒起的废弃后的模具的后面，他看见姨夫在激动之余仰起了一张大汗淋漓的脸，一些脂粉在姨夫的脸上奔走，闪烁，流泻不止。那时候的雨水似乎失去了往日的声音，当初都弥漫着草籽和烟火的气息。另一种时候，他望见姨夫的手里拎着一只软缎的红绣鞋，心情颓废地向一条废水沟前走去。迎面走来的一名窑工注视着姨夫手中的那只软缎的红绣鞋，那个窑工的草鞋上慢慢地渗出一些细细的血。姨夫看见那些血渐渐地化入泥水之中，他一时忘记了自己手里拎着的东西和窑工的不怀好意的目光以及周围的一切。水边的风不住地将姨夫的衣襟吹起来，暴露出皮肉上的一些青紫色的牙齿印迹和一处竖立着的黑毛。

姨夫用杯盘相撞的声音吵醒了他时，刘文治看到晚炊的烟雾已经笼罩了外面的树丛和几处茅舍的轮廓。

晚饭进行得昏暗而沉积。

悬挂在厅堂门口的一只灯笼被风雨扑灭之后，姨夫一直再没有站起身去重新点亮它。姨夫坐在一把黑亮的雕花木椅上，不住地翻看着一卷充满了皱纹的陈旧的黄纸，空气中飘荡着浓郁的檀香的气味。

傍晚时潮湿的阴风穿堂而过。

刘文治看到自己的衣服和姨夫的衣服都一起在穿堂风中飘扬，作响，都有点儿形同那卷揉皱了的黄纸。在此之前的一段尚有光亮的时光里，刘文治从红木床上坐起来后看见一个跛腿的老盲人魂不守舍地坐在一盘潮湿的水磨上，水磨后篱笆边上的一枝湿漉漉的墨菊花探出他的枯朽的肩头。跛腿的老年盲人分开那两条瘦弱的腿枯坐在水磨上，长久以来的那些垂头丧气的内容使他苦不堪言，辗转难眠，他不时地在那盘水磨上发出一种类似猫的叫声。

晚间昏暗的过程显得无比冗长而冷落。姨夫放下手里的那卷黄纸后，拎起一只茶壶为刘文治倒水，热水落进杯中之时，刘文治听到了一阵清脆简略的断裂声。

姨夫也看到一条裂缝蛇行着迅速窜上了杯口，桌面上这时早已有一片从杯中渗漏出来的水，水迹使姨夫的脸上立即乌云密布，阴暗如铅。数年之前，姨夫已不再摆弄任何的瓷器，不再留意哪一种花色。此刻，刘文治看见姨夫浮躁不安的影子在屋里的四壁之间晃来晃去，飘飘忽忽，行踪不定。这情形，不免使刘文治黯然神伤，他由衷地对眼前的这位昔日的炉火纯青的陶瓷工匠充满了深深的怜意。

于是，他便向姨夫询问久未谋面的姨母。

他们的谈话将晚间昏暗冗长的过程先后几次隔断，霉湿而阴冷的穿堂风又使得他们的一部分话语蒙上了一层不无苍凉的色彩。

姨夫告诉了他一个惊人而棘手的故事。

姨母在一个雨前的闷热的午后独自翻晒稻草的时候，被一名四处流亡的歹人强行奸污。其时，她正身怀六甲，身心倦慵，她翻晒稻草是为了日后能坐好月子。

刘文治这时听到姨夫的衣服像一张窸窣作响的麻纸，上面写着他所有的心事。他想起了那些散落在稻草堆中的河卵石一样的鸭蛋，想起了那道拱形的门和曾经依附在自己手掌上的那种湿润而滑腻的东西，想起了那种晶莹的汁液和那个穿黑衣服的矮个子的男人。

刘文治站起来对姨夫说：

天不早了，睡一会儿吧。

几件瓷器的影子出现在墙壁上，被风吹得叮叮当当，东倒西歪。悬挂在厅堂门口的灯笼一遍一遍地空转着，情形有如一个不久前才刚刚失明了的人，无法适应周围的一切。阴湿的风雨曾经扑灭了它，如今又驱使它无可奈何地摆出一副徒然的姿势，在漆黑的夜晚里反反复复地重复旋转。

姨夫在烛光后咳嗽了一声。

今晚我不能陪你一起睡了。

姨夫对刘文治说。

姨夫告诉他说收麻的季节快要到了，他得在这几天内将几件必要的工具收拾利索。白日里的时候，他曾经搓好了一部分弯弯曲曲的草绳，草绳如几十条僵硬的蛇一样浸泡在屋后的一个水塘里，几天以后便可以捞出来放在阴凉处晾干。姨夫告诉他说，这样做的目的是为了能够获得一种柔刚相济的韧性。

没有韧性的草绳易折。姨夫说。

现在，姨夫的手里拎着一把需要花大量时间重新磨砺的砍刀，要斩断植物的错综复杂的坚硬的根须以及那些芜杂的千丝万缕的枝蔓，没有一把砍刀是万万不行的，刀刃若不够锋利，手中纵有一把好刀，也形同乌有。

姨夫说话的时候，影子一直隐没在风雨里。当他后来转过身以后，刘文治看见姨夫的一张脸像一只红色的陶泥面具。

年老使他不胜酒力了。

刘文治望着姨夫想道。

晚饭时，为了驱寒去潮，他们各自都不同程度地饮用了一部分三年前酿制的米酒，酒坛子深埋在一丛树藤的下面，潮湿的地气使它的表面冰凉如水，酒液则温暖如初。那时候，厅堂门口的那只灯笼尚未被风雨扑灭，光亮照射着墙上飘扬着的绳子和一堆盘根错节的紫荆藤，散发出阵阵森森的阴湿之气。

该死的农事！繁重的农事！

今晚我无法陪你睡了。

姨夫喃喃地说道。

夜晚中的姨夫像一只松松垮垮的蝙蝠，每当他在移动身体的时候，常常将一种古怪而腥甜的气味缓缓地传达出来，他的衣襟和衣袖都在共同振响着，翩然飞舞着。

远近村舍之间的狗吠声渐渐地消失了。其时，屋檐下那霍霍的磨刀声似乎也早已停了下来。雨点打湿了窗户和灯笼纸，水珠一粒一粒地从墙上渗出来，涌现出来，越来越多，形成了一片一片的灰暗的水渍。噩梦一样的连绵的阴雨使刘文治在昏昏沉沉之中睁开了疲倦的睡眼。

刘文治醒来后，用手抹了一把湿漉漉的脸，他的胸前也湿淋淋的，有一大片水渍。他分不清是自己的汗水还是口水，或者是雨水。他感到脖颈后面有些瘙痒，便用手去挠，然而，让他没想到的是，他的手刚一伸到脖颈上时，便十分意外地抓住了两个陌生而冰冷的手指头。

那时，他听到了一种低远的哀鸣声和一种苦不堪言的呻吟声。

刘文治抓着那两个陌生而冰冷的手指头，翻身坐了起来，红木床在这个过程中发出了一阵吱吱呜呜的晃荡声。

刘文治看见姨夫握着那把早已磨亮了的砍刀站在床前，刀刃如一排雪亮的牙齿。刘文治不知道姨夫的那张红色的陶泥面具似的脸此刻是在看着他，还是望着别的什么地方。

原来是姨夫。刘文治说。

我睡不着。姨夫有些茫然地说道。

我还以为我的身上长了湿疹。

刘文治笑着说着，说完后就放开了那两个陌生而冰冷的手指头。

我总是睡不着。姨夫说。农闲季节反而睡不着了，贱得就没办法。

天已经三更了，你睡得那样香那样沉。

姨夫说着，看了一下那两个冷湿的手指头，它们都红红的，有些干瘪。

你应该去睡一会儿。刘文治说。

风雨把你弄醒了。姨夫说。

你真可怜，你如今比我从前见你那时瘦多了。刘文治说。

你多少去睡一会儿吧。刘文治说。

我睡不着。姨夫说。

我知道你心里有事。刘文治说。

我没事。姨夫说。

因为没有女人？刘文治说。

你恐怕弄错了，早在很多年前我就不再需要那种东西了。姨夫说。

她们不好么？刘文治说。

见得多了，就无所谓好坏了。姨夫说。

你是因为她怀的那个孩子才睡不着觉的是不是？告诉我那个家伙是谁，是不是那个拐腿的家伙？刘文治说。

已经没有必要了。是我最后送她上路的，我觉得她该走了。当初也是我用一顶轿子把她接进门的。姨夫说。

事情发生的时候，窑工们正在点火，那些瓷窑的上空浓烟滚滚，附近所有的事物都被掩盖在那里面了。姨夫说。

你知道那种叫作欲盖弥彰的事么？姨夫说。

我以前听说过类似的这种事情。刘文治说。

我多年研读典故，运用典故，我常把日子当作书画来描。姨夫说。

我迷恋这样的方式。姨夫说。

风雨使墙上的绳子和藤蔓又一次飘扬起来，沉闷的水磨的隆隆声在河对岸的黑魆魆的村舍里隐隐响起。

大雨在晚间重蹈覆辙，滂沱的雨水使刘文治又一次沉睡了过去。

豆大的雨点落在几枝迎风开放的晚香花上，鲜艳的花瓣坠落如泥。

一个鬼头鬼脑的人突然在雨中奔跑起来，形同一只地鼠，有一种难以言明的目光在暗黄色的斗笠下闪闪烁烁。河水擦着牛的腹部荡来荡去，牛毛如丛生的水草一般浮动在水面上。大雨将一些事物逼到近于走投无路，一部分土漆的陈设和器具在昏暗的微光中显示出最初的那种本色和底蕴。一些嘴在暗处，在阳光照不到的地方说着话，时启时合，头顶上的马灯飘曳在漫长的风雨之中。风雨吹开一些门窗，将里面将要发生和正在进行着的种种情形部分地呈现。雨季是一个极为阴暗的视角，站在雨中的任何一处，都能望见雨季以外的一些阳光奔放的地方。相反的时候，则一切的情形都无法再现。

梦醒之后，刘文治发现姨夫早已不知去向。那把雪亮的砍刀把屋里的所有的瓷器全部粉碎以后就丢弃在一堆碎片之间。

刘文治看见这座红顶的弥漫着深长的檀香气味的古老的厅堂里，陶瓷碎片的影子在墙壁上像雨水的波纹一样在轻轻荡漾，像姨夫昔日的笑容一样古色古香，无声无息。

九

那些年，我昼夜穿行在一条烟雾弥漫的河边，它两岸边的那些破旧而颓败的风物常使我迷途难返。在漫长而阴晦的梅雨天气里眺望一些乌黑的船只和野渡上的人影，眺望荒草萋萋的烟雨楼，我的心情是复杂的。

有关那位陆文龙将军失踪的消息在附近一带的一些地方一直流传着种种不尽相同的说法，有些甚至是古怪而极其荒唐的，牵涉了一些生僻而不可知的内容和背景。

我在瓷器城和竹罗镇附近的一些乡下时，有人曾放风说，将军在从前的一次晚宴上误食了一种名叫“夫人指”的蔬菜。那种东西形同海蜇，野生于一些偏僻的湖心岛上的礁石之间。由于获取时的艰难和不易，其价值便理所当然地十分珍贵。那次晚宴据说只有将军一个人有资格独享那种名为“夫人指”的美味。据说人食之后，便会迷途难返，沉湎于梦游和销魂之间。我怀疑这只是一种卑琐而贪婪的低劣想象，它颇能投合一些人的兴趣所好。

也有人说，将军因其属下的阴谋反叛而失利，最终又为告密者的阴魂所扰而致死。

我希望后一种说法的前半部分是真实的，传说者可以由此自圆。

我坐在那座轮廓庞大而结构复杂的欧式花园里，我脚下的花砖的甬道上、石凳和石桌下飘落着许多不同时期中遗留下来的树叶。昔日里那种古典的浪漫主义的精神现在早已灰飞烟灭了。昔日里曾经日夜活动在这座花园里的那些人物和他们的服饰以及各种各样的声音和影子如今也早已荡然无存了。

现在，平滑的石桌上不再有脂粉泛起。不再有红粉流苏，不再有沉默如雨点的棋子和摊开在阳光下的精美书籍，只有尘土和露水平静地滞留在上面，日复一日，年复一年地增加着厚度和一层一层的硬壳。

一年四季里，阳光和雨水中的那些森严整齐的百叶窗总是长久地封闭着，如一道道密集而沉默的古代城堡。窗户的颜色和格调一如既往。看到这些，便会使人想起已逝岁月里的那些生动的事物和众多的生活场景。

那时候。曾经有一个时期，为了躲避弥天的烽火和硝烟，每天的黎明时分都会有成群结队的鸟群由四面八方飞来，并长期地栖居在花园里，园中年久的树木和丛生的花丛使它们憔悴劳困的生命得以休养和安息。它们的啼叫和凋零的羽毛使园内变得虚浮和疏松，失去了昔日的安宁和沉寂、华丽与忧伤。

这座破败而颓废的老式园子满目苍凉，使我一无所获。

我离开的时候，一只衔黍而回的鸟正匆匆归来，慌乱中落下一根带血的羽毛。

十

那年秋天的一个空气湿润的晚上，我应邀去出席一个妇女界的联谊台，会议的中心是讨论妇女如何翻身的问题。

我对这个问题没有兴趣，我感到即使翻将上来，同样毫无任何的意义。

晚会上聚集了妇女界如云的名流和一些名媛淑女。许多的人都谈起了已逝的费丽夫人，包括她从前的美丽和善良。会议主持者是一位使馆官员的夫人。整个晚上，她那双美丽的眼睛里始终饱含着热泪。

后来的某一天里，我冒着天地之间的蒙蒙的细雨，终于在一个背景阴晦的村舍前找到了那位白发苍苍的老用人沈妈。其时，她一个人独自坐在一道低矮的旧门槛上。她背向居室，面朝着天井里的部分光亮。屋里昏黑的光线使人无法看清房中的格局和家中日常物品的轮廓，只望见她像一个漆黑的剪影一样孤坐在门口，聆听着无头无尾的雨声。

高而窄的天井里到处都密布着锈绿的苔迹，上面依附着冰凉潮湿的水气。

这个老式天井里的疏朗的格局，得自于那些透明而规范整齐的蛛网的结构。

眺望灰蒙蒙的细雨和天井里黑白均匀的光影，她告诉了我一些发生在从前的鲜为人知的事情。她的手里捏着一个干瘪的豆角，满头的白发如一种年深日久的木头花纹，她干柴似的声音使我的心情霉湿而泥泞不堪。我又一次看见了那个苍老的皱纹密布的豆角，它已经再挤不出一丝的水分了，它一会儿在她的手中跳跃，一会儿又宁静无声。那是一种伤心的舞蹈，一种沉湎于安宁和僻静中的失去了昔日一切声色的红尘之舞。

她说那个人一连好多日子总在花园外的壕沟边转悠，一派无所事事而又胸有成竹的样子。她说，他的那种状态，那种表情和样子使你由不得要反省自己，回忆自己在某种时候干过某些什么事情。他仿佛对一切都了如指掌，却又引而不发。他要你自己折磨你自己，让你总陷于反省和混乱的回忆中，让你与自己已逝的那些时光过不去，让你不断地剥蚀，揭起，直到最后你自己不由自主地坦露出你过去的甚至是最初的那些情形和秘密。

他的这一招非常厉害，真让人吃不消。

她望着绵绵的阴雨说道。

仿佛也是在这样的一个阴雨霏霏的日子里，他终于不再在花园外的那道壕沟边转悠了，也不再向花园里张望了——他以前经常站在外面偷看我们夫人，夫人常在园中看书——他走到铁栏外面，按响了花园的门铃。他的身上湿漉漉的，衣服上淌着水。那些水不像是雨水，倒像是从他的肉体上分离下来的一部分东西，这真让人莫名其妙。

他的手里摆弄着一块陶瓷的碎片，陶片是黑色的，也可能是红色的。总之，那是一块陶片，一块南方山区的陶片。他说他要面见夫人，是夫人约他来的——这话让人难以置信——他曾是将军的部下，他从前的职务好像是一名副官或参谋。

他就是刘文治。这个名字好记，我从前的那个丈夫也叫这样的一个名字，不过，他早就在放鱼鹰的时候死在船舱里了。

一只鹅这时候悄无声息地出现在狭窄的天井里。鹅的一条腿上裹着一层红红的胶泥，羽毛上散发出一种潮腐的腥气。

鹅后来被她赶出去以后，她将一根针和一小团线递过来，让我帮她穿针引线。她的手里正缝制着一件黑颜色的大褂，她告诉我说是她自己的寿衣。

我问她说，这个地方的天气一直都是这样阴晦和霉湿的么？不论任何时候，这个地方都像是处于一个傍晚时分。

她没有回答，两只手在那件尚未缝制完的黑大褂上弄出一些窸窸窣窣的声音。

我想起了来时看到过的这里的雾蒙蒙的田野和霉湿而阴暗的白色山墙，以及山墙上的那些高而窄的窗户。田野里一个人也没有，天空压得很低很暗。

她告诉我说。她至今也不知道那个人当时与夫人说了一些什么。她只记得他们两个人之间的谈话非常稀少而简短。那个人的手里始终都在摆弄着那块陶瓷的碎片，有时也做出一些含义不明的手势和表情。

那时候她就一个人坐在厨房的门前择菜，准备晚饭，每隔一会儿，她便起身过去为他们倒一次茶。这中间夫人曾经让她上楼去拿来一件披风和几种夫人当天要服的药片。

坐在厨房门前择菜的时候，她远远地望见夫人的表情时而激动，时而又十分沉郁。夫人穿着那件玫瑰红的披风。

他们当时的那种情形和阴冷而冗长的谈话场面，在日后曾让她猜测想象了很长很长的一段时间，虽然毫无任何结果。

将军后来回来的时候，那个人已经走了。离开了雨中的花园和外面的那条壕沟，消失在了茫茫的雨季里。

她一点儿也不知道那个人是什么时候走的，那样迅速，那样无声无息，就好像他突然间化作雨水消失在花园里一样。

晚饭之时，夫人说了一句话，将军听罢不禁大惊失色。将军说，那个名叫刘文治的作战副官早在几年前就死了，当时的一场战争正在他的家乡一带进行。将军曾目睹了刘文治的尸体被埋葬在一片浅浅的竹林之中。当时天上也下着雨，士兵们的衣服上都滴滴答答地淌着水。竹林的附近有十几座青烟缭绕的瓷窑，一些窑工正在雨中出没。

我在天井中黑白均匀的光线里为她穿好了针线，递到她的手里。她在谢我的同时，口里不经意地滑出了一个英语单词。

我诧异良久。我没听清她说的是“门”还是“窗户”。

我问她刚才在说什么，她说她是在叫鹅。她说鹅是一种愣头愣脑的东西，常在大雨中会迷失方向，找不回家来。

雨雾中，远处隐隐地传来一声短促的蛙鸣和一头耕牛的叫声。

一个浑身漆黑的驼背之人这时从外面铅色的雨地里走过，地上的泥水被他踩出了响声，他头上的斗笠被细密的雨点敲打着。

对于后来的一部分往事的回忆和叙述，使她的面孔变得斑驳而迷茫。她苍老的身躯佝偻着，那件漆黑一团的寿衣拥在她的怀里。有很长的一段时间，我和她都在倾听着外面的无头无尾的雨声，都无所事事地看着那窄窄的天井渐渐地一点一点地暗下来。

她说，事情发生的时候，也是这样的一个异常寂寞的傍晚。她离开熄灭了灯光的厨房上楼的时候，看见一个庞然大物正堵在夫人卧室的门口，就是那种林中的庞大的长毛动物，它挪动的时候，脚下似乎总像是踩着一些厚厚的林中落叶。

临终之时，夫人说她看见那个人有一张十分红润的面孔，像一颗绽开后的石榴，又像是酒量过剩或不胜酒力。

那个人不是刘文治，那是一个陌生人。我对她说。

那个人就是刘文治。她说。

在刘文治的身后还有另一个人。我说。

我听见黑暗的天井里传来了一声呻吟。我看她时，她已抱着她的那件缝了一半的黑大褂死去了。

原载于《莽原》一九九二年第一期

我理解的青苔

肖部长，我来了

从哪里说起呢？

事情已经过去这么久了，没想到还有人要纠缠。老纠缠这些，还有什么意义呢？我都快忘光了。现在，能让我想起来的，能让我清清楚楚地不掺一点儿假地回忆起来的东西，已经不多了，确实不多了，而且眼看着还在一天一天地减少，像旧日的城墙一样在消亡，谁也不知道那些东西最后都去了哪里。你们要是再过几年再来，那时候我可能就是一个完全没有记忆的人了，一切都想不起来了，从前亲手做过的，没做过的，看别人做过的，包括听说过的，所有的一切统统都不在了。真要到了那个时候，那倒也好，我也就不懂得什么叫怕了。怕又有什么用呢？是的，不顶事，光怕是不行的，是祸躲不过嘛，所以我不怕。说实在的，我现在常常觉得，那一天迟早都是要来的，老天爷那里给你记着一笔账呢，在没有算清楚之前，在没有勾销之前，谁也走不了。这种事情有点儿像是在饭店里吃饭，在旅馆里住宿，在没有结算之前，你是不能擅自走掉的，就算你丢下还在冒气的盘子碗碟，钻出还有余温的被窝，慌慌张张地偷着跑了，最终也得被抓回来，除了一五一十地重新算清旧账，还得当面受辱，被愤怒的气不打一处来的人们痛打一顿。这又何苦呢？所以这么多年来，我一直都在等着，从没想过要跑，要一走了之，因为心里清楚，那是走不了的，走也是白走，走了还得回来。甚至也没想过死，不敢擅自去死呀同志们！事实上，真要下决心去死，也不一定就能死得成，世上没有那样的好事，你想什么就是什么。真要去寻死，十有八九你会被人救了，这里边有一种阴差阳错的东西，说不清楚。人家好不容易救了你，你总不能当着人家的面立即再去死吧？肯定不能！连埋怨的话也不能说，无论如何得给人家个面子。你这狗日的，为什么不回家去吃饭，为什么不回去教孩子认字，打算盘，为什么不去找你喜欢的人，非要停下来救我？你这一救不要紧，把我可坑苦了，打乱了我的计划不说，还平白无故地破坏了我的好事，活生生地让死亡在我的眼前又一次成为让人沮丧的泡影，让我怎么说你呢，谢也不是，怨又不能，真的是豆腐掉进了灰堆里，怎么都不是。不能这样说吧？我总觉得不能，肯定不能。那么，回去悄悄地喝点儿药结果了这条狗命算了，也不行，别以为是药就都顶事，药也有不灵的时候，也有什么作用也不起的时候。它挽救不了一个垂死的病人，那也就算了，因为它笨，没有什么功效，我们也就不怨它，不计较它不指望它了。可是，当一个想死的人想利用它快些达到自己的目的时，它不但不能奏效，反而会像兴奋剂一样让你腾云驾雾，天马行空，让你浑身的血液越循环越快，活力越来越强。打个比方说吧，晚上十点钟的时候，或者再晚一些时候，人们大多都睡了，周围一带只剩下无边无际的寂静。你打开药瓶，用一杯温开水将药服下，然后坐在那里等死。随着黑夜的深入和结束（就是在那种时候，我发现黑夜其实就是一部戏剧，有序幕，有开始，有发展，有高潮，有结束，还充满了众多筋络一样的细节），随着新的一天的到来，你发现自己非但没死，反而经过一夜的折腾与苦苦等待，变得像早晨一样生机勃勃，阳光灿烂，五彩斑斓，甚至面目全非。与其说那是一种等待，倒不如说是一种修炼或锤炼更为恰当。而那些希望让自己兴奋的人呢，无论服用什么样的药，结果总是无济于事，以前软塌塌的，以后还是软塌塌的，他们永远也不可能像你一样能够脱胎换骨。后来，我总算明白了，老天爷要是不让你走，不签发同意的命令，任你是谁也走不了，无论怎样折腾也是枉然，白忙活一场，该走的自然会走，不该走的一定要留下来，收拾残局，处理一切善后事宜。为什么？就因为你还有事情没有交代清楚，没有彻底了结，所以你不能走。世界是一个充满了前因后果的世界，并不是你想来就来，想走就走，任何一件事情，无论巨细，都是有原因和来历的，有时候只是表面上看不见罢了，并不是真的什么也没有。这事信不信由你们，我自己深信不疑，也不仅仅是因为我无数次地领教过它的厉害和威力，领教过它的不含糊和不饶人。唉，那真叫锋利，稍不小心，就会有血流出来，亮闪闪的血，叫人眼前不住地发亮，发热，发痛，有时流在暗处，暗处我不说你们也知道。所谓暗处，就是在你的心里流。

什么？不说这些？那好，不说就不说。今天你们来，我也多少看出点儿名堂，可还是不知道你们到底想知道什么！

我是怎样背叛革命的？

言重啦同志们，冤枉啊同志们！

听见你们这样说，我心里难过死了。不要以为我长期待在这里喂鸡，就是一个坏人，不是的，我不是一个坏人，我养的那几只又肥又大的雄赳赳气昂昂的浑身上下从里到外都散发革命的英雄主义和乐观主义精神的鸡可以给我做证，证明我不是一个坏人，而且是一个好人，一个正常的人。试问，坏人能把它们养得这么肥这么好吗？它们虽然也算是一个团结的小集体，可是从根本上说，它们还是什么也不懂，只知道低着头吃，只知道在土里瞎刨，基本上属于那种无组织无纪律的乱七八糟的一群。它们的那种大无畏的英雄主义精神是从哪里来的？它们的那种嘻嘻哈哈的爹死了娘嫁了，家破人亡，流离失所，背井离乡，独在异乡为异客，即使天塌了也仍然照吃不误照睡不误，还能照样一如既往地放声高歌的革命的乐观主义精神又是从哪里来的？难道不都是我从小看着它们长大，一点一点地培养起来的吗？在它们的身上，我没少花费心血，起五更，睡半夜，披星戴月，星星和月亮什么时候回去，我才回去。回去了也不敢马上就睡，脑子里还在想着它们，思念着它们，不知道它们睡了没有？又担心天黑前它们没有吃好，又担心有坏人来偷它们。这样一想，就又来了精神，想睡也睡不着了。怎么办呢，再出去转转吧，害人之心不可有，防人之心不可无。于是，又披上衣服，走到外面，看见一盏马灯一闪一闪的，那是废寝忘食的农场的老场长，正在认真地如饥似渴地学习马克思主义和毛泽东思想。夜越深，老场长越是手不释卷，披着衣服坐在坡上，马灯就放在他的腿上，读一段，然后停下来想一想，极其认真地领会，消化，吃透，永远默记在心里。消化了领会了，也就等于掌握了，再不用担心会半路跑掉了。农场里经常会发生一些事情，遇到十分棘手的难以做出判断难以做出处置的时候，老场长就会及时地打开领袖们的著作，耐心地在其中寻找答案，追求真理，找到解决问题的方法。有时候找得也真苦啊，一本书快翻完了，还是没有相关的答案。但老场长并不气馁，一直找下去，总要找到才算完事。

老场长看见我也披着衣服出来了，就问我出来干什么。我说，不放心那几只鸡，不再看它们一眼，还真睡不着。老场长听了我的话，又翻了一会儿手里的书，然后对我说，你做得对，这是应该的，也是十分必要的，一颗红心干革命，做人就要做这样的人。又说，在这样的一个黑黢黢的夜晚，你的眼睛能看多远？听见老场长这样问我，我感到很奇怪，于是就向前看了一下，然后告诉他说，天黑，看得不太远，恐怕连五十米以外的东西也看不清楚。老场长听了我的话，深深地叹了口气，看得出他心潮起伏，革命的意志比钢坚。老场长问我，知道你为什么看不远吗？我摇摇头，说不知道，知之为知之，不知为不知，不知道就是不知道，我不能欺骗他。老场长一针见血地对我说，那是因为你的心里充满了黑暗，像这夜一样黑，所以不管看什么都看不清楚，也只能看到一些近距离的东西，只能看见一些鸡零狗碎的眼前利益。他这样一说，我好像有些懂了，一个人的心中要是没有远大的理想和高昂的斗志，没有坚定的信念，只装着个人的一些小算盘，鸡毛蒜皮，坛坛罐罐，柴米油盐，老婆孩子热炕头，一亩三分自留地，花鸟鱼虫，小猫小狗，那么，这个人注定是没有出息的，是不可能看得很远的，因为，他的心只有那么小，眼光只有老鼠尾巴和兔子尾巴那么长。由此，我深深地意识到，学习对于一个人是多么的重要啊，不学不知道，一学吓一跳，就像在梦中被突然吓醒一样，一下就发现自己是那么的可怜，那么的空洞，那么的贫乏，那么的一穷二白，那么的不成器。就在我面对着灾难般的黑夜一遍又一遍地反省自己的时候，猛然听见老场长用他那极其豪迈的大无畏的革命精神和气概在说：

我比你看得远，我能看见整个世界，甚至宇宙。

我有些惊呆了。

老场长说，锄禾日当午，汗滴禾下土。他看见广大的亚非拉人民正在受苦，正在被帝国主义奴役，正在被一整船一整船地贩运，一火车一火车地买卖，孩子们瘦得皮包骨头，个个都像无家可归的小叫花子似的。此外，他还无比痛心地看见我们的某些同志正在蒙头大睡，正在麻木不仁，正在腐化堕落，而敌人的眼睛却一直都在睁着，一双双罪恶的手一直都没有停止过罪恶的活动，敌人的牙齿越来越长，咬得我们无处藏身。

王老五，我问你，你的家乡在哪里？老场长问我。

我没有回答他，我想，不是都写在档案里了么，一切都在那里。我惊奇的是，这么一个黑黢黢的夜晚，老场长也有一把年纪了，他怎么会看到那么多东西？他是怎么看见的呢？

面对我的疑问，老场长不禁有些自豪而骄傲地说，因为我有一颗红亮的心，一轮红日正在我的心里，在世界的东方蓬勃而出，冉冉升起，最终，五湖四海，整个世界，将被不可避免地照亮，万山红遍。说着，老场长拉着我，登上了农场的制高点，他让我向远处看，尽量使劲往远处看，能看多远就看多远。按照他的吩咐，我使劲往远处看，最远的地方应该是馒头山苍茫的轮廓，也就是个轮廓，别的都看不清楚。

这时，老场长问我：

“告诉组织，你都看到了什么？把你看到的，想到的，原原本本地向组织说清楚。”

我说："报告组织，我看见了一些树，白天它们都是绿的，这会儿都是黑的，黑压压地连在一起，像一支夜行的军队，正在向远处开拔。"

老场长冷笑了一声，说："净他妈胡扯！"他披着衣服，一只手放在腰里，另一只手举着那本书，似在沉思，又像在极目远眺。过了一会儿，他说：

"你说那些树看上去像军队，那你说说，是咱们自己的军队呢，还是敌人的一支军队？"

我说，"当然是我们自己的军队，我们的人民子弟兵，自己的队伍来到面前，我们还能不认识么？一颗红星头上戴，革命的红旗挂两边。"

老场长想了想说："嗯，这还差不多。"

他满意了只一小会儿，接着又问我：

"你再说说，最远处你看到了哪里？有没有出了省界？有没有出了国界？"

我一想，这不可能吧？一个人站在一个普通的瞭望台上，怎么可能会看得那么远？能看到省外去，国外去？由此，我怀疑老场长是在和我开玩笑，但是看他的模样，又不像是在开玩笑。我忽然恍然大悟，老天啊！老场长这是在考验我呢，在不动声色地考验我呢，看我是不是老实，是不是能够一贯坚持说真话，说心里话而不说假话，不欺骗组织。这么一想，我顿时觉得浑身轻松得想飞起来，我在心里笑着说，老场长啊，好你个狡猾的老狐狸场长啊！我早就看出你有这一手，想给我来个突然袭击，来个猛不防，好让我跌倒爬不起来，让人们看笑话，没想到却让我看出来了。于是，我尽力忍住内心的激动和得意，老老实实地回答说：

“报告老场长，我只看到了馒头山模模糊糊的轮廓。”

听完我的话，老场长有些痛心疾首地说：“可悲呀！真是可悲呀！再也没有比这更可悲的事了！看了那么久，只看到了馒头山的轮廓，轮廓还是一种模模糊糊的轮廓，能说这件事不可悲吗？王老五啊，你知道这是为什么吗？”我摇摇头，说不知道。他说，“是馒头山挡住了你的视线，使你不可能看得更远，使你变得心胸狭窄，鼠目寸光。我也想通了，你也只能看这么远，再往远里要求你，那也是不现实的。告诉我，告诉组织，看到馒头山的那时候，脑子里是不是想起了食堂里刚蒸出来的热气腾腾的馒头？”我用手使劲地拍打着自己的瘦得像三合板一样的胸脯，对天发誓，向老场长保证：“没有，绝对没有，绝对没有在那个时候想起食堂里刚刚蒸出来的馒头！别说是热气腾腾的热馒头，就是冷馒头，发霉变质的旧馒头也没有想起来过，我要是那么想过，我就不是个人，真的不是人！要是那样，就让我出门就遇上拖拉机，把我的腿压断，受到粉碎性毁灭性的打击，或者遇上夏日的山洪和秋天的大火，或者让我每次去食堂打饭都排到最后，等轮到我的时候，饭和菜都已经没有了，被人们打光了，只剩下一桶又一桶的泔水，泔水是用来喂猪的，也没有我的分儿，因为猪喂得又肥又大，可以支援世界革命。”见我说得如此坚决而又急迫，老场长说：“好了，不要再说下去了，其实，像你们这种人，想想也是正常的。包括你在内，很多人都只知道像猪一样张开嘴吃，别的什么都不懂。就说我们现在所干的工作吧，你以为真是个喂鸡的，只是个喂鸡的？你以为我真是个场长，只是个场长？要是那样看问题，就片面了。事实上，我们都是在为全人类的解放而斗争。”老场长啊，从这一点儿来说，我真是由衷地钦佩他，没办法不佩服他，无论多么复杂的纠缠不清的问题，经他一总结，一下子就击中了要害，一下子就触及到了问题的核心和灵魂。句句都是真理，既语重心长，感人肺腑，又一针见血，良药苦口。而同样的一个问题，我怎么就转不过那个弯呢？想到这里，我真心诚意地对老场长说：

“请老场长考验我，也请老场长放心，我一定为革命把鸡喂好！有我在，就有鸡们在！为了它们，我随时准备牺牲自己的生命。要是有人胆敢来侵犯它们，我豁出去了，我要和他们和一切来犯之敌坚决斗争到底。我要把鸡喂得肥肥的，大大的，沉沉的，最好能把它们一个个喂得都像牛那么大，然后把它们送给广大的受苦受难的亚非拉人民，让他们享用，不！是让他们充饥，填饱他们的肚子，这样就有精力与敌人继续作长期艰苦的斗争了。”

老场长说：“这些鸡可能到不了他们的嘴里，出口是个问题，运输上也有麻烦，总之，渠道不通。最终，可能还得由我们自己来解决，我们吃了，也一样可以为解放全人类做贡献么。”

“我们也能吃？”

“怎么不能？”

老场长的一席话让我禁不住热泪盈眶，激动的泪花在我的眼里不住地闪烁，团团打转。这时，我忽然胆大了一下，问了老场长一个也许不该问的问题：

“越过馒头山，你看到了什么？”

“好！问得好！这个问题问得好，这么半天，其实我就等着你问呢。”

老场长满怀鼓励地看了我一眼，继续向远方眺望，看得出他的内心深处是极不平静的。他说，他看到了炎热的非洲，听到了黑人们的哀歌，又看到了拉丁美洲的黄色的香蕉和随风摇动的桃金娘树，殖民主义者把火车开到了种植园的旁边，火车的颜色也像香蕉一样。他看见穷人在劳动，一罐一罐地背水，采摘可可和迷迭香，富人们坐在树荫下看报纸，喝咖啡，躺在吊床上做美梦，春风得意，眉目传情……看着看着，老场长忽然闭上了眼睛，低下头去。我猜他一定是看到了人间的不平。老场长长着一双千里眼，这和我原先估计的一样，但我没想到千里眼也会像平常的眼一样流泪。

大地，你这苦难的人间啊！

我再说一遍，同志们，我王老五没有背叛过革命，从来没有。这个问题在别人那里也许能找到答案，在我这里可不行。你们来就来吧，突然搬出这么一个山一样沉重的问题，不是要将我压扁，想看着我咽气吧？上个月，我在农场食堂里的那台磅秤上称了一下，我还没有一麻袋土豆重呢。食堂里做饭的大师傅刘东风对我说，可怜啊！活来活去，活得只剩下这么几斤了，你要是一头猪，那就麻烦了，我敢说没有人愿意养你，没有人会喜欢你。是因为总不上膘吗？我当时还和刘东风开玩笑，我说，毛主席教导我们，事物都是一分为二的，看问题更应该一分为二地看，假如我真的是一头没人喜欢没人愿意喂养的瘦猪，那才不麻烦呢，相对于那些膘厚体重的肥猪来说，我的保险系数和安全性要比它们大得多，生存环境也远没有它们那样险恶，那样危机四伏。俗话说得好，人怕出名猪怕壮，那说的是什么意思？刘东风眼看就被我说服了，他一边撩起围裙擦脸，一边忽眨着眼睛说，哎，你说得也挺有道理，还真是那么回事，闹了半天，原来瘦猪也有瘦猪的好处。

我瘦，可我喂出来的鸡不瘦。今年，我重点培养了八只，我把主要的精力和心血都放在了那上面。春天的时候，我给它们检查身体，一过秤，好家伙，吓了我一跳，八只鸡，每只都是九斤，一两也不多，一钱也不少，像是从一个模子里铸出来的，真是像俗话说的那样，不称不知道，一称吓一跳。八九是多少？七十二斤，等于又一个我。我高兴哪同志们！有人向我讨教经验，问我那是怎么喂的呢，怎么会喂成那样，不但外表一样，连重量也不差分毫。我说，很简单，没别的，是强烈的事业心强烈的责任感和使命感决定的，一切都是由这决定的。只要你的心里时刻想着人民，想着世界上还有三分之一的劳苦大众还在遭受不幸，正在水深火热，生灵涂炭，只要时刻想着解放全人类，你就能把鸡喂好，同样也能把牛马喂好，不管多难喂养的都不再是个事。一颗红心干革命，鸡儿喂得肥又大。心里有了崇高的理想和信念，你就放开手脚喂吧，不管喂什么都能成功，不管养什么都会按照你的愿望刷刷地茁壮成长，转眼就长成一个大姑娘，大小伙子了。要使红旗飘万代，重在教育下一代，小鸡们还毛茸茸的时候，我就开始注意培养它们了，让它们有礼貌，守纪律，有理想，有道德，讲卫生，讲文明，吃东西时互相谦让，不要像赶火车赶汽车的人们一样一哄而上。另外，还要节约闹革命，不要一下就分光吃尽。

另外，我还要告诉同志们一件事，你们来的时候看见一群一群的鸡在农场里悠闲地散步了吧？我要说的是，目前所有这些鸡，都是由当初的一只鸡繁衍，发展起来的，够厉害，够壮大的吧？就像我们人类，由最初的一个孤独的祖宗，繁衍出现在这么多人。星星之火，可以燎原，通过养鸡，我现在更加明白这句话的含义了，真是像俗话说的那样，不养不知道，一养吓一跳。最初的那一只鸡是我买回来的。我跟着老场长去赶集，他给了我一角钱，让我零用。一路上，我一直在想，买点儿什么呢？买两个馒头吧，一会儿就吃完了，转眼就不见了，等于什么也没有。买一包烟吧，虽说比馒头消失得迟一些，慢一些，但也坚持不了多久。想来想去，我决定买一个能够存得住的，最好是经久耐用的东西。我想到了很多东西，有的是因为太贵，根本买不了，有的价格差不多，但又觉得不太满意，不是那种一看见就容易让人头脑发热感情冲动的东西。这样想着，后来我就忽然看见了放在一只篮子里的几只毛茸茸的小鸡，我一下冲过去，把卖鸡的那个女人吓了一跳。一问价钱，七分钱一只。我本来想买两只，让它们配成一对，也好有个伴儿，免得孤孤单单。但是，一角钱怎么也买不了人家两只，老场长在一旁也帮着说，但也没有用。我自言自语地说，要是再有四分钱就好了，那样就可以买两只了。我边说边偷偷地打量着站在我旁边的老场长，希望他能够再给我四分钱，但老场长把脸转向一边，看着别处，此后很长一段时间内，也一直拒绝用眼睛看我，我一开口说话，他就会像一只惊慌的鸟一样生硬地扑棱一下。于是，我就不停地说，他就不停地像鸟一样扑棱，当我用一种很大的声音猛不防问他一句时，他就会扑棱得更厉害。我想，这又是何苦呢，你要是痛痛快快地再拿出四分钱来支援我一下，也就什么事也没有了，那样一来，你会比现在平静得多，镇定得多，也自尊自豪得多，完全用不着像现在这样一听见人说话就条件反射，情不自禁地乱扑棱，你还会像平时那样训斥我，教育我，给我上一堂严肃的政治形势课，上一堂生动的哲学课，再上一堂字字血声声泪的有关个人前途和国家命运的课。目前的形势，可以说很好，不是小好，而是大好。敌人在霍霍地磨刀，我们也没有闲着。我们的洞打了有多远了？不行，不能用米来算，这样的计量单位太小气了，太容易让人满足了，应该继续向纵深处延伸，发展，向几千公里以外的地方挺进，将胜利的红旗插在那里，表示我们已经来了，已经先期抵达了，正在开始发表鼓舞人心的讲话。但是同志们啊，老场长好像并不愿意这样做，四分钱像四只绦虫一样长在他的肉里，又蒙住了他的眼睛，糊住了他的心。后来，离开集市，回农场的路上，他总算不再扑棱了，看上去也正常多了，硬朗多了，脸上又出现了以前的那种暴风骤雨般的神色和气象。我身上背着一捆草帘子和十几把镰刀，手里捧着那只似乎刚睡醒的小鸡，我看见它的眼睛只有绿豆那么大，还是那种最小最小的绿豆。老场长走在我的旁边，对我说，这鸡要是卖五分钱一只就好了，那样你就可以买两只了。我说，是啊，谁让我们碰上一个既贪心又不通情理的女人，将来迟早有那么一天，我要把她收拾了。老场长听我这样说，有些吃惊地问我，你准备怎样收拾她？我说，很简单，说起来非常简单，男人怎样收拾女人，我就怎样收拾她。老场长眼睛瞪得圆圆的，看着我说，我劝你还是想开点儿吧，不要再给自己找麻烦了，你的麻烦难道还少吗？鸡，怎么不是个养，两只能养，一只也能养，关键是看你怎么养，会不会养，要是养得不好，两百只也都得养死，会养的，一只也能变成一大群。想想我们的人民军队，当初也只是一支可怜的小队伍，小股人马，后来怎么样，发展壮大成百万雄师，百万雄师过大江，不周山下红旗乱。等着让它长大了下蛋吧，一下了蛋就有办法了。仅仅过了半年，就像老场长当初希望的那样，这个小家伙真的就开始下蛋了，一下起来就一发不可收，下了蛋，开始孵蛋，孵完又下，忙得马不停蹄。最可贵的最让人难忘的一点是，它和它的孩子们一起下蛋，一起孵蛋，热火朝天地开展劳动竞赛，鼓足干劲，力争上游，而且一点儿也不显老，一点儿也不比它的孩子们逊色，有时还要更胜一筹。是的，不能用老当益壮这个词来形容它，那是形容老年的，而它，看上去一点儿也不老，精力充沛，朝气蓬勃，好像早晨八九点钟的太阳。说起来，它至少已经是五世同堂了，常看见它领着一大家子浩浩荡荡地出来进去。世上的事，总是这样无心插柳柳成荫，农场里从来就没有想过要养鸡，却在突然之间，完全不经意之间，就有了这规模庞大的一大群，真是让人说不出的高兴啊！那时，老场长的一个女儿刚刚生了孩子，不久，老场长的妻子也生下了一个孩子，母女俩几乎是在一个月之内生的，算起来，那位做舅舅的比他的外甥还要小几天呢。但一个星期以后，那位小舅舅就因中风而夭折了。老场长的妻子把死去的孩子紧紧地抱在怀里，一直不肯松手，不让人抱出去埋掉。老场长对他的妻子说，生了一辈子孩子，到头来却变得不会生了，也不会养了，你还不如那只含辛茹苦功勋卓著的老母鸡呢！你看人家，人家是怎么生的，又是怎么带的？人家生出那么多，一代又一代，死过一个吗？没有，从来就没有，一个也没有死过！人家生了那么多，坐过一次月子吗？让人伺候过吗？有牛奶和羊奶喝吗？也没有，什么也没有，也从来没有觉得自己是个什么孕妇，产妇，从来没有哼过一下，从来没有皱过一下眉。什么叫刚强，什么叫坚毅，什么叫韧性？这就叫作刚强，这就叫作坚毅，这就叫作韧性。想想也真是不容易啊，一个人一次两次这样，容易做到，难得是一辈子都这样。没有几个能做到这一点，但是它做到了，而且是不声不响，自觉自愿地做到的，没有谁强迫过它，有的只是对它的一种希望和敬意。什么？希望也是一种强迫，敬意也是一种压力？我不这么看。人人都望子成龙，祈求自己身体健康，合家欢乐，万事如意，到头来，有几个望成的？有几个真正健康的？有几家真正是欢乐的？又有多少真正是如意的？我说的这些难道不是事实吗？

老场长的妻子发现自己舌战根本不能取胜，只剩下哭了，眼泪像倾盆大雨一样，伤子之痛和满腹的委屈让她呜呜咽咽地哭着。她说，我不如它还不行吗？那只老母鸡好，被你说得像花一样，你去找它去，和它过去，让它给你生，让它给你养！老场长说，不讲理呀，真是蛮不讲理啊！女人真是蛮不讲理啊！世界上什么动物最蛮不讲理？不是狼，也不是黄鼠狼，更不是鸡，而是女人——女人们！

到今年二月，积雪还没有融化的时候，作为目前这支庞大队伍的唯一的祖先和唯一的缔造者，它忽然躺倒了（怎么躺倒的？累的，多年累的，积劳成疾）。我们都以为它这一回不行了，可能要寿终正寝了，但是后来奇迹出现了，它躺了两天，忽然又站起来了。看到那种情景，我们都快高兴死了。二月春风似剪刀，那几天，每天刮来的风都是蓝色的，阳光也是蓝色的，很干净的那种蓝颜色，白翎鸟也每天都在附近一带的树上叫着。

是的，别说是鸟叫，那几天，无论什么声音我们都觉得好听，听上去像是美好的音乐一样。电焊的声音难听不难听？打铁的声音难听不难听？拖拉机发动时的那种嗯塌嗯塌的不住地冒黑烟的声音难听不难听？还有哭声，滋滋的磨锅的声音，猫叫春的声音，兽医劁猪的声音，大喇叭的声音，所有这些，都变了，听上去和以前完全不一样了，我们觉得是一种亲切的嘈杂和美妙的吵闹。

同志们啊，不用再警告我了，我明白你们的意思，你们不允许我称呼你们为同志，觉得我没有资格，好，我不那么叫就是了。但是说实话，在我的心里，我还是把你们看作是同志的，一见到你们就格外亲啊！

有一年在南方，我住在临街的一家旅馆里，楼下是一个印刷报纸的小印刷厂，机器成天响着。当初选择那家旅馆，很大程度上就是看中了那厂里的机器声，用它来掩护住在上面的人，真是再好不过了，就是耳朵被震得很聋，脸上也经常被震得木木的，感觉不到神经的存在，用手掐上去也不怎么痛。整整有二十天，我只依靠一小袋黄豆度日，维持着自己的生命。后来，终于有一天，上级终于派人来了，是一位富有斗争经验的交通员，说是姓朱，也不一定就真的姓朱，干我们这一行的，哪个人没有一打以上的名字。朱交通员原来一直在津浦路沿线活动，有时也会插到陇海路去，由于认识他的人越来越多，组织上才决定让他南下。顺便说一句，他是来接替我的，我奉命北上。我永远记得他那嘶哑的声音，记得那个阴雨连绵的晚上，他紧紧地握住我的手，低声对我说，王汉同志，让你受苦了！你的情况组织上最近才刚刚知道，所以我一接到命令，马上就来了。听见他这样说，我像一个没娘的孩子突然见到了亲人一样，哇的一声哭了出来。他急忙示意我不要出声，我止住哭声后，才意识到楼下的机器声不知什么时候已经停了，这个突然的发现把我吓了一跳。我不知道那是怎么回事，不知道印刷厂的机器为什么突然不响了？按照我的经验，那个小厂里只有十来名工人，他们是不可能冒雨到街上游行的，以前也没有过那样的先例。朱交通员说，他上来的时候就看见印刷厂的门是关着的。我向他检讨了自己刚才的失态，无论从哪个方面来说，那都是绝对不应该发生的。后来，朱交通员笑眯眯地从身上穿的长衫里摸出二斤熟牛肉，是专门买给我的。我一看见，眼里的泪差点儿又掉了出来。其实，牛肉不牛肉的那都无所谓，只要有他刚才的那句话，知道我还没有被人忘了，还被挂念着，那对我来说就已经是极大的满足和安慰了，要比一百斤牛肉还要顶事，还要起作用。

当天晚上，我就冒雨离开了南方。

我是在北上的途中又重新接到新的命令的，命令来得非常突然，要我改变原来的计划，中间不得在任何地方停留，迅速取道晋绥，直接奔赴长城以北的绥中地区。在一个小镇上，我发现了一个算命先生，从我走进镇子里以后，他就一直像个影子一样活动在我的周围，无论我走到哪里，都能感觉到他的存在，犹如芒刺在背。有一阵子，我怀疑他是从南方的雨雾中一路跟踪我过来的。我逗留在那个镇子里，脑子里飞快地想着一些对策，后来我决定要么甩掉他，要么干掉他，只有这两种选择，实在没有第三条路可走。可是，就在我反复权衡利弊的时候，看到那个一直像影子一样的算命先生不知什么时候已经站在了我的面前，他不再是一个飘忽不定的影子，已经完全恢复成为一个真实不过的人。他戴着一副小圆墨镜，看着我，他能够将我尽收眼底，一览无余，而我却无论如何都看不清他的眼神和眼里的内容。他用那两个小黑片子看着我说，怎么，是不是要准备掏家伙？还是想跑掉？赶快把手拿出来吧，街上净是民团的人。我看了看街上那些闲逛的人，又听见他说，你的脸色不对，有凶兆呢。我说，那当然，算你说对了，我正有一个杀人的打算，主要是某些心怀鬼胎，图谋不轨的人。听见我这样说，他的嘴角咧了一下，像是一丝微笑。他说，听着，我现在向你转达一件事情，你原来要去的那个地方，已经另有人去，所以你就不去了。你现在应该取道晋绥，直奔绥中地区，那才是你要去的地方。我看着他，我听见自己的心怦怦地跳了起来，我不知道发生了什么事，更不知道眼前的这个人怎么会知道那一切。但是，我的心跳只有我自己能听见，我相信他是没有听到的。于是，我对他说，我听不懂你的话，不知道你在说什么。他说，有人要我这样转告你，我只是尽朋友之谊，把话捎到就行了。又说，为了等我，他来到这个破败的镇子上已经两天了，现在，见到了人，又捎到了话，他的任务也就完成了。见我站着不动，他叹了一口气。临离开那个镇子前，他又对我说，我要是不在这里等你，去忙自己的事情，你不知要跑多少冤枉路，白白跑路还是一件小事，这中间，到头来能不能把自己的命保住，那倒是一个很大的疑问。说完，他就走了。

那时，镇子上飘起了细雨。

不久，我也开始动身。究竟是按照原来的计划走呢，还是改道去绥中，我犹豫极了，最后还是决定听从那个突然到来的消息，穿越晋绥，去绥中。人走在了去绥中的路上，但心里对那个显得多少有些唐突的消息仍是半信半疑，任何时候想起来，都觉得像是在做梦一样。晋绥是我们的根据地，这首先让我感到安全，心里踏实，只是路上有些苦。走着走着，有时会看见我们的队伍，也能遇到一些老乡，赶着毛驴，驮着黑豆。地主和富农在这一带早已彻底不行了，连话也说得很少了。富裕中农和中农的日子也不太好过。有一天，我路经一个村子，看见两户人家正在为一垛谷草吵架，那垛草已经又黑又霉了，实际上完全没有争吵的必要，但两家人还是吵得很厉害。我看见一个三四十岁的穿着一件破棉袄的男人对另一家的男人说："你是中农，还跟我硬邦邦的？"被叫作中农的那个人也穿着同样的破棉袄，他的脸一会儿涨得通红，一会儿又变得煞白，看得出心里又气又急。他反驳说："谁是中农？王八蛋才是中农！我不是中农，工作队早就肯定我不是中农了，从去年八月十五以后，我就不再是中农了。"先前的那个人说："我怎么不知道？"对方说，"你算老几？要你知道！你去问问工作队的姚队长，看看老子还是不是中农？去年我怕你，今年我可不怕你了，因为我已经不是中农了，受人欺侮的日子终于到头了。"这时，先前的那个人胸有成竹地说起一件事，有一天，夜已经很深了，他从这个不愿意承认自己是中农的人家门前路过，鼻子里忽然闻到一阵奇异的香味，他如同让人从背后突然打了一闷棍一样，在那里愣了好半天，后来才慢慢回过神来。又仔细地闻了一会儿，才明白紧紧地关在屋里的一家人正在趁夜深人静之际偷偷地烙饼。还听见屋里有人在说，翻一个身，再翻一个身，好！翻过来了。那不是在烙饼，又能是在干什么？难道是在做运动，在逗孩子？绝不是！所以，只能说明他们一家人是在烙饼。试问，如果不是中农，怎么可能会在半夜三更的时候偷偷摸摸地烙饼？把事情做得像一件见不得人的鬼事一样？不光明，这正是他们这类人的一个共同特征。他们可以把烙好的饼藏起来，让谁也看不见，但那种香味却是无论如何怎么也藏不住的，不管门窗堵得多么严实，多么紧密，它们还是会不可阻挡地冲出来，溢出来，夺门而出，夺窗而出。那香味，要是让工作队的姚队长闻见了，没问题会把狗日的重新定成中农，不，也许是富裕中农，不，应该是富农，这也并不多么冤枉他。中农说：“我日你祖宗！有你这么一级一级地上升的吗？一下就把我闹成富农，你还不如干脆直接说我是地主，恶霸地主，把我打死，把我用乱棍消灭了算了。”两家人站在那个发霉的草垛前吵着，不久又忽然停了下来。一方很冷静很理智地建议说：“我们不用吵了，不如去找工作队做个鉴定，看看究竟谁是中农，谁不是中农。”另一方积极响应，说：“好！”于是，一群人乱七八糟地去找工作队。他们不敢在村里打架，都尽可能地克制着，因为双方心里都很清楚，谁要是先动手，都将有可能成为中农，弄不好还甚至有可能成为货真价实的富农或阶级异己分子，后果不堪设想。

大约又过了八九天以后，我终于到了绥中地区，一双鞋早已磨烂了，走路的时候，脚下就会呼呼地冒风，还是那种很硬的穿堂风，风从鞋子前面的窟窿里灌进去，在里面旋风般地打一个来回，然后又从后跟上的破烂处钻出去。见到那里的同志们后，才知道要我来绥中地区的消息是确切的，千真万确，事实证明那并不是一个假消息。于是，我向绥中地区的同志们提起了途中的那个小镇，又提起了那个算命先生。绥中的同志们说，那是老油，是我们的一位老同志，在苏中、上海、东北、华北和中原地区都待过，革命斗争经验异常丰富。就在我们现在所处的塞北草原上，他曾经成功地策划了山南暴动和白草地起义。我说，一开始我把他当成了敌人，差一点儿把他给杀了。绥中的同志们说，怎么可能呢？你也不看看那是谁，你怎么可能把他给杀了？你根本杀不了他。相反，他要是想杀你，那倒是一件很容易的事情。我说，怎么这么说话？绥中的同志们说，你想想，他要是一个无能的人，一个傻子，能待过那么多地方吗？早就不知被杀过多少次了。

事实证明，就像绥中的同志们所说的那样，老油同志是一块革命的油，哪里需要哪里擦，苏中、上海需要就在苏中、上海擦，东北需要就到东北去擦，晋察冀需要就到晋察冀去擦，鄂豫皖地区需要就到鄂豫皖地区去擦，草原上需要就到草原上去擦。在寒冷的北方，他是温暖的羊油牛油，胡麻油和煤油。到了南方，他会入乡随俗，很快又让自己成为猪油鸡油，植物油，甚至蛇油和桐油。

就在淮河沿岸那个小镇上匆匆一晤，从此我再没有见过老油同志，想起来，那是唯一的一次，既是第一次，也是最后一次。前年，我偶然听说，在距我们这里一百多公里以外的地方，也有一个农场，老油同志就在那里养猪，像我一样，头上也戴着帽子，所不同的是，我养的是鸡，他养的是猪。按照他的性格和能力，想来那些猪应该也都喂得不错。我想去看看他，但一直没有得到批准。

什么？说说我对南方的印象？

热，热极了，雨也多。不过，主要是热和乱。热与气候有关，乱，可能是由于人多的缘故，人一多了就容易乱。蟑螂蚊虫好像比人还要多。等后来一到了绥中、绥远地区，明显就不一样了，人烟稀少，有时候刮大风的时候，特别是刮那种呜呜乱叫的上天入地的白毛风的时候，一整天都见不到一个人，只看见芨芨草在一遍一遍地倒伏。芨芨草，随着夏天的结束，开始由绿变黄，到冬天的时候就完全是白的了，白茫茫地站在那里，风一来了，就都躺倒了。

每天都有风，每天它都要躺倒几次。

就这样，我留在了绥中。

我来的第二天，我们的科长老彭同志就在左凉山战斗中牺牲了。一头骡子将他从营盘梁上驮下来，停放在大滩。傍晚的时候，绥中专署的几位领导也都来了，夕阳将大滩映照得一片血红。我们听到满川的卵石在咯咯地作响，像是冬天里寒冷的牙齿。这次左凉山战斗，我们牺牲了六名同志，两头驮着粮食的骡子，还有一匹马被惊得不知去向，路上到处都能看到洒落的黑豆和谷子。本来老彭同志应该随程专员去左凉骑兵支队布置工作，但他却让正在生病的李长林随程专员去了，他自己则顶替李长林去运粮。李长林趴在地上，哭着说，老彭啊，你是替我去死的，本来应该死的是我。从左凉山上吹下来的风与从大黑山上吹下来的风汇合在大滩里，我们的周围充满了呜呜的回声。到了夜里，所有的山都变成了一堆又一堆的浓墨，流星不断地在那些地方划过，消逝。

是的，这时候我还叫原来的名字。为什么？这个问题我也问过我自己，我对自己说，那是因为还没有遇到肖部长。要是一辈子都不认识肖部长，我会一直用原来的那个名字，直到死。这么说，你们可能就明白了，是的，是肖部长给我改的名字，也是他一口叫出来的，每天都王老五王老五地叫我，声音还很大，生怕别人不知道，生怕传播不开。这以后，别人也都跟着那么叫了。肖部长对我说，愁眉苦脸地干什么？叫王老五有什么不好？王老五好啊！这个名字是千千万万劳苦大众的象征和缩影，现在都集中到你一个人的身上了。我对他说，好是好，只怕到时候连个媳妇都找不上，别人一听这名字，首先就吓跑了。肖部长说，不可能！女人，不嫁王老五这样的人，还想嫁什么人？俗话说得好，骑马要骑大红马，嫁人要嫁王老五。唉，肖部长这个人呀，真是个铁嘴钢牙，怪不得能当宣传部长呢。我敢说他对我说的那句所谓的俗话，是他自己临时灵机一动顺口编出来的，因为我活了这么大，还从来没有听说过那样的一句俗话。骑马要骑大红马，这前一句我听说过，也知道，但后一句无论如何都是他编的，因为那根本不能成立，完全不是那么回事。什么嫁人要嫁王老五，真是胡扯哟！哪个女人愿意让自己的男人叫王老五？

人一辈子摊上这么一个名字，可能也是一种命。既然是命，你就得承认，怎么折腾都没用，永远摆脱不了。

肖部长这个人啊，有一个习惯，也可以说是一个毛病，就喜欢给别人改名字，要是改得很好，那也就算了，谁不希望自己有一个好名字？问题是他经常拿一些不好的名字来不容分说地换取我们的好名字，现在想起来，那很像是一种不公平的一边倒的交易。看见一个新来的同志，就说，小鬼，叫什么名字啊？哪里人啊？然后就开门见山地说你的名字不好，然后就积极地张罗着给你改名字，比如把张文改成张武，万青改成万钧，曹世才改成曹打铁，秦宁改成秦红旗，戴雪改成戴英姿，刘蕃改成刘推翻，还有我，昔日的那个王汉，变成了后来的王老五。就我知道，有十几个人先后都改过名字。肖部长是湖南人，我们那里的很多领导同志都是湖南人，包括大黑山支队的姚司令和在左凉山战斗中牺牲了的老彭同志。每到一个新地方，肖部长都要学习那里的方言，而且用不了多久，很快就学会了，老乡们对他很熟悉，大人小孩都认识他。那时候，我们做衣服，没有现成的布可做，唯一的办法就是把缴获来的白布经过染色，然后做成衣服。怎么染呢？又没有染料，就把莜麦秸烧成灰，放进水里，再把白布放进去，反复浸泡，漂洗，这样染出来的布很好看，但穿一段时间以后，很快就变成灰白的了。肖部长就穿着那样的一套衣服。老乡们中间，有一句顺口溜：灰袄灰裤灰大氅，远远瞭见像个肖部长。就是肖部长，隔着老远，人们就认出他来了。有一次，程专员问我，老五啊，你有没有听说过“灰袄灰裤灰大氅，远远瞭见像个肖部长”这句话？我说，听说过，人们都在那么说呢。程专员听后笑了，没再说什么。

然而，轮到说我的时候，那味道就不一样了，全变了。尤其是周围和附近一带的孩子们，他们有时候编成儿歌故意气我，有时候就说那句不知流传了多少年的老话，无非是什么王老五，裤子破了没人补之类的话。肖部长可能觉得我会尴尬，但我并不尴尬，因为我知道早在我出生之前，早在很久以前，那种说法就已经有了，我即使不叫王老五，那句话也仍然会一直存在下去，一直流传下去。但肖部长对此好像有点儿歉意，也可能是某种恻隐之心，有时候，他会很关切地问我，“老五啊，裤子是不是真的破了？破了就破了，没关系，脱下来，没人给你补，我给你补。我就不相信，咱们老五同志这么好的一个人，会找不到一个补裤子的。”

我心里说，我说我不叫老五吧，你不行，非让我叫。这会儿又觉得不合适了，过意不去了，就又来安慰我，还要给我补裤子，这又是何苦呢。于是，我说：“我还是把名字再改回去吧，种种情况表明，还是叫原来的那个名字比较好。”肖部长说，“那不行！”说得斩钉截铁，没有丝毫的余地。又说：“还是不要改了，再改回去多麻烦，已经叫开了，就那么叫吧。人们已经知道你叫王老五了，要是突然再冒出一个不熟悉的王汉来，还以为是谁呢。再说，眼前的斗争形势也不容许我们再去想这些问题。什么叫比较好？那就是说还不太好，算不上很好，就从这一点上考虑，也不应该再改回去。平地泉车站原来有我们的一个人，叫黎明，我一听就觉得那是一个和血和危险连在一起的名字，迟早要出事，而且，他的脸上，表情里也埋藏着一种烈士般的气色，就像人身上的火，早晚要通过某种方式表现出来。我给他改名叫王玉，他用了一段时间，事实上效果挺好的，可是后来，他又不声不响地擅自悄悄地改回去了，又开始叫黎明。就是这个不听话的人，去年，他的身份终于暴露了，我们派人去与他联络的时候，才知道他已经死了好几个月了。他的头被割了下来，与我们另外几个同志的头一起在集宁，归绥等地巡回展出，我们的交通员曾经混在人群里看过，回来说惨极了，简直不忍多看。后来，时间长了，他们的头开始变软，变烂，再没有任何利用的价值了，也不再能够被挟持，被携带着到处展出了，都被扔到了黄沙梁上。”我说："那他要是不改回去，一直坚持叫王玉，也许就不会有什么事情？”肖部长想了想，说："这也很难说，谁也没有长后眼，谁也没有预知未来的能力，不知到底会怎样。世上的很多事情，要是都能提前知道最后的结果，很多事情从一开始就不会发生了。”

没有，我从来没有埋怨过肖部长，很多时候，我觉得他看问题，包括他所说的话，还是很有道理的。有道理，你就得承认，否则，就应该叫蛮不讲理。前年秋天，快过中秋节的时候，肖部长去世了，我听说后，坐在那里愣了好半天，怎么也不相信那么一个朝气蓬勃，乐观积极的人有一天竟也会从这个世界上离去。正值秋收时节，有人背着土豆和玉米走过来，看见我坐在那里，就对我说："老五，怎么啦？哭得那么伤心?”我说：“谁哭了?”背土豆的人说：“当然是你在哭，你看你哭的。”我说：“我哭了吗?我没哭，我只是有点儿累，想在这里坐一会儿。”背土豆的人说：“还说没哭呢，流得满脸都是泪，像个泪兮兮的女人一样。”我用手朝脸上一摸，果然是湿的，整个手掌都湿了。这一下，我才知道我真的哭过，而且不知什么时候竟不知不觉地流出那么多的泪。

自从听说了那个不好的消息以后，无论什么时候，只要一想起来，我的心里就会变得非常难受，干什么都提不起劲儿。我很想在夜里做梦的时候，能够梦见肖部长，梦见当年绥中专署的同志们，梦见草原，梦见巍巍的大黑山和左凉山，梦见玫瑰营的土地和百灵庙附近的小路，梦见当地的老乡们在说灰袄灰裤灰大氅，远远瞭见像个肖部长……但奇怪的是，所有这些，竟一次也没有梦见过。夏收，秋收的时候，从地里一回来倒头就睡，连梦也没有了。有时候在地里干活儿，听见百灵鸟在叫，就又会变得很恍惚，以为又回到了当年的绥中，以为又在运粮，又在染布，又在牵着骡子和毛驴在河边喝水。

在农场附近的那个山岗上，我偷偷地竖起一块木牌，不显眼，也就是一二尺长，外人一般是不会注意到的，周围的杂草遮挡着它，常常连我自己也要寻摸半天才能找到。木牌上虽然什么字也没有写，但我知道那是我为肖部长立的，算是一块墓碑。至于肖部长死后葬在哪里，我真的一点儿不清楚，没有人告诉过我。我让木牌朝着大黑山的方向，大黑山虽然远在我们的记忆里，但我知道她的走向和坐落的方向，大方向是不会错的。这季节，那里的树木已经开始枯了，草也早已变得又黄又白，干干的，一碰就断。难得有那种风和日丽的时候，大风肯定还在每天刮，刮得看不见一个人，似乎人都被刮没了，吹得不知去向。

八月十五那天晚上，月亮雾腾腾的，甚至不像平时那么精致，那么明亮，细看，发现月亮的周围还有一些粗粗糙糙的毛边儿。我带着两个碗，一斤散装白酒和一串辣椒，一个人爬到了那个山岗上。找到那块向北竖着的木牌后，我的心一下就变得既踏实又冲动，像回到了家里一样。我把手里的东西放下，拔去一些杂草，整理出一块巴掌大的空地，然后将两个碗摆开，分别倒上酒。我面朝北坐着，轻声说道，肖部长，老五看你来了。刚说了这么一句，就觉得嗓子里被什么东西堵住了。这以后，我把两个碗端起来，轻轻地碰了一下，发出清脆的一声。喝吧！我说。我仿佛看见了大黑山那边的石头、树木和车辙，身穿皮袄的人正在一些又细又白的小路上低头走着。风有时候变得像是一些翅膀，扑棱扑棱地响着。肖部长爱喝酒，更喜欢吃辣椒。在绥中的那些年月里，我们自己还种过辣椒，收成不好还在其次，往往是还没等到辣椒长大成熟，我们就又转移了，丢下那些辣椒在风里摇晃。有一次，我们缴获了一辆马车，上去搬东西时才发现满满一车东西竟然全是辣椒，我们差一点儿高兴死。那一刻，我们觉得自己成了全世界最富有的人。按照惯例，一车辣椒要分成好多份，通过晋绥通道，给总部的首长们送一些，给晋绥边区的首长们送一些，给大黑山支队送一些，我们专署留一些，再给绥东那边的同志们送一些，路西工委送一些，一些小部队就轮不上了。这样分来分去，实际上真正分到每家的也并没有多少。左凉山游击队，还有骑兵支队，知道没有他们的份，有时会派人来要，挟着一条空口袋，耐心地等待着。于是，我们就把我们自己的那一份再分一半给他们。一条口袋，辣椒装不满，就再装一些烟叶和其他的东西，总之，每次都要想办法把他们的口袋塞满，每次都尽量地让他们能够满载而归，满意地离去。

我们也穷，穷得当当的，但我们从来不小气。

小气实在是一种恶习，我一直都这么认为。难道不是吗？

这样的夜晚，大黑山那边早已沉沉地睡去了，流星在寂静的山间无声地出没。我面前的两只碗不断地碰一下，发出清脆的响声。我抬头看看天上，月亮是雾的，甚至变得有些油汪汪的。不会是因为过节才变成这样的吧？人世间每年都在过节，就这样不知已过了多少年，按道理她应该麻木才对，不动声色才对，有谁会比她目睹过大地上那么多形形色色的节日？夜晚的山岗上飘满了寒意，身上一冷，我仿佛又回到了绥中，看到了散落在旷野里的牛羊和风中的乌鸦。灰袄灰裤灰大氅，远远瞭见像个肖部长。肖部长迎风走着，越接近玫瑰营，风越大。我对肖部长说，多少年了，我一直有一个幻想，盼望敌人出动的时候，能够遇上一场史无前例的大风，将他们全部刮跑，刮得无影无踪，不知去向，下落不明，永不再回来。那样一来，我们可就省事了，再也不用想着怎么对付他们，收拾他们了，只剩下过日子了。肖部长说，你这是典型的投机主义，至于属于“左倾”还是右倾，还得需要认真地研究、分析、鉴别，最后才能得出正确的结论。又说，他们难道在倾巢出动的时候没有遇到过大风吗？相反，他们也像我们一样，经常在风里活动。结果怎么样呢，没有一个人被风吹走，有时候吹走的只是头上戴着的帽子。要是一场风能把他们刮跑，我们还能存在吗？我们也同样会被吹得无影无踪，不知去向。话说回来，就算一场风把他们都吹到南边去，我们这里倒是清静了，可那里的人民又苦了。我说，不往南边吹，不给那里的人民带去灾难和麻烦。他说，那往哪里吹？吹到海里去？我说，我正是这个意思。他听了，瞪了我一眼，说，说得好听，也比较理想，你有这个意思，可风没这个意思，也不按你的梦想和意思去刮。你这个王老五啊！

昏暗的月色里，两只笨瓷碗又碰了一下，有酒被溅了出来，凉凉的，辣辣的。我说，肖部长，我要和你再干一下，我要把你灌醉。肖部长像古人那样笑着，看着我，对我说，想法不赖，也是好的，可做起来没那么容易。想把我灌醉，可不是一件容易的事情，多少人都那么想过，也那么做过，可是没用，到头来先醉了的总是他们，我还好好的，他们首先就已经不行了。家伙们像庙里的和尚一样东倒西歪地坐在那里，醉眼蒙眬地看着我，对我说，肖部长，不行了吧？一看你就不行了。这些个鸟人，究竟谁不行了？他们恐怕永远也搞不清楚。还有人摇摇晃晃地爬起来，想过来打我。我说，走开，别碰我！我是你们的部长。这些个人，勇敢哪！他妈的，连我都敢打，连程专员都敢骂，还能怕敌人吗？杀起敌人来，个个都是好手，翻穿着皮袄，又凶又猛，嗷嗷怪叫，高声喊着，不活了！噗一个，噗又一个，一会儿就放倒一大片。

从那以后，我有空就到那个山岗上去，坐在半人高的草里，与肖部长说话。一个常在那一带放羊的孩子也认识了我，看见我时常坐在那里一个人自言自语，有时候一问一答，他觉得很奇怪，不知道我在干什么。有些事情，他一个孩子，也的确听不大懂。

我们都说些什么？什么都说，说过去，说现在，就是唯独没有说过将来，因为我们都没有将来。

想不想大黑山？怎么能不想呢，看这话问的，说不想，那完全是假的。一个人，可以欺骗任何人，但永远也骗不了他自己的心。我想那里的一草一木，空中的鹰，风沙，羊群，地上的碗一样的马蹄印，蒲公英，甜苣，水稗子，地皮菜，狼蒿，芨芨，苍耳子和麻黄。你们没有吃过地皮菜吧？嘿，每年春天的第一场雨下过以后，它们就都出来了，展展地铺在那里，等着人们去捡。样子有点儿像木耳，但颜色要比木耳浅。程专员和他的爱人林琴音同志很喜欢吃，经常带领我们去捡。我们也爱吃，用它来包饺子。有人说那是羊的鼻涕变的，羊在冬天的时候爱流鼻涕，流到地上后，经过风吹日晒，又被来年春天的第一场雨一淋，就变成地皮菜了。我有些不信，我们都有些疑惑，羊的鼻涕怎么会变成那样一种东西呢，而且又是那么的好吃。可是，说不信吧，又有点儿信，因为它就那么浮浮地搁在土上，搁在别的一些杂草上，本身既没有根系，又没有茎叶，就那么薄薄的一片，很明显不是土里长出来的，甚至和土壤也没有太大的关系和太直接的联系。如果不是羊的鼻涕，那它又是什么呢，又是从哪里来的呢？而且每年只有那么一茬儿，你要是雨后捡过了，这一年剩下的时间就别想再捡到了。没有了。想捡，只有等第二年春天头一场雨下过以后，它们就又出现了。我现在开始有些信了，我觉得那东西就是羊的鼻涕。

你们想想，燕窝是怎么形成的？

是的，你们说得没错，还想左凉山，甚至沙弥山，沙海。沙海也许只是一片湖面，但在当地人的眼里，她也算得上是一个海了，水面是黛蓝色的，也有着无限的深度。关于沙海，我在很小的时候就知道有一个故事，说的是一个名叫洪家班的戏班子，在某一天的黄昏时分来到一座城外，除了一名鼓师有事滞留在后面，整个洪家班的人都在城门口站着。众人等不来鼓师，便都纷纷走进城里去了。等鼓师后来赶到的时候，发现城门已经关了。于是，鼓师就在城外坐了一夜。第二天早上，太阳出来了，鼓师醒来后发现自己躺在一片蓝汪汪的水边，远处是青山，近处是芦苇，昨晚见到的那个城早已无影无踪了。有人告诉鼓师，眼前的这片水叫沙海。鼓师在水边坐了一天，又到了黄昏的时候，鼓师听见从水面传来了让他无比熟悉的声音，戏已开场，整个洪家班正在演奏。鼓师听见大师兄慢慢地弹拨着弦子，师弟在吹笙，师姐和师妹吹响了笛子……在所有那些声音里，唯独听不见鼓声。鼓师当下就心里明白了，没有鼓声是因为他本人不在场的缘故。

鼓师发现自己缺席，难过极了。洪家班短了他，好像也明显地少了点儿什么。是的，少了的正是鼓声，正是那种咚咚锵锵的强音，洪家班因此也好像突然变成了一个由清一色的女子组成的班子，每一次演奏都有一种阴柔的水蒙蒙的气息扑面而来。

鼓师从此在沙海边居住下来。每到黄昏时分，他都会准时地来到水边，看着蓝汪汪的水面，听师姐师妹们吹奏。

多少年了，这个故事一直忽远忽近地拽着我，吸引着我，激励着我，她从来没有死去过，一直都活着，一直都让我听见有人在吹奏，声音细细的，软软的，无奈的。我认为她美丽、凄惨，由永不能相见衍生出水一样永久的绝望。她难道不美丽不凄惨吗？不绝望吗？在绥中的时候，终于让我等到了一次机会。我去那一带执行任务，在一个黄昏时分，我准时地来到了沙海边。

是的，当然不可能见到那位鼓师，他要是还活着，起码有几百岁了。蓝汪汪的水边，只有芦苇在摇晃。

什么？有没有听到洪家班的女子们在吹奏？

唉，这叫我怎么说呢，我要是说听到吧，你们又得给我扣上一顶帽子，说我宣扬封建迷信——事实上我一点儿也不迷信。活到今天这个份上，我也不再怕什么了，我就实说吧，同志们，我愿意相信那一切都是真实的！关于洪家班，关于鼓师，关于他的那些吹笛子的师姐师妹们，我愿意相信那一切都是真实的。

对，我就是这么看的。

唯物主义者，怎么就不能承认这些呢，我不知道那有什么不好？别的不说，光论美丽的程度，我们也不应该反对她啊！我们现实生活中，可没有那么美丽的能够让人记一辈子的事情，不是吗？我现在说这些，也不怕再被戴帽子了。我想，一两顶是个戴，五六顶，七八顶，也是个戴，戴吧。

同志们，我只有一个要求，也可以说是一个希望，我此生最后的一个希望。我死后，如果是土葬，那就不说了，随便挖个坑埋了就算了。如果要火化，我希望到时候麻烦火葬场的同志们，从炉膛里扫一点儿我的骨灰出来——不要太多，有那么一点儿就够了，然后用一张纸包起来。有人要去绥中出差，或者去大黑山一带办事，我希望能把那个小纸包带去。也不需要他做什么，只要打开那个小纸包，把那一小撮灰尘一样的东西扬到风里就行了，我就满足了——不要发愁遇不到风，那里一年四季都在刮风。

人有没有灵魂？我信不信？

唉，死都死了，还说那些干什么。我从来没有那么想过，想那些又有什么用呢。

青苔，泥墙

前晌的时候就听说你们来了，人都死了那么久了，平反又有什么用呢？王老五是一个可怜的人，他又没有女人，又没有后代，平反又能怎样？不过是从上面发下来的一张纸，他本人又看不见，别人又不关心这事。要是他留下了后代，有个一男半女，他们或许还能通过他的平反多少得到些好处，安排个工作啦，补发一些工资啦。现在可倒好，他一死，一切都干净了，什么遗留问题也没有了，也不会有人给你们去找麻烦。我敢说，在你们处理过的类似的事情里，王老五的平反问题和善后事宜，是最让你们省心的一个，我说的没错吧？我就知道是这样的。我甚至可以大胆地说一句，给所有受过不公正待遇的人都平了反，唯独不给王老五平，或者把他遗忘了，漏掉了，那也不会有什么事，你们肯定也不会因此遇上什么麻烦，因为他本人早就死了，再不会有人出来关心，过问这类事情。细想起来，这个世界上又有几个人真正关心别人呢？

对，你们说得对，政策面前人人平等，政策一下来，你就是想不平，也得给你平了。

我老了，这些年又不常出门，对外面的事情知道得不多。孙子们给我买了个收音机让我听，我也是三天打鱼两日晒网，想起来的时候听一耳朵，想不起来的时候，也就全忘了。我这样说，是想让你们知道，要是我有什么说得不对的地方，还请你们多包涵。你们是从上面来的，又是从大地方来的，一看就知道都聪明，能干。

我知道你们要来找我，是我的小儿子告诉我的。他在电视台当记者，成天胡说八道，黑白颠倒，吹捧领导，给领导的脸上贴金，我从来没有信过他的话。但这一次，他回来告诉我的时候，我信了，我知道他说的是真话。唉，当记者的，说一次真话也真不容易啊！多少年才难得说一次。他是我的儿子，我知道他还有一点儿良心，换了别人，恐怕早忘了说真话是怎么回事了。有时候他对我说，妈，不是我不想说真话，实在是形势逼人，环境逼人，不能说呀，真的不能说啊！我要是老老实实地说话，有什么就说什么，我就不能再继续从事那个职业了。我想，这是什么职业，一个人，连自己想说的话都不能说，这也算一种职业吗？不过，我并没有对他说，一个人有一个人的活法，他想那样活，就让他那样活吧，好多人不都在那样活么。

扯远了。好，不说这些了。

自从他回来告诉我你们要来的消息后，我就琢磨开了。给王老五平反，和我又有什么关系呢？难道我和王老五有关系吗？我想了整整一天，最后发现，真是啥也没有。

这样一想，我就觉得有些空落落的。

不怕你们笑话，现在再想起来，我真有点儿后悔，后悔自己当初封建得要命。我想，我当初要是真与他有点儿什么事，这会儿想起来，也不失为一种美好的回忆，肯定不会像现在这么空落落的，心里感到难受。不过，现在再说什么也晚了。

我想，我的年龄应该和王老五的年龄差不多，相互间的出入不会超过三岁以外。不过，直到今天，我仍然不知道究竟是我大还是他大，因为我们从来没说过这类事情。一个男人和一个女人，要是相互间谈论起这类事情，那关系也就快不一般了。但是，我们没有，从来没有，一次也没有，每次都是正正经经的，严肃得要命，也客气得要命。我这边不说什么，王老五作为一个被改造的人，他就更不敢主动说什么了，每次见了我，他都低着头，眼睛朝下看着，又像是在接受批判，低头认罪。有一次，我大声对他说，你这个倒霉的王老五，把头抬起来！我的声音吓得他一激灵，灵魂出窍，三魂走了两魄。

唉，那个可怜的人啊！整个农场里，数他没有地位，谁都敢对他指手画脚，说三道四，吆五喝六。

他死去这么多年了，我还活着。女人比男人耐活，有韧性。男人硬是硬，但硬也是生铁的那种硬，又是脆的，说断就断了，嘎嘣一声。女人就不一样了，女人像丝，像棉，像麻，看着不行了不行了，只要绕一绕，就又连起来了，不是那么容易断的。同样在死亡和困难上挣扎，男人总是熬不过女人去，他们说垮就真的垮了，说不行马上就不行了。而女人，咬咬牙就挺过来了。

我老了，现在再对你们说这些，也不再害羞了，要是当初可不行。实话告诉你们，我喜欢过王老五。

从什么时候喜欢上王老五的？让我想想……好像是一个新年联欢会上，对，就是那次。

这以前，我早就知道我们农场里有个王老五，是个喂鸡的。像他那样身份的人，全农场有五六个，他就是其中的一个。知道归知道，但从来没有想过要喜欢他。

我们都是农场的家属，也是职工。我的男人那时也在农场里，他开拖拉机，“东方红55”。他和他开的拖拉机一样，都属于红色的，属于一出戏里的正面人物。而王老五就不一样了，我记得几个女人曾经议论过他，说他看上去有点儿灰绿，甚至发蓝，那是一种什么颜色？一看就知道是那种角落里的颜色。

我忘了那是哪一年了，只记得那天是新年的第一天，农场放假。从早上一起来，人们就开始扭秧歌，划旱船，舞狮子，二鬼摔跤，似乎把所有能想起来的都想到了，都搬了出来。还用纸糊了许多坦克，像真坦克一样大，然后刷上蓝颜色，假装是敌人的坦克来了，由我们的战士匍匐前进，上去炸毁坦克。其实也不需要炸，纸糊的坦克，用手一捅就是一个窟窿，几下就能把那个庞然大物毁坏报废了。尽管这样，我们的战士还是表现得十分认真，在地上匍匐前进了一阵，然后猫着腰一溜小跑，接着又卧倒，在地上打几个滚，一边躲避着火力，一边就滚到了坦克的下面。我听见有一个小伙子藏在那辆已经有了不少窟窿的纸坦克下面高声叫喊：为了新中国，前进！还有人喊：向我开炮！不久，那些坦克都被浇上柴油点着了，到处都在冒烟，到处都有火光，农场转眼就变得像一个真正的战场。

中午，场里杀了两头猪，两大盆猪血在太阳下放着醉人的红光，人们都觉得自己有些醉，都觉得整个农场里到处都在流油。食堂里拴起了十几根绳子，每一根绳子上都挂满了红红绿绿的纸条，上面写着谜语，不论大人小孩，男女老少，猜中即可中奖。我记得一等奖是一碗肥肉，当然不是大海碗，是那种小白碗。二等奖是一小杯花生，三等奖是九颗水果糖。为什么是九颗而不是十颗？负责解释谜语的厂部宣传干事对大家说，原因很简单，因为十不是一个最大的数字，按照中国的传统习俗，九才是最大的，所以是九颗而不是十颗。人们看着宣传干事，都隐隐地觉得他有些强词夺理，蛮不讲理，黑道白说。这以后，人们有家庭的以家庭为单位，上自八十岁的老人，下至吃奶的孩子，全家上阵，向所有的谜语发起了一轮又一轮疯狂而不屈不挠的冲锋和进攻，不求无过，但求有功，能拿下多少就拿下多少，拿一点儿是一点儿。用洗脸盆盛肥肉，用帽子装花生。所有的人都在说话，都在拥挤，但互相都听不见。那些身后没有家庭的人，只好单独行动，鱼一样到处游来游去。有时候，一条过于简单的谜语，会被好几只手同时扯住。

到了晚上，大厅里点起了雪亮的汽灯。不是没有电灯，是因为电灯的光还没有汽灯亮。我们进去之前，有一个人正站在一张吃饭用的圆桌上演讲，等我们进去的时候，那张圆桌已经被踩烂了，那个人也从上面摔了下来。接下来，又是那个猴子一样的宣传干事，别出心裁地出了一道题目：你在异性眼里的魅力。要求每个人（主要是大人，成年人，孩子不算）给自己打分，能够客观，公正地估计自己，评价自己，衡量自己，不可过于盲目乐观，把自己看作是花，看作是玉，看作是金子，也不要太自卑，有意地克扣自己的分数，委屈自己，是什么就是什么，实事求是。一开始的时候，很多人都不明白什么叫异性，宣传干事于是解释说，对于男人来说，女人就是你的异性，对于女人来说，男人就是你的异性，事情就这么简单。经他这么一说，人们就都明白了，闹了半天，异性就是这个，确实也太简单了。这以后，开始陆续有人上去给自己打分，有给自己打三十分的，也有打六十分的。身材瘦小的宣传干事站在一边，不断地给人们鼓劲，鼓足干劲，力争上游，不要怕，是多少就是多少，稍微高出一点儿也没有关系。不久，坐在人群里的老场长也被人们推举上去了。老场长给自己打了五十分。底下的人们乱了，纷纷说，太少了，老场长是我们的一场之长，怎么也得让他及了格，不然我们一场人的脸往哪儿搁。人们群情激奋，斗志昂扬，大声地叫着，疾呼着，要老场长，强烈地要求老场长再给自己加几分，至少也应该打满六十分。老场长这样不看重自己，说明了什么？除了说明他本人一贯谦虚谨慎，戒骄戒躁，一贯宽以待人，严于律己之外，还说明我们这些人也有问题。面对大家的呼声，老场长说，这还少？五十分还少？这已经够高的了，这已经够冒险的了，这已经快接近于胡闹了。宣传干事在一旁对老场长说：

“群众的呼声是强烈的，如果不答应，恐怕不好收场。”

老场长瞪了宣传干事一眼，说：

“我就值这么多，你让我怎么办？”

老场长伸开双手，往下按了按，希望人们能平静下来。他说：“同志们，同志们，大家的心情我是理解的，都是一片好意，都希望我是一个有鬼力的人（宣传干事在一旁纠正说是魅力），一个有影响力的人，大家的这种厚望让我既高兴又惭愧。但是，看来我今天注定是要辜负大家的期望了，因为我实在不够那么多。我壮着酒劲儿给自己打了五十分，现在酒醒了，把我自己也吓了一跳，我有那么高吗？自己给自己打五十分，这已经够不要脸的了，同志们却还要拼命地再往上加，能再往上加吗？不能再加了，一分也不能再加了，再要是无原则地往上加，我就真的下不来了。我也非常想让自己有一个好成绩，可是总不能不顾事实吧。”老场长的表现和情绪深深地感染了大家，影响了大家。自那以后，没有一个人给自己打的分数是超过六十分的。老场长说：“你们不要看我，你们是你们，我是我，你们应该是多少就是多少。我们农场里都是一些一二十分，三四十分的男人，也不是什么好事。”老场长的话还没有说完，就有一个油头粉面的人上去了，那人是我们场部的一个医生，他二话没说，给自己打了一百分。人们一看都傻了。打完分以后，医生仍然没有说话，转过脸看着大家，满脸的骄傲，满脸的得意。那是什么意思？那是表示世上所有的女人都喜欢他，他有充分的把握和足够的信心相信这一点，而他本人也自认为十全十美，无可挑剔。你们没有见过，想象不出那是一个多么厚颜无耻的人，我活了那么大，也还从来没有见过像他那么不要脸的人。哎，真是不要脸啊！虽然这不关我什么事，可我一想起来就来气，无论任何时候想起来，都会觉得来气，世上怎么会有那样的人呢？以前，常听人们说，做医生的胆大，心狠，脸皮厚，什么不能做的事情都能做得出来，我还不太信，自从经过那一次以后，我开始信了。

对，这就该说到王老五了，他是后来才来的，在这以前，在那么多猜谜语的人中间，唯独没有他。有人去叫他的时候，他正在搅拌鸡食。我们看见他像一只耗子一样被人从外面灰灰地领进来，在雪亮的汽灯下面，他很快就低下了头，一直站在那里，不知道发生了什么事。低头站着的姿势对他来说太习惯了，太容易做到了，这是他后来说的。看见他从门外进来后就一直那么站着，没有任何反应，场部的宣传干事于是就对他讲解了有关规则和须知，听到宣传干事那样说，他猛地抬起头来，有些不敢相信地看着站在灯光下的宣传干事，又小心地往两旁看了看。叫他来原来就是为了这事，这不是等于在做游戏么。宣传干事仿佛也看出了他的心思，对他说，对，就是个游戏，不要紧张，放松一点儿。说着，在他的肩上拍了一下。这一拍，非但没有让他放松，反而让他更紧张了，整个人似乎都缩成了一团。老场长对宣传干事说：

“你拍他干什么？你看把他吓的。”

“我没有使劲。”宣传干事有些委屈地说。

“那也不行。”

这时，王老五忽然说：

“这事不怨他，是我不好，我不该害怕革命同志温暖的手和充满友谊与力量的动作。我不对。”

老场长说，得了，别再说疯话了，留着等开会时再说吧，赶快上去给自己打分去吧。这以后，我们看见王老五战战兢兢地向正面的主席台前走去，从他的背影和走路的姿势上看去，他像是正憋着一泡屎，又像是有什么顽固不化的东西正在他的身体里作怪，让他不得安身，既不敢自在随意，又无法做到乖巧。上去后，他给自己打了个零分。那个分数是在革命的乐观主义精神和革命的浪漫主义精神的鼓舞下，鞭策下，激励下才打出来的，要是没有革命的乐观主义精神和革命的浪漫主义精神在后面给他做主，做后盾，强大地支撑着他，零分也不一定能够打得出来。这是他的原话，我记住的就是这些。我还听见老场长在下面说，这狗日的，在胡说些什么。又听见他说，乐观一点儿来估计，是零，要是客观一点儿来说，应该是比零小的一个负数。

我就是在那时候开始注意到他的，我觉得他真是可怜啊！想想前面那个二话不说就给自己打了一百分的死不要脸的医生，我觉得人和人真是太不一样了，差别太大了，一个是那样的，一个又是这样的，都是吃五谷穿衣裳长大的，怎么就那么不一样呢。

我说不清楚，我至今也不知道我对他是怎样的一种感情。

我想，一个人对另一个人首先是从不讨厌对方开始的，这个人不让你觉得厌恶，不让你感到烦，有了这个基础，才能再滋生出别的东西来，我说得对不对？他在那里坐着，站着，走着，你就会觉得周围的一切都是那么顺眼。

他喂鸡，比农场和周围任何村里的女人都喂得好，经常看见他领着一群大大小小的鸡在那里锻炼。有时候，他坐在树下，那些鸡都围在他的身边，既不拍翅膀，也不叫，乖乖地听他说话，他像是正在给它们讲故事。人们都说，能把一群鸡，能把一群兴趣、爱好和声音都不同的鸡培养、训练得这么安静，这么懂事，真是少见，因为很少有人能够让它们脱离那种乱七八糟的习性。有时候看见他挥舞着搅拌鸡食的棍棒，像是在与它们开玩笑。农场子弟学校的学生们不止一次地在作文里写到过他和他养的那群鸡。他们写道，我们的农场里，有一个人叫王老五，五十多岁（实际上他还不到五十，但看上去有些老了）了，为了帮助农场的养鸡事业，不远万里，来到农场（孩子们真是什么也不懂，他们根本不知道他当初是怎么来的），先养一只鸡，从一只养起，后来，几年之间，很快就发展成一群，一大群。队伍壮大了，力量加强了，后面的路该怎么走？为此，王老五同志总是夜不能寐，一个人辗转反侧，经常失眠到天亮。农业的根本出路在于机械化，那么，养鸡的根本出路又在哪里呢？王老五同志会养鸡，善于养鸡，比所有的女人都会养，他要是认真起来，能把所有的鸡都养得从个头到体重都一样大。一个人会养鸡并不难，难的是把所有的鸡都养得一样大，这件事说起来容易，要真正做起来可并不容易，要真正做成，几乎更是不可能的。但是，就是这样一件困难重重，难上加难，看上去没有任何希望的事情，王老五同志却偏偏做成了，办到了，实现了，靠的是什么呢？靠的是一颗丹心映碧海，革命的豪情冲云霄，敢教日月换新天，敢教大鸡小鸡公鸡母鸡都朝着一个方向走，都朝着一个共同的革命目标长。

农场里一来了客人，招待客人吃饭，场部就派人到王老五那里去捉鸡，有时候一只，有时候客人多一点儿就会捉走三五只。王老五依依不舍又无可奈何地站在一边，像是看着他自己的孩子活活地被人领走一样。难过啊，怎么不难过呢？轮到谁头上都会难过。鸡一被捉走，他整个人就像被抽走了元气一样，走路都晃晃悠悠的。在他的心里，有一本账，记着某年某月某日，今天，小花又被捉走了，昨天被捉走的，是小花的两个表兄妹，它们临走时的那种凄楚楚的叫声至今还在他的心里回荡。由此往上推，大约半个多月前，小花的爸爸，一只威武雄壮的大红公鸡，上演了一出英雄救美人的古老悲剧，有所不同的是，传说中的英雄和戏里的英雄最终都活了下来，并且还得到了所救的美人，相比之下，小花的爸爸，运气就没那么好了，它最终牺牲在刀下和灶台下，在农场的食堂里英勇就义了！英雄的血流了一地，一身火红的羽毛一直站立着，支支直立，不肯倒下。

那天，场部来人，本来是要挑两只小母鸡。在王老五的调教下，所有的鸡都获得了一种极其危险极其残酷的信号，它们紧紧地挤在一起，像是一群被日本人集中起来的老百姓。场部的人仔细地搜寻，像汉奸辨认在老百姓家秘密养伤的八路军战士一样，他们欣喜地听到了一连串发抖的声音和战栗的喘息，他们放长线钓大鱼，他们不急不躁，扒拉开一个，看看，又扒拉开一个。站在一旁的王老五像维持会长一样难受，如坐针毡，如同热锅上的蚂蚁一样，而“汉奸”们仍在认真地寻找，挑选。就在那个最危急的时候，小花的爸爸，那只威武雄壮的大公鸡，突然大喊一声，挺身而出，来到了最前面。

后来，有一个小学生在作文里这样写道：由于叛徒的出卖，小花的爸爸被带走了，被带到食堂里杀害了。

而事实不是那样的，那天没有出现叛徒，是小花的爸爸自己主动走出来的。它一出来，就完全分散了他们的注意力，使所有的目光全都集中到了它的身上。我要说一句，小花它爸爸，真是个好样儿的，它很像是电影《小兵张嘎》里的那位老钟叔叔，一个人走出来，救了一村人的命。看见它一走出来，他们就商量着不再要小母鸡了，眼前昂首站立着的这只大红公鸡就不错，看上去健康，强壮，雄鸡一唱天下白。就它吧，他们说。于是，他们就把它带走了。

晚上，王老五给鸡喂食的时候，对一只名叫芦花的母鸡说，“对不起，芦花同志，我没有保护好小花它爸爸。不过，它死得光荣，它是为掩护群众而牺牲的。”

又过了两天，小花的妈妈芦花也突然被捕，被抓走了。

像别的许多小鸡一样，小花也每天依旧蹦蹦跳跳，捉虫子，逮蚂蚱，似乎并没有意识到爸爸妈妈已经有日子不见了。

七月里的一天，王老五带着他的那群傻家伙们到一条小河边去洗澡。我从地里割草回来，第一次注意到他有了白头发。

我有男人，有儿女，还有公公婆婆，一大家子人，我心里再怎么想，也不可能亲自跑去对他说什么。我打发一个孩子跑去告诉他说：

“你有白头发了。”

“真的吗？”他说，边说边用手去头上摸。摸了几下，又说：“在哪里呢？我怎么摸不到？”

孩子认真地告诉他：“白头发用手是摸不到的，只能用眼睛去看见。如果用手去摸，白头发和黑头发是一样的。”

“哦，那就不管它了，就当它还是黑的算了。”

他没有镜子，已经有很长时间没有看见过自己的脸和头发了，因而完全不知道自己的头发是从什么时候开始变白的。其实，如果去问一个有镜子的人，问他（她）的头发是从什么时候开始变白的，相信他（她）也一样说不清楚。这样说来，有没有镜子其实都是一样的，镜子只能反映出眼前的一个图像，说不出你的过去，你以前是什么样的，这些年又是怎样过来的，你什么时候看它，它什么时候就会告诉你现在的情形，不弄虚，不作弊，基本是真实的。要是再有一张脸突然从旁边伸过来，它也会给他机会，公正地把他映出来。王老五常在喂鸡的时候，看见有的人在家里照完镜子后出来，变得意气风发，踌躇满志，边走边整理、拾掇自己，在通往精益求精、十全十美的路上大步流星，越走越远。有的人则垂头丧气，愁苦万状，像是刚刚被判了死刑。不能照就别照，何苦来呢？明知自己不行、不好看、不怎么样，还非要给自己添堵。

有时候，他看见自己被缩小了几百倍，变得比一粒糯米还要小，出现在鸡的眼睛里，样子非常有趣，有意思极了，手里拿着那根搅拌鸡食的木棒，木棒细小得几乎看不见。这样的时候总是像美梦一样短暂，像美梦一样难以挽留，只要它们一眨眼，他马上就被眨没了，马上就不存在了。一个大活人，在那么短的时间里，忽然就不见了，能到哪里去了呢？

经常见面，但不一定每次都说话，其实还是不说话的时候多，农场里人多，并不是每个人都互相认识。有的人，一开始的时候认识，但一直不怎么说话，时间长了，也会变得像陌生人一样，并不像有些人所说的那样，时间越长，越会像酒一样醇厚，有后劲。这种事情没有后劲，我倒是觉得它会越来越淡，越来越稀，到最后就完全什么也没有了。

王老五这个人，有时也真让我生气，一看见我们，总是像老鼠一样，又总是趁我们不注意的时候像老鼠一样偷偷地溜掉。有人就说，他肯定有问题，要是没问题，又跑什么呢？为什么不能堂堂正正地做人？为什么不能停下来让阳光照耀他一会儿，让风吹他一会儿，让雨淋他一会儿？阳光是大家的阳光，风雨是革命的风雨，他这样做，不是明摆着害怕接受抚摸和考验吗？一个人心里要是没有什么事，能这样吗？大家都在欢乐的时候，他却躲到一边去偷泣。为什么哭呢？难道我们活得不幸福吗？当然，说他常背着人哭，完全是人们想出来的，人们只是觉得他有可能会那样做，那样的一种事情发生在他的身上也是非常正常非常合理的，也符合他的情况，至于他是不是真的背着人哭过，人们谁也没有见过，但人们觉得这并不重要。

农场里有一个叫小蒙古的年轻人，画了两张画儿。画画儿，画什么不好，可那个倒霉的孩子偏偏画了两个人，要是两个平常的普通的人也就算了，做工的，种地的都行，可偏偏他画的那两个人既不平常又不普通，他们一个是马克思，一个是列宁。你们听我说，要命的还不是这些，而是他自作主张地给那两个人全都穿上了只有我们国家的人才穿的衣裳——中山装，看上去非常滑稽，非常不像话，连老场长在会上都说："问题非常严重，小蒙古这狗日的，要不是一个真正的傻瓜，那就一定是活腻了。"因为除此以外，对他的这种行为再不能做出任何合理的解释。那些天，人们都知道小蒙古闯了大祸，场里还专门开会，告诉人们不要外传。小蒙古完了，就看最后的结果是什么了。有一天夜里，电闪雷鸣，下起了倾盆大雨，闪电像银蛇一样不时地出现在天上，不时地变长，把人们的窗户和雨地突然照亮。后来，人们忽然听到几声枪响，像是在附近的山岗上，又像是从河滩里传来的。那时候，雨还在下着，到处都像在敲闷鼓一样，雨地里尽是回声。我听见距离我们家不远的牛栏里传来了牛的叫声，声音长长的、闷闷的，要知道，平时它们是不叫的。又听见农场里的拖拉机好像在发动，我当时还在想，下着这么大的雨，发动起来又能到哪里去呢？我的男人就是开拖拉机的，雨下得正大的那时候他还没有回来，因此我怀疑发动车的人里面就有他。

我的男人后来回来了没有？回来了，很晚才回来。一回来就像一头湿漉漉泥乎乎的山猪一样往我的被子里拱，我不让他拱，把被子扎口袋一样扎紧，他坐在一边发愣。后来，等我睡着以后，我的警惕性也跟着一起睡着了，最后还是让他拱进来了。真是个不要脸的东西哟！千难万险也要拱进来。

第二天，雨是停了，但天还是阴着，看上去好像还要下。地上到处都是一些乱七八糟的脚印，那些脚印，像是有人在昨夜专门冒着雨一个一个地刻在地上的，有的还非常深。人们相互见了面，想起昨夜的枪声，都说小蒙古一定是被拉出去崩了。“一点儿问题也没有，肯定崩了。”有一个人说。那个人说，雨下起来的时候，他的屋里漏得很厉害，一家人连饭都没办法吃，于是，他带着油毡和炉渣爬到房上去修补屋顶，正好看见了不远处行刑的情景。一开始，他看见雨里有几个人，他还以为他们是在冒雨商量什么事情，又想道，什么事情不能在屋里说呢，非得站在雨里？尽管都穿着雨衣，那也不是个事，让人看上去觉得不敢相信，有悖情理。过了不久，他在房顶上铺好油毡，问站在院里的女人屋里还漏不漏了？就在那时，他听到了第一声枪响，他说，实际上那一枪已经打中了小蒙古的身体，但小蒙古好像没有任何感觉一样，还回过头来朝后面看了看，脸上的神情愣愣的，木木的，显得又惊讶又迷茫，似乎完全不知道发生了什么事。后来，枪声又响了两三声，小蒙古这才终于倒下了，趴在雨地里，从此再没有起来。没有看清是谁开的枪，总之是那几个穿雨衣的人中间的一个或者两个，枪握在手里，藏在雨衣的袖子里，因此你永远都不可能知道是谁的手指在暗中真正使过劲。

小蒙古的父亲是一个医生，但医术不精通，不过，有些小毛小病，他还是能够治得了的，起码比一般的完全不懂一点儿医术的人要强。有好几天，他总是一个人低着头，到处寻寻觅觅，不知在找什么，似乎是他的儿子小蒙古留下了一件什么东西。有人劝他不要太过于伤心，要面对现实。他说，“俄（我）不伤心，伤心又有甚用呢。”看到他那副样子，又想起那个在雨夜里修补房顶的人说得那样详细，那样肯定，人们都相信小蒙古确实是被拉出去崩了，确实已经不在了。

有一天，我到合作社里用鸡蛋换盐，说是去换，实际上我并没有带着鸡蛋去，我是空着手去的，去了只需把盐拿回来就行了。我们欠着合作社里一笔钱，都是平时去赊东西欠下的，合作社又欠着老梁家一笔钱，是一笔麻黄钱，老梁把麻黄卖给合作社，合作社一直没有付钱给他们，而老梁家又欠着我们家一笔钱，这样的一种关系把我们三方一直紧紧地拽在一起。现在，人们把这种关系叫作三角债——叫得多好啊！当时不那么叫。合作社里的牛大头说：“都不用拿现金还了，就这么慢慢地来回顶吧，你们的顶到我这里，我的再顶到老梁那里去，老梁的再顶回你那里去，总有顶完的那一天，总有彻底抵消光了的那一天。”我们都觉得牛大头的这个主意不失为一个既能最终解决问题又方便办事的一个好主意，只有老梁家有些犹豫。犹豫什么呢？我知道他们的心事，他们是想亲手拿到一笔实实在在的钱，觉得心里踏实。卖给合作社那么多麻黄，堆起来像一座小山一样高，一分钱也没有见着，他们觉得有点儿冤，有点儿不甘心。我对老梁说：

“为什么非要见到那笔钱呢？见到了又能怎么样？在手里多放一会儿又能怎么样？那钱又不是你的。”老梁听我这样说，吓了一跳，说：“怎么不是我的？就是我的，是我的麻黄钱。”我说：“表面上看，是你的钱，是你的麻黄钱，可实际上真不是你的，真不属于你，别看你卖了那么多麻黄。你想想，你拿到钱以后，顶多在手里拿一会儿，在家里多放几天，最终还不得还给我吗？这又怎么能说是你的？不是你的，真的不是你的。”听见我这样一说，老梁认真地想了一会儿，后来似乎终于想明白了，一明白过来，整个人一下就瘪了，刚才还那么理直气壮的，斗志昂扬的，牛哄哄的，得理不饶人的，急煎煎的，鼓胀胀的，鼓足干劲的，转眼就完全泄了气，彻底塌了下去。看见他那个样子，我又对他说：“你别急，就算你还给我了，那也不是我的，顶多在我的手里放一会儿，我还得拿着它去合作社里给了牛大头，而这钱正是牛大头不久前才给你的。你看，实际上它既不是你的，又不是我的，也不是牛大头的。”老梁越听越迷糊，问我：

“那到底是谁的？”

我说：“谁的也不是，又谁的也都是，我也说不清楚。”

老梁说：“日怪，真是日怪呀！”我看出来了，我后来说的那些话给了老梁很大的安慰，他不像刚才那么瘪了，整个人看上去显得既明白又糊涂。他说：“哎，真是日怪，人世间怎么会产生出这样一种关系？”老梁感到头疼，现在的三角债也仍然让那些身处其中的人们感到头疼。可是，你要是一直沿着那种轨道走下去，又会发现那其实很方便、很顺手，不需要拿钱，就把该办的什么事情都办了。不过要记住，这中间，要紧的是那种走法，有时候我感觉就像走钢丝一样，头上还顶着一摞碗，你得遵循那种轨迹和规则，这样才会越走越稳妥，越走越顺利，让你慢慢地忘记了所有的负担和压力，需要什么东西，只管去拿就是了，也不需要考虑钱的问题。三角债就是这么个走法，这样才能走活。否则，你试试看？就这样，我和老梁，还有合作社的牛大头，三家之间一直互相顶来顶去，顶了好多年。那些年，就是这种顶法，有时候会让我们觉得我们已经提前进入了共产主义社会，钱已经没有什么太大的用场了，已经变得很陌生了。一直到七十年代最后几年，我们三家之间的老账才终于全部顶完了。那一天，知道多年的老账已经正式不存在了，我们竟都有些空落落的，像是丢了什么东西，心里竟有阴阴暗暗的东西不知不觉地驻了进来。后来，紧接着，合作社也垮了。合作社本来是属于农场的，但牛大头一直有一个错觉，觉得是他自己的，是他个人的一份私有财产。有一次，牛大头碰见我，对我说：“知道合作社是怎么垮的吗？纯粹是被顶垮的，好多年就那么一直顶来顶去，没有不垮的道理。我想了好多天，没有别的原因，就是这么回事。”我对他说：“全国那么多供销合作社，都垮了，难道都是我们顶垮的吗？”牛大头说：“保不住，各个地方都有像你们这样的人，多少年一直和合作社顶债，打拉锯战，持久战，周旋，运动，那也不是没有可能的事。”这个牛大头，后来他才告诉我，他在和我和老梁有三角债的同时，和别的人家也有这种关系，整个连起来，就像一张网，一张大网，我们一家一户的就都在那里面蹦跶，合作社也在其中蹦跶、挣扎，一天又一天，一年又一年。

现在，牛大头又开起了商店，就在原来合作社的那个位置上，他还保留着过去那种给人赊账的老毛病，他的儿女们最反对他的就是这一点，他们不明白他为什么要赊账给别人？在年轻人们看来，道理非常简单，明白不过，有钱就买，没钱就别买，怎么会出现赊账的现象？慢慢地，他们就不让他管事了，牛大头无形中变成了他那个商店里的一个看门人，一个打扫卫生的人，扫扫院子，擦擦柜台，晒晒太阳，什么主也再做不了啦。儿女们表面上说他保守、落后，是一头三十年前的老牛，背地里则把他看作是一个怪胎，经济社会里的一个怪胎。有一次，我出去看一户人家办喜事，碰巧他也在那里看热闹，一看见我，他就走了过来，当着那么多人的面，大声地对我说：

“我就是一个怪胎，有些事情我就是看不惯！我有看法。”

我说：“先把你的看法放一放，先让他们结婚。”

听见我这样说，他笑了。

好，接着说那天的事。

我在去合作社的路上，突然看见了小蒙古——不怕你们笑话，我当时吓得路都不会走了，有人注意到我在呼呼地喘气，脸变得煞白，但我完全没有看见眼前还有别人。我怀疑自己的眼睛，对看到的东西不太敢相信。要不是后来很快又看见小蒙古和王老五在一起，我真以为自己看见了死去的阴魂。王老五正在教小蒙古喂鸡，给鸡切菜，搅拌鸡食。小蒙古的手里拿着一根木棒，站在那里，王老五在很认真地教他，告诉他什么，但我觉得他有些不太专心，精力不大在那上面。王老五呢，让教就认真地教，一丝不苟地教，也完全不管不在意被教的人是什么样的态度和心情。我在路上看了一会儿，最突出的印象是，我觉得王老五真是在白费劲。

我后来才知道，老场长把小蒙古打发到王老五那里，让他跟王老五学习养鸡，完全是为了保护他，等于救了他一条命。人最宝贵的是什么？肯定是命，只要你的命还在，别的就都好办，命没有了，别的也就都没有了。小蒙古懂得这些吗？我觉得他不太明白，王老五也说他的心里像黑夜一样，伸手不见五指，除了数不清的黑暗，再没有别的。一个人的心里不能老这么黑着呀！老这么像阴天一样呀！王老五于是告诉小蒙古，有两个人，都会画画儿，一个善于画马，另一个画虾和白菜，都画得很好，不是一般的好，而是非常的好。小蒙古说，我知道，是徐悲鸿和齐白石。王老五有些吃惊地看着小蒙古，说，对，就是这两个人，闹了半天，原来你也知道他们，知道就好。我看，他们画马，画虾和白菜，你就画鸡吧，我觉得或许你也能画出名堂来。但小蒙古不喜欢画鸡，在他的眼里，刚会走的小鸡没意思，半大的鸡也没意思，至于那些老公鸡老母鸡，那就更没意思了。

王老五说，他这样说，我就再没办法了。

我们这个地方的人们，活得苦啊！一年到头，吃的尽管不是猪狗食，可也好不到哪里去，至于身上穿的，就更不像话了，有许多东西，我们不仅没有见过，连听都没有听说过。尽管这样，在周围一带人们的眼里，我们的农场还是一个很不错的地方。周围一带村里的人们一说起来，都眼红得不得了。他们说，还是你们好啊！比我们强，因为你们是农场的，不像我们，日子过得人不人鬼不鬼的，早就没啥指望了。实际来说，农场可能比他们强一点点，也仅仅就是那么一点点。他们不知道，我们多年来买东西就是靠互相欠账，互相抵债，谁也没有真正把钱拿出来过，谁也没有见过钱。常常总是一笔债务在每个人的头上轮流转，互相交叉，今天转到了你的名下，明天又到了他的头上，总有人得背着。古语说风水轮流转，我们见到的只是债务在轮流转，在不停地转，转得让你头晕眼花，心里发慌。它像一个鬼魂一样，不知啥时候就来到了你的身后，转到了你的头上，咚咚咚地敲你的门——你一开门，看见是它，你觉得奇怪、纳闷，因为你记得它上次走了还没几天，咋这么快就又转回来了呢？但不管你奇怪也好，不奇怪也好，它确确实实是又回来了。一开始的时候，看见它猛不防回来，我们都吓得不行，觉得真是没办法活了，暗无天日，一天比一天难过，一天比一天难熬，有人还想过去死，不止一次动过死的念头。为什么要死？被逼的呗，再加上愁，你说还怎么活？除了去死，再没有更好的办法。后来，这样反复轮流的次数渐渐地多了，人们谁也不再怕它了，发现它也就是那么回事，还不是那种厉害到要吃人的地步，扯淡得很。学校里的一位老师把它称作黔之驴。什么意思？我不太懂，我只知道那说的是一头被人赶到贵州的驴，看着挺大，挺威武，实际不厉害，一点儿也不厉害，除了叫几声，踢几下，再没有别的脾气，更不会致命。很快，我们又发现，又觉得它很像是家里养的一条狗，想回来就回来，要是有一阵子没回来，不用问，那一定是在外面游荡，等游荡够了，就又会回来。回来就回来呗，我们也没觉得它是个事。最重要的，最关键的一点，那就是，我们再也不怕它了，也不再像刚一开始的时候那么在乎它了。有人说，这是因为我们成熟了，在斗争的风浪中变得越来越成熟，越来越能够禁得起事（无论它是什么事）了，越来越能够禁得起各种各样的折腾，折磨，颠簸，威胁，欺骗和不如意了。如今我还在想，当初的时候，我们为啥那么怕它呢？真是想不明白。主要是因为对它不了解？嗯，这话有道理，我也曾经这么想过，但就是理不出头绪，所以才越想越不明白，先还觉得它仅仅是个有点儿难度的谜，后来越绕越复杂，越绕越厉害，终于变成了一个死疙瘩。多亏你们来了，及时地来了，要不然，我觉得我这一辈子是不可能解开它了，只有等来世再说，要是没有来世呢？十有八九是没有的。

我希望有。

王老五也希望有。他说，要是有来世，人就不应该怕死，怕什么呀，这一辈子你活得乱七八糟，一塌糊涂，所有该弄好的一切都没有弄好，总还可以寄希望于来世，再出生一次，成长一次，从头开始，重新再来，有了前世的种种经验和教训给你做镜子，做记忆，做警钟，应该是能很好地度过第二生的。比如，上一辈子你是一个非常任性的傻瓜，无论什么都要从自己出发，无论任何时候任何场合都希望自己是一个中心，因为这，你没少被挫伤，时常头破血流，伤痕累累。有了这样的教训，在来世，你就再不会那样做了，打死你也不会再那样做了，至少得比以前那些年要收敛得多，懂事得多，再不会像原来那样过分了，过头了，学会了礼貌、忍让和承受。生活是什么，生活就是承受和忍耐，活着说到底就是在没完没了地做这些事情，也就是在没完没了地承受和忍耐。希望也不能说完全没有，一点儿影儿都没有，要是完全没有，承受和忍耐也就很难长久坚持下去，那就变成了纯粹的背黑锅，一直都得长长地沉沉地背下去，直到你最后终于倒下，变成另外一堆东西，别人看见你，知道这个人总算是完蛋了，从另外一个方面来说，总算熬出来了。

你们没有找到他当年喂鸡的那个地方？早就没有了，你们到哪儿去找？我告诉你们，现在的面粉加工厂，其实就是你们要找的地方，这事知道的人已经不多了。很多人只看见面粉和小麦每天从那里出来进去，很少有人知道那里曾经还生活过一大群鸡，一茬又一茬的鸡，像一代又一代的人，每天太阳一出来，就在那里叽叽咕咕地叫，拍翅膀，互相吵嘴，打架，捉虫子。有一年，他把那一带的围墙都粉刷了一遍，围墙白得晃眼，老远就能看见。我没忘，那上面还写了字，写的是：我赞成这样的口号，叫作“一不怕苦，二不怕死”！

面粉加工厂的那个年轻人经常总是能够听到鸡叫，尤其是当那一带只剩下他一个人的时候。机器一停下来，就听见有公鸡在打鸣，声音长长的，亮亮的，有时是一只在打，有时觉得有几十只在打，声音也有嘶哑的时候，并不都是那么嘹亮。闭上眼睛，能十分亲切地感到有一群一群毛茸茸的小鸡在眼前跑来跑去。地上的土很细，像面粉一样的细土，还有从磨坊里吹出来的真正的面粉，混在一起，睁开眼睛，看见那些毛茸茸的小鸡真的留下了它们的痕迹，小树枝一样枝枝丫丫地印在面粉一样的细土上面，证明它们不久前还在那里跑动，他睁开眼睛的时候，它们刚刚离去……你们对这事怎么看？

我常去那一带走动，我也亲眼见过留在面粉一样的细土上的那些小树杈一样的印痕，别人看见觉得奇怪，我不觉得奇怪。一看见它们，我好像就又回到了以前的那些日子里。我站在那里，总感觉不远处有一个人。我想啊想啊，想得又长又远。

是的，我总觉得他还在附近，还活着，正在喂鸡，正在扫地，正在独自一人推着小车一趟一趟地往农场的地里运送鸡肥。我听见有人在叫他，但他已经走远了。那边的地里站满了人，太阳正在西边一点一点地往下出溜，山和树木都被映红了，地里的人也是红的，还有的人像河里的水一样被照得金光闪闪。好看哪！水在你的身边和不远处流得哗哗的，空气中飘满了草木的气味和粮食的气味，我觉得还有晚霞的气味，白猪和黑猪像运动员比赛一样在河边狂奔。

我听见有人在叫他，可他已经走远了。

这一回，你们来找他，他真的已经走远了，你们见不着他了。

怎么死的？病死的。病了十几天，然后就死了。

那年春天的时候，他就有病了。农场的医生给他看过，说是伤风感冒，就是那个曾经给自己打了满满一百分的医生，他就是这么给王老五看的，也是这么说的。王老五说，要真是感冒，那就好了，我也就放心了。那个医生听王老五这么一说，觉得自己的医术受到了怀疑和不信任，挺不高兴地对王老五说，什么叫“要是”？就是，就是感冒，你就是感冒。又说，你这样的人，还能得什么病？还想得什么别的病？难道还想得什么惊天动地的大病？只能是感冒，只配得感冒。王老五闭上了嘴，他也许觉得，再要是坚持下去，自己会有胡说八道的可能，有那样的危险。而且，医生也会变得蛮不讲理，强词夺理，看那张知识分子的脸已气得雪白，没有一点血色，眼镜后面的目光像两把尖利的锥子一样。医生既然说是感冒，那就算是感冒好了，就当是感冒吧。

有两天，他下不了地，躺在屋里，看着房顶，看着窗户，心里着急上火，是为那些鸡着急上火。小蒙古不好好替他喂鸡，鸡们都饿得像疯子一样，大的小的都在叫，到处都是乱纷纷的鸡毛，满天鸡毛，满地鸡毛，天下大乱。有时候，它们会成群结队地闯进他的屋里，站在地下，齐刷刷地望着他。它们不是来看他的，而是来告诉他，它们饿了，饿坏了，小蒙古什么也不给它们吃，正在将它们一步一步地往绝路上逼，往死路上赶。它们来找他，是要吃的东西，不敢妄想肉类，比如虫子蚂蚱一类的，米糠麸皮就能让它们得到满足。

他隔着窗户叫小蒙古，小蒙古没有音讯。

很多人都没有音讯。

你们没有见过那些疯鸡，你们见到的可能都是一些吃饱了的鸡，或者干脆是装在盘子里的鸡。你们见过饿疯了的鸡吗？那真是让人没办法招架，没办法应付。有一天，我从那一带路过，顺便进去看了看。还没有看见王老五，首先就看见了那些鸡，有的躺着，有的卧着，卧着的也肯定不是在孵蛋，而是在闹情绪，一眼就能看出来。还有的落在树上，站在窗台上扇着翅膀。另外有一些趴在地上，像是瘟鸡。

一看见我进去，王老五就开始咳嗽，他一边咳嗽，一边十分费力地喘着气，对我说：

“你来得正好，赶快帮我喂一喂它们，缸里有玉米。”

又说：

“这两天，它们都变成啄木鸟了。”

这些疯鸡，这些天连它们的嘴也变得像啄木鸟一样又尖又直，不停地啄木头，啄泥土，甚至啄玻璃，经常把门窗敲得咚咚的响，一批敲完了，又一批又来敲，又来啄，真有把门窗上的木头啄穿啄空的危险。有一次，他睡着了，它们竟然上来啄他的脸，啄他的脚，一下就把他啄醒了。他说，有两天了，他这里每天都上演着童话故事，大大小小的“啄木鸟”们，一批一批地来叫门，敲窗户，一遍又一遍地敲，要吃的，要求吃饱。还好，还没有要求改善生活，因为那必须是在吃饱的前提下，吃饱以后，才能再进一步考虑的事。

缸里的玉米是他自己的粮食，他一年一年的就靠那些东西度日。我记得他曾经用玉米面做过蛋糕，然后送给周围一带的人们品尝。人们说，还不如窝头好吃呢，为什么不直接做成窝头，而非要画蛇添足，多此一举？他向人们解释说，不是技术和工艺上的原因，实在是巧妇难为无米之炊。无论严格地说也好，笼统地说也好，那都完全不能叫作蛋糕，因为里面从始至终根本没有加入过鸡蛋。所以要那样做，只是想着为了能让每天都吃窝头的人们觉得高兴，感到稀罕，欣喜，有趣，感到人活着多少还是有那么点儿意思的，并不都是漆黑一片，密不透风，没有指望。从一开始也就并没有期望能够把蛋糕做成，做好。蛋糕是那么好做的吗，难道是谁都可以做的吗，是个人就能做吗？肯定不是！无非是在做那么一种意思，管它像不像呢。没有人给我们蛋糕吃，我们自己做，没有人给我们活着的意思，我们自己找活着的意思，没有人给我们欢乐，我们自己欢乐，没有人给我们幸福，我们自己幸福！哪怕是一种可怜的笑声，一丝苦笑，那毕竟也是一种笑声。不能大张旗鼓、气吞山河、排山倒海、明目张胆、无所顾忌、明火执仗地笑，难道还不都在背地里在黑暗中在夜深人静的时候在刮风下雨的时候在秋高气爽晴空万里的时候在非常倒霉的时候在逢年过节的时候在杀鸡给猴看的时候在一刀两断的时候在一不做二不休的时候在一去不复返的时候在一失足成千古恨的时候在一丝不挂的时候在一言难尽一事无成一败涂地一贫如洗一波三折一误再误一往情深一知半解一筹莫展一蟹不如一蟹一笑置之的时候偷偷地笑一笑吗?

没有人给我们娱乐，我们自己娱乐——我们自娱。

我刚从那个缸里捧出一捧玉米，那些乱七八糟的“啄木鸟”们就围了过来，立刻就把我包围了。

可我注意到，它们有的已经吃不动了，奄奄一息地倒在那里。

王老五对我说，我觉得我不像是感冒。

我告诉他说，我也觉得不像，看上去要比那厉害得多。

他说，可医生非诊断说是感冒，我拗不过他，更说不过他去。

他躺在炕上，身上盖着一条看不出颜色的东西。他的那盘炕不够尺寸，小小的四方形的，一看就觉得好笑。从小到大，我见过的炕多了，我们这里，谁家的炕都不是这样的，即使家里只有一个人，那炕也还是有尺寸的，起码躺下去的时候，你的脚不会伸到外面去，去悬着。而他躺在他的炕上，要想不把脚伸到外面去，身体就必须得蜷曲起来，腿也得紧缩回来，整个人睡得像一只虾米，睡得弯弯曲曲的。

看着他那样子，我想，这个人，这一生纯粹是被他的那个倒霉的名字给坑害了，害苦了。那是一个多么背时发霉的名字啊！我敢说，任何人，不管是谁，只要他摊上这么个名字，结果都不会有多好，你所有的努力和奋斗，到头来都会被这个名字给抵消得干干净净，一穷二白，一无所有。好像有一只看不见的大手，在很早的时候就把你罩住了，就把你注定了，你狼奔豕突，自以为已经逃出去了，走得很远，已经得胜，事实上却还在那下面被罩着，一直都没有离开过，根本就没有动过窝，多年来一直都在原地蹦跶。他的爹妈怎么给他起了这么个名字呢，我想象不出，从他一生下来，还没有睁开眼，还不会说话，不会走路的时候，头上就开始顶着这个名字了。那么小的孩子，还在吃奶，也能被叫作王老五吗?

这样，又过了一些天，他终于再也起不来了。那时候，鸡也死了一片。说起来那几天还并没有死人，可到处都有一种明显的死气，一种让人奇怪的死相，无论到哪里，都显得非常荒凉。并不是因为有时候人少才显得荒凉，人多的时候也照样还是那么让人觉得荒凉，这就让人觉得没办法了，眼里心里蓄满了愁绪，没有奔头，看不见一点儿指望。忘了是因为一件啥事，肯定不是一件大事，我和我男人狠狠地吵了一架，吵得雾蒙蒙的，血淋淋的，伤筋动骨。整整一天，我们没有吃任何东西，几个孩子饿得像王老五的那些鸡一样，都快疯了。整整两天，我们家房顶上的烟囱里没有冒过一缕烟，倒像是家里真的死了人一样。谁家房顶上的烟囱不冒烟?我们家房顶上的烟囱不冒烟。我们有两三天没有说过一句话，谁看见谁，都像乌眼鸡似的。我想，不能过就拉倒，就别过了，就散伙吧。我连死的准备都有。你们想想，一个人连死的念头都有，连死都不怕，还怕不能过日子吗?

我对我的男人说："我什么都准备好了。"这个浑身沾满柴油和机油的油腻腻的家伙，听见我这样说，眨着眼睛看了我一会儿，然后对我说："你说你什么都准备好了，我看不一定，有一件事你肯定还没有来得及准备。"我说："我连死都准备好了。"他说："那算什么，谁不会去死?死是容易的，谁都会！我说的是另外的一件事。”我没有问他是一件什么事，我得让他自己说出来。又等了一会儿，果然听见他说：

“你说你什么都准备好了，那有没有准备给我们做一顿饭的打算呢？起码让我们饱餐一顿，也好上路，犯人临死前还能饱饱地吃一顿呢。就算我不吃，没我的份儿，他们也得吃啊！”

他说的“他们”是指我们的那些孩子们。

“你等着吧。”我对他说。

听见我这样说，他知道饭是肯定吃不成了。一个人对另一个人说，你等着吧！那就等于对他说，你就死了那份心吧。

直到那时，他才告诉我说，他要出远门了，场里派他开着拖拉机出去，要走一两个月。听到这个消息，我听见我的心里扑通响了一声，像是有垒得好好的整整齐齐的东西忽然坍塌了。

想到他一路上的辛苦和不安全，我的心一下软了。

这件事情就这样过去了。

我最终有没有给他做饭？你们猜猜看——

有一天早晨，场里派人来看望王老五，来人用一个脸盆端着一盆鸡蛋，鸡蛋是送给王老五的。后来，老场长也亲自来了。

早晨的霞光给每个人都镀上了一层红色。那红色太重要了，也太厉害了，它使得在场的每个人都不同程度地获得了一种让人惊讶的英雄气概，有如神助。场宣传部干事称赞老场长尤其显得“出类拔萃，英姿勃发”，这个突如其来的比喻和形容让一向谦虚谨慎戒骄戒躁的老场长感到有些羞涩——我看见他的脸真的红了，不是被霞光映红的。

王老五躺在他的那盘四方形的小炕上，只有他看上去是灰白的。

我就纳闷，为什么别人都是红色的，只有他是灰白的呢？

老场长指着那盆鸡蛋，对王老五说：

“吃吧，放心地吃吧，我已经签过字了，场里也研究过了，大家都同意你吃。”

王老五看着老场长，已没有说话的力气，他的眼睛像两滴凝固了的泪，像松香，像两潭静止不动的死水。

“我明白你的意思。”老场长对王老五说，“虽然你说不出来，但我看出来了，你是不想动这些鸡蛋，对不对？你是想把它们节省下来，去支援亚非拉人民的如火如荼的革命斗争，对不对？对，你就是这么想的，肯定是这么想的。唉，实话告诉你吧，王老五同志，支援亚非拉人民的革命斗争我们另有安排，而这一点东西是专门给你的，希望你把它们全部吃掉，然后再把它们转化成冲天的干劲，英勇的气概和巨大的革命力量……”

老场长猛然发现自己说走了嘴，无意中把王老五叫作了同志，他有些担心地看了看周围，但人们好像谁也没有在意，只顾看着蜷缩在小土炕上的王老五。有人伸出手摸了摸王老五的头，还有人在小声地交谈，声音像棉花或机器上的不起眼的小零件一样。

看看没什么事情，老场长又说，革命是一件巨大的事业，革命从来不嫌人多，相反，人越多越好。一个人，只要他是革命的，不管他是谁，不管他有这样那样的毛病和问题，我们一律是欢迎的，革命的大门永远向他敞开着。同时，革命还是一件千秋万代的事业，要子子孙孙革下去……老场长的话还没有说完，有人忽然低声喊了一句：将革命进行到底！

老场长有些惊讶地看了看那个人，发现不认识，完全不知道是谁。问身边的人，这是谁？嗓子怎么这么好？有人对老场长说，是农场子弟学校的一名代课教师，名字叫霍霍。老场长盯着那个人看，又在嘴里霍霍了一会儿，然后说，到场部来工作吧，这里更适合你，我们正需要你这样的人才。

一开始，老场长的话让名叫霍霍的人愣住了，整个人冻坏了似的僵直在那里，眼睛也不会转了，完全傻了。后来，好像是在一瞬之间，又突然苏醒，明白了过来。我听见他用一种颤抖得很厉害的但又像是山洪暴发般的高声突然朗诵道：

我的伟大的母亲啊！

人们谁也没防住他的声音会有这么大，把在场的人都吓了一跳。

晚上，我从那一带路过的时候，又顺便进去看了看王老五。看见我进去，他挣扎着想起来，但终究没有起来成。

“那些鸡都死得差不多了吧？”他问我，“还剩几只？”

见我没有说话，他又自言自语地说道：

“肯定没有几只了，剩不了多少了。”

说完，他闭上了眼睛。我不知道该怎样回答他。来时的路上，往这里走的时候，我看见好多死去的鸡，看见一只，我的心就跳一下，接着再痛一下。倒在地上的鸡，有时候只剩下一堆又脏又乱的鸡毛，其余的部分不知都到哪里去了。死了那么多鸡，也没人过问一下。苍蝇飞啊叫啊，到处都能听见那种嗡嗡的让人麻烦的声音。

你们是没有见过，那真叫个麻烦。

王老五要是不病，或者，那些鸡要是由我来养，一只也死不了。除非碰上谁也抗拒不了谁也没办法的鸡瘟，即使那样，那也得让它保存下几只。以前每次闹鸡瘟，十次有七八次，我们的鸡都好好的。

我有什么办法？很简单，把它们都关起来，不让它们出来，不让它们和另外的鸡，尤其是那些病鸡见面，用现在的话说就是尽量减少正面接触，不给它们传染的机会，这就行了。

我们这里不把鸡瘟叫作鸡瘟，我们把鸡瘟叫作传鸡，传头子。传是传染的传。每次鸡瘟一来，人们就说，传头子又来了。小孩子们都害怕传头子，不知道那到底是个什么东西，不知道长得什么样，都觉得很可能是一个上面带着毛的血淋淋的头。我小的时候，以为是房檐下露出来的那种椽头，只要它硬邦邦地一过来，谁都跑不了，戳住谁，谁就完。

又过了两三天以后，当那些鸡都死得差不多了的时候，王老五也终于死了。但究竟他是在哪一天死的，人们谁也不能肯定，因为人们谁也没有亲眼看见他最后咽气，他死的时候只有他自己。一天晌午，一个十二三岁的孩子第一个发现了那件事情。

是的，我哭过，我承认我哭过。当老场长说，“王老五同志请安息吧”的时候，我觉得心酸极了，眼里的泪再也憋不住了。

口外的倦意

这就是那个海，我终于在一个黄昏时分看见了她。说是海，其实只是一个内陆湖，但在当地人们的眼里，她已经够大的了，足以能够称得上是一个海了。水是黛蓝色的，风一吹，平静的水面马上就皱得像一块绸缎，有的地方开始卷曲，飘扬，白翎鸟在芦苇里飞起飞落。

且不论她的大小，她的美是真实的。

到处都是沙土路，黄沙子像小米，黄米，像完整的小米和碾过一遍以后的黄米，此外，有的路上的沙子是淡红色的和白色的。下着一点点小雨，路上的沙子显得十分干净。路上有牛车和驴车慢慢地走着，拉车的都是一些小毛驴，看它们的白白的脸和稚气未脱的表情就能知道它们的岁数还很小，正在成长之中，身架子还没有长起来，所以显得很乖，很听话，像天真的孩子一样。这种时候，它们纯洁得要命，也简单得多，它们的身上，性格里，还没有形成人们通常所说的那种驴脾气。脾气和心计都是以后慢慢培养起来的，日积月累形成的，包括驴脾气和人的复杂性多面化，一日胜于一日，渐渐地堆积如山，根深蒂固，不再能够轻易动摇，发生改变，直到最后死去。

蜿蜒起伏的沙土路上，有时候能看见一两个行人，身上背着口袋，耳朵上夹着纸烟，不慌不忙地走着，有时边走边抬头看着天，看着远处的青蓝色绸缎一样的山，有时候什么也不看，只是在走。很多徒步出远门的人，都是在鸡叫头遍以后开始起来，胡乱吃几口饭，鸡叫二遍的时候开始动身上路，那阵子，月亮虽然已经下去了，但天上的星星依然还很多，一颗一颗的，有的贼亮，有的稍暗一些。

薛本仁是一位村主任。刚听说这个名字的时候，我以为他至少有五六十岁了，后来见了面以后才发现他只有二十五六岁，刚从部队复员回来不久，年轻得惊人。

我问他，一个人要是在鸡叫二遍以后开始从他的家里动身上路，什么时候才能走到他最终要去的地方？是不是需要在路上走一天？

听到我这样问，薛本仁笑了一下。后来，这位年轻的村主任又带着一种奇怪的表情看了我一眼。他说，那也不一定，那要看路途，看你去的地方远近。要是近的，也许赶在吃晌午饭前就到了，要是远的，那可就没准了，谁也不知道要在路上走多久。有一点应该肯定，那就是走到天黑了以后必须得住店，睡一黑夜，第二天起来接着再走。

"有一年，"薛本仁说，"我爹去我三姑夫那里，一个人在路上整整走了八天。那八天里，他的头发和胡子像草一样在疯长，据他说，那些东西一天比一天长得厉害，刚开始的时候还是不显山不露水地慢慢地长，到后来就管不住了，完全刹不住了，他能感觉到他的胡子和头发在吱吱地一节一节地往外冒，比庄稼长得快多了，比树和草长得也快。等后来到了我三姑夫那里的时候，鞋也磨烂了，一脱衣裳，身上的虱子就像芝麻一样噼里啪啦地往下掉，整个人已经不成个样子了。我三姑夫骑着车子出来迎接他，一开始还没有认出他来，但隐隐又觉得哪个地方有点儿像，有点儿眼熟。这样，我三姑夫就一直骑着车子在我爹的前后左右不到十米远的地方晃，拐来拐去。后来，不知道是看出了哪一点，我三姑夫终于突然认出他来了。也巧，恰好在那时我爹也看见了我三姑夫，两个人同时叫了起来。我三姑夫跳下车子，大声对我爹说，哎呀我的老伙计，你咋成了这个样子？

"见过当年在这一带打游击的那些人吗？"我问薛本仁。

"我哪能见过？"薛本仁说，"我连红卫兵和上山下乡的知识青年都没有见过，哪能见过那些人？有一次，一位胡子拉碴的老大爷对我说，他就是当年的红卫兵，一开始在司令部任情报处处长，后来又被任命为参谋长。我知道他当过红卫兵，可又看他那胡子拉碴的衰老的样子，怎么看怎么不像，从心理上很难接受。当年的小闯将们都已经衰老成这个样子了吗？”

我对他说，当年的红卫兵们确实都已经老了，有不少人已做了祖父、外祖父、祖母、外祖母，他们本人也许不一定想过早地拥有那些身份，但由不得他们，因为后代们都在一天一天长大，唰唰地成长起来了，由不得他们不做祖父祖母，外祖父外祖母，不想做也不行，不想做也得做。

“真是岁月不饶人啊！”

年轻的村主任薛本仁突然发出一声与他的年龄极不相称的感叹。

我在这一带到处寻找当年那些人的身影和有关的一些消息，线索。半个多世纪过去了，除了土地和天空还在，其余的一切都已发生了极大的变化，变得面目全非，很难再辨认出什么，而要想通过某一件事物，从中找到一条能够通向早年通向过去的线索和通道，几乎就等于是一件徒劳的事情。土地和天空至今还安稳地存在着，那是因为人们靠人力实在搬不动它们，对它们没有奈何，要是能搬得动、移得走，说不定也早就都不在了。白烟墩村的一位老人对我说，人活着，说是在干事业，实际上就是在折腾，为什么要把折腾说成是一种事业呢？那是因为后者听上去要比前者好听一些，更体面一些。我很赞同贺玉堂老人的意见。对于没有办法进行移动和改变的天空和土地来说，人们也自有他们的一套办法，比如给土地剥皮，挖坑，打洞，使到处变得虚虚实实，真假难辨；比如给天空施放黑烟，让空气变得烟熏火燎，遮住它本来的青蓝色，使到处都有如伙房，战场，猪圈。黄昏的时候，仍然残阳如血，夜里也仍然有星星和月亮，可味道都已经不对了。现在，你在街上遇到一个模样陌生的人，相信他绝不会是一个带有某种秘密使命的便衣，而是一个完完全全的实实在在的闲人，无所事事，百无聊赖漫无目的地到处闲逛，游荡，东瞧瞧，西看看，没个正经。

尽管时间如同一场没有期限的大雨，把许多东西都阻隔在很多年以前，让它们停滞不前，再渐渐地化为乌有，但仍有人能够记得一些事情。记忆实在是一种神奇的力量，有时候有如魔法，能够让久已消失的东西再重新回来，重现当年甚至能够在某种意义上起死回生，听到来自当年的众声喧哗，看见一个又一个的身影和一张又一张的面孔。红色的面孔，胡子拉碴的面孔，苍白憔悴的病容，高大的声音，洪亮的嗓门，低声细语，缓慢的手势，急促的眼神，漫长焦急的等待……无不让人怦然心动。

于是，当我旧事重提，再问起有没有见过当年那些打游击的人的时候，有人就主动来找我。他们对我说：

“见过，经常见。穿着烂皮袄，戴着破帽子，枪不够用，经常总是几个人伙用一支枪，谁都想把那支枪别在自己的腰里，握在自己的手里。”

“他们有没有因为这种事情打过架？”

“那倒没听说。”

又说：

“他们不至于为这种事情翻脸打架吧，那还了得？传出去还不让人笑话死？都是为了干革命嘛，枪拿在谁的手里不是个拿？只要别拿在坏人的手里就行，对不对？”

又说：

“那些人，也苦啊！吃得可怜，穿得也可怜，部长看上去完全不像个部长，主任也不像个主任。黑夜睡觉，往莜麦秸里一滚，就完了。”

“第二天能不能活着醒来还是个问题。”

“对，你算说对了。经常有那样的事，睡着睡着，就把命没了。还不知道是怎么没了的，事先一点儿也不知道。”

这样的事情，事先怎么会让你知道呢？

在一位名叫李忠诚的会计的带领下，我来到当年绥中地委一些机关的所在地，昔日的那些房屋早已荡然无存，几排新房是近几年才盖起来的，红瓦，红砖。墙上写着字：为官一任，造福一方。又写着：要想富，少生孩子多栽树。

我看了看四周，没有看见一棵树。

倒是有不少孩子土豆一样在街上跑着、滚着，有的突然放声大哭，哭一会儿，见没人理，然后就开始又跑。

“问题严重哩。”李忠诚忽然说道。

“什么问题？”我问他。

李忠诚没有回答。我看了看他的眼睛，他的目光十分迷茫。

有一天晚上，年轻的村主任薛本仁带着我回他的家里去吃饭，走进院子里的时候，看见了薛本仁的爷爷。老人身材高大，精神矍铄，穿着一身浆洗得干干净净的青布衣裤，正站在几棵杨树下，手里拿着一把小笤帚，在自己的身上到处拍打，清扫。尽管衣服看上去很干净了，可老人还是在十分认真地清扫着。薛本仁对我说，这是多年养成的习惯，改不了啦。无论任何时候，只要从外面一回来，总要站在院子里清扫一番，然后才开始进屋，开始做其他的事情，也不管身上到底有没有灰尘，清扫是必然的，必不可少的一件事情。“不吃饭可以，不扫干净可不行。”老人经常这样对他们说。他是这样说的，也是这样做的。

薛本仁说，我们也没有办法，想扫就扫吧。

我对薛本仁说，这是一个好习惯啊，一个老人，能够每天这样，无论从哪个方面来说，都值得令人尊敬，能够几十年如一日，就更不容易。就算是个毛病，那也应该说是一个好毛病。

薛本仁笑了起来。听到孙子的笑声，做爷爷的朝这边张望着。

原以为老人有七十多岁，后来吃饭时一问才知道，老人已经九十多了，我不禁吃了一惊。很快，又听见他把萝卜咬得又脆又响，才明白他的牙也还好好的，耳朵，眼睛，也都挺好，没问题。我不禁想道，老人每天吃什么呢？怎么活呢，怎么会活得这样健康，没有一点儿毛病？吃饭时，先是薛本仁从屋里搬出一张小方桌，摆在树下，随后，薛本仁年轻的妻子很快将晚饭端了出来。她先给爷爷盛了一碗，但老人很慈祥又很坚决地让我先吃，声称他自己不着急，要慢慢地吃。我立即想道，这是不是也是一个让人长寿的原因呢？缓慢对一个人有时候会非常重要，但老人今天的缓慢显然更多是出于一种礼貌。

薛本仁的妻子在一所小学里教书。我问她，这事是不是与薛本仁有关？她马上说，与他没有关系，和他结婚以前，我就已经在那里了。薛本仁对她说，老鲁是在和你开玩笑呢，看把你吓的。她瞪了薛本仁一眼，说，我吓了吗？我没吓，要怕可能是你怕了。

好好的，我怕什么呢？薛本仁看着我，笑道。

夜里，听到附近有人在拉二胡，音色悲戚凄楚，有如一场长久无望的哭诉，哭诉中时有中断，塌陷的时候，像是墙上的一些豁口，一路逶迤下去，湮灭在茫茫的夜色里。

后来，又有鼓声传来，听上去也不算太远，有一搭没一搭地敲着，声音完全谈不上热烈，相反，却让人感到无比的寂寞。

又听见薛本仁年轻的妻子忽然说：

“你到底去不去？”

“我不去。”薛本仁说。

“我最后问一遍，你到底去不去？”

“我也最后说一遍，我不去。”

月亮在不久前还是白亮白亮的，等后来完全升高以后就变了，变得金黄，酥软，蓬松，油汪汪地挂在那里，仔细看时，觉得有很黏稠的东西在往下嘀嗒。流星从那黄油烙饼般的月亮的面前，从深色的夜空里无声无息地划过。

从野地里飘来草木和泥土的气息。我坐在一块冰凉的石头上，石头是黛青色的，像钢铁，又异常光滑，大人还好说，未成年的孩子们在上面是坐不住的。有好几次，我看见他们在石头上爬，还没有坐稳，就又滑下去了。如是几次，根本坐不住，最后干脆就不坐了。遍地都是这样的石头。有人告诉我，当年，那些人就住在用这种石头垒起的房子里。那样的房子，建起来容易，但随时都有倒塌的可能，稍一不对，就塌了。

有风吹来，我听到那个海在晃动。

第二天，见到薛本仁后，我说起昨夜听到过的琴声和鼓声，薛本仁显得非常惊讶和意外，眼睛瞪得溜圆，看着我说：

“不可能哇！不可能会有这样的事哇！”

他说，他们这一带已经有好多年不再闹红火了，锣鼓以前都有，但早就都敲烂了，不知去向了，以后再没有添置过“哪有那些闲钱？”逢年过节，有时候有剧团或小型的戏班子来为寂寞艰辛的人们唱几场戏，唱完后就又卷铺盖走了，什么也留不下。不过，剧团给人们带来欢乐的同时，也会不可避免地带来一些麻烦和说不清是什么性质的后患，都是不知不觉地有了的。究竟是什么样的麻烦和后患，他没说，我也没有再问。只是说起那些事来，让这个年轻人变得愁容满面，不住地吸气，叹气，似乎一下老了不少。

后来，他像是沉思默想了一会儿，眼神变得很遥远，整个人仿佛被什么东西拖着倒退了几十年，其长度和深度远远超过了他的年龄和所知所见。他默默地告诉我，他曾经听人说过，有人在水边坐着，就是村子后面的那个海，听到水里在演奏，声音是从水下面传上来的；不是一个人在演奏，而是有很多人，至少有十几个人在同时演奏，各司其职，鼓声也很密，听上去非常热闹，要多热闹有多热闹。那样的一种场面和气氛，谁听了都想亲眼去看看，都想让自己能够置身于其中。就算没有办法，不能够置身其中，能远远地观望一会儿，那也是一件令人非常向往的事情。我问他，现在要是坐在那里，还能听见水里在演奏吗？他说，肯定不行了，那不是随随便便就能听到的，就是不随便，也未必就能听到。更何况，真的有没有那么回事，还是一个很大的疑问，谁也不敢肯定真的就有。再说，水也不如从前的时候那么好了，水面上有时会有汽油和柴油漂浮着，你在旁边坐一会儿，会觉得头晕，头昏脑涨，只能听见自己的脑子里嗡的一声，“日”的一声，让你觉得麻烦极了。

“我就不信，除了我们这个世界，难道还有另外一个世界？”薛本仁说，“要是有，那么，进入那个世界的入口和通道又在哪里呢？”

远远地看见会计李忠诚正朝这边走来，我叫了一声，却看见他突然临时改变方向，转身进了一个墙上插着树枝的院子里。

记不清是第几次来看这个海了，蔚蓝色的水面像一个梦，对于这片一向干旱少雨的土地来说，这真是一个名副其实的海。

没有人知道这个海边曾经发生过什么。在这个地方，我第一次发现，也是平生第一次意识到，在这个世界上，每个人的能力其实都是非常有限的，甚至是可怜的。

不远处的山地上有两棵树，是红色的，曾经问过几个人，但都说不认识，不知道那是什么树。我要说的是，它的那种颜色，红得令人不安。

“冬天的时候也还是这么红吗？”我问一个人。

我的问题让那个人愣了一下。

“……没注意过，不知道冬天的时候是不是还这么红……也可能没这么红了吧？”

我又看见了那片水，和水边的鸟。

人们在割草、打场，长长的连枷在谷场上空扬起来又落下去。草垛边有时候会站着一匹安安静静的白马，看上去让人觉得稀罕、惊喜。这些年，真正的马已经不多了，越来越少了，大部分被骡子所取代，几乎家家户户都至少有一头以上的骡子。为什么骡子会取代马？因为骡子饲养起来便宜，成本低，又比马有劲，能干活儿，帮助人们拉车，碾谷子，只是跑起来的时候不像马那么快。一位老乡对我说，跑那么快有甚用？要那么快的速度有甚用？我们是在干活儿，又不是在比赛谁跑得快！不管它是谁，只要能干活儿就行，别的都是次要的。

老乡们的思想让我的话一天比一天少，一些愿望也在逐渐减少，湮灭，有时候会猛然发现脑子里竟一片空白。

说起干部们，有的老乡直言不讳地说：

“干部？我日他妈们的！我跟你说，都是些地地道道的王八蛋！恶人！坏蛋！狗屎！别指望他们做好事，做做坏事，害害人还差不多，那是他们的专长。别指望他们能帮你，能做到别害你，那就已经烧高香了。好干部有没有？按说应该有，按道理应该有，可我们命苦，没福气，竟从来没有见过，从来没有遇到过。也不知是咋闹的，一轮到我们头上就没有。”

又说：

“一个人坏成那样儿，那还能叫人吗？”

“没指望啦，各人救各人吧！有办法的，多活几年，没办法的，就此拉倒！实在不行，还有最后一个老办法，最后一个笨办法，去死——去死总可以吧？我们不活了，让他们活去，这还不行吗？”

我记住了这位老乡的名字，叫白显山。他的儿子原先给乡长当勤务员，那孩子什么都好，就是话多，勤快得有点儿过头。每次有不认识的女人来找乡长，他都要认真地盘问人家一番，叫什么名字啦，家在哪里啊，找乡长有什么事啦，有时还拿出纸笔要记录一下。为此，身为父亲的白显山没少教育过他。白显山对儿子说，生瓜！该你问的你问，不该你问的，你也瞎问，别把乡长惹翻了，没你的好果子吃。后来，乡长果然不再用他了，乡长倒是没惹翻，也没发火，临走时还多给他发了一个月的工资。

现在，他在城里给人擦皮鞋，有时候还负责捏脚。这样的一些活儿，穷人家的孩子不干，谁干？

“狗日的，也学乖了。”白显山对我说，“给人擦皮鞋就埋头老老实实地擦，决不再多说一个字。客人把左脚伸出来，他绝不敢去动人家的右脚，连瞄一眼也不瞄。”

“懂事了。”我说。

“我跟他说，这就对了，这就能凑合着在这个世上活了。”

从沙海回来后，看见薛本仁的爷爷正坐在院子里仰起头看天，老人看得十分专注，连我从外面进来都没有发现。

天高云淡。

在沙枣树和白杨树混合的清香里，我有一种做梦的感觉，原来极其沉重的世界仿佛突然变轻了，变得像雾霭轻纱一样，白茫茫地浮现在原来的那个旧的世界之上，新世界的香气向四处弥漫，充满了所有的空间和缝隙。天上只有几片云，软软地一动不动地贴在那里，仿佛画上去的。有时候，它们要是乱跑起来，如同饿疯了的羊群一样。

看着那位九十多岁的老人，我像是站在一个梦里，在那种时候，我丝毫感觉不到时间的流逝和变化。我想起在来时的路上看到的一些东西，尽管路上一会儿刮风，一会儿又来雨，但它们面无表情，以一种极其麻木的不痛不痒的方式存在着。那时候我想，如果它们会说话，会说些什么呢？说什么都不知道，对一切都不知道？不在意？后来，老人看到了我，扬起一只手笑呵呵地招呼我到树下坐下。

不久，薛本仁也从外面回来了，手上全是泥。

树上的叶子这时候已经开始变黄了，有的提前掉了下来。薛本仁的爷爷随手从地上捡起一片，对我说：

“这要是钱有多好，人们就都富起来了，孩子们上学也不再是个问题了。需要用钱的时候，就从树上撸一把。”

“这要是钱，那还上学干什么？”薛本仁说，“每天弯着腰在地上捡钱就行了。”

老人看了自己的孙子一眼，没再说什么，脸上浮现着一种夕阳般的笑意，这和他不久前仰着头看天时的那种神情完全不同。

过了一会儿，老人忽然问我：

“你在白天的时候看见过月亮吗？”

我说没有。

“我见过，”老人说，“我可是见过。是白的，圆圆的一个小片子，就像是谁用纸剪出来后贴到天上去的，可明显的和天的颜色又不一样。有时候，又觉得那很像是天上凿出的一口井。”

“那一定很好看。”我说。

“是的。”老人说，“看着那种情景，你就会想，人们每天为一些小事吵闹，计较，甚至心生歹意，互相伤害有多么不应该！”

我心里一惊。老人的经历和所见让我羡慕不已，心生向往——我也多想在白天的时候，在晴天或阴天的时候，能够亲眼看见那样的一个薄薄的纸片似的，又如同井口似的白月亮。

想到这里，我说：

“我们没有赶上那样的好时候。”

“说起来，那也算不上是什么好时候，又没有名，又没有利，没几个人愿意看见。”老人用安慰的口吻对我说。但很快又说：“会碰到的，在这一带，你会碰到那样的机会的。我小的时候，经常见。那时候不以为然，确实不以为然，从来没觉得是个事，就是放到现在，也还是不算个什么事。想起来，这些年也日怪，也不知怎么了，连我都没有见过，真是日怪，好像真的已经过了那个时候了，那样的情景再也不会回来了。”

“何止是这件事情，”薛本仁在一旁说，“现在，整个世界也都越来越日怪了。”

这位年轻的村主任毫不掩饰自己对眼前这个世界的困惑。这些天，他每天出去，去查看他在春天的时候种下的那些梭梭和苁蓉，每次回来看上去都不太高兴。他的爷爷问他：

“都还好吧？没再死吧？”

“又死了三棵。”他说。

老人如同听到一个什么消息，神色一时不禁有些黯然。

今天，他又告诉爷爷：

“又死了一棵。”

老人看看薛本仁，又看看我。

“怎么回事？怎么老死？”我问薛本仁。

“主要是太旱。”薛本仁说。想了一下后，又说：“另外，栽种技术上可能也有点儿问题。”

旱是主要的，你要是忘了浇水，完得就更快。另外，大风也比较厉害，尽管它们都栽得好好的，但只要一刮大风，它们就会被连根拔起，被卷走，刮得无影无踪，根本禁不起摔打和折腾，像花一样脆弱。不是薛本仁一家有这样的麻烦，凡是种苁蓉的人家都有这样的问题。当地的人们说它们像花一样脆弱，像三十年前的知识青年一样不容易扎根，一有风吹草动，马上就都不见了，消失得比风还快。

地越来越像是一件没毛的光板皮袄，让人看了心寒，而要想有毛，就必须得想办法把包括梭梭和苁蓉在内的一切植物都留住，让它们永远留下来，还要永远都活着，这不是一件容易的事情。有的干部说，它的难度仅次于当年想留住北京来的孩子们。那些孩子们有头脑，有志气，有情感，有自己的想法，还有各自的家庭，父母以及各种各样的社会关系盼他们回去，可是，包括梭梭和苁蓉在内的那些植物们，难道也有人盼它们回去吗？这里的人们极力想留住它们，让它们在那光板皮袄一样的土地上生根，成长，开花，结果，可它们还是要跑，还是想跑。

只要一有机会，就想跑。

有的老乡很生气又很无奈地说：

“简直就像贼一样，贼也不过如此！”

“真像一条喂不熟的狗。”

总的来说，情形不能说是很好，梭梭也好，苁蓉也好，连它们这样的一些苦出身的，都不愿意留在这个地方。

大滩现在也有了人烟，一些树也长起来了，杨树，榆树，柳树，互相穿插着，有的已经很粗了，有的看上去披头散发，漫不经心，神情有些恍惚。风一吹，好几种树都在刷啦刷啦地唱，杨树的叶子露出了银色的背面。不断地有清脆的枪声传来，无论是羊群出动的早晨，还是寂静的黄昏，总是在你不注意的时候，会听到那么几声，有时候听上去很沉闷，我看见人们都显得若无其事，熟视无睹，似乎什么也没有发生过，没有人注意，只有我一个人听到了。

而在我听来，那枪声好像来自六十年前——

我问人们，是什么人在打枪？

“坏人。”有人告诉我说。

看见我不明白，就又说：

“是坏人们在打猎。”

后来我才明白，老乡们所说的坏人，其实是一些手中握有实权的官员，有的管人，有的管钱，这其中还包括一些银行行长，税务局长，以及某某董事长一类的人，他们往往是举家出动，衣着人时，人手一支枪，从车上一下来就开始瞄准。也有不带家人的，而是约了同样具有生杀予夺大权的同僚，三男两女，或四男四女，一起出来打猎，他们称之为野营拉练，长途奔袭。有一位姓年的环保局长和一位姓白的土地局长，最喜欢出来野餐，热衷于篝火晚会，老乡们都认识他们，连他们当中谁的鼻子经常发红都记得清清楚楚。枪呢，除了双筒猎枪，还有小口径步枪和手枪，有一次，某官员家的一个小男孩，竟然连扔了十几枚手雷，人们也不知道那些东西都是从哪里搞到的。手雷没有炸到猎物，倒是炸死了当地的几只羊。

除了这些人以外，还有一些挎着破枪的二流子们也经常打猎，不过，他们打猎主要是为了卖钱，与前者在打猎上有着根本的区别。那些人打猎，放枪，主要是为了高兴，为了欢乐，为了陶冶情操，为了更好地丰富他们的业余文化生活。

我问人们，通常都能打到些什么东西？

人们说，也没有什么东西，主要是一些兔子，兔子最不厉害了，和人一样，你要是不厉害，不凶恶，往往就会成为被打的目标。对于野心勃勃的打猎的人来说，当然不满足于仅仅只打兔子，但别的东西没有，所以只能打打兔子。没有你怎么打?

“总不能让老百姓化装成老虎和野猪，站在他们的射程之内，让他们瞄准，让他们打吧?”

一位名叫王油糕的老乡这样对我说。

我听着那枪声在大滩上空回响，鸟雀们被吓得惊慌失措，四处逃散，慌不择路，一群一群地逃跑。它们之所以能够逃命，也多亏得益于打猎的人枪法还不够精准，等什么时候他们一个个都变成神枪手，它们的末日也就到了。

晚上，在薛本仁家吃饭的时候，薛本仁的三岁的小儿子坐在我的旁边，我问他，将来长大准备干什么，有什么理想?

小家伙抬起头，不假思索地说道：

“当官儿——我准备当官儿呀!”

“不想上大学吗?”

“上一上也行。其实，上大学也是为了当官儿，为了发财，一个人只要当了官儿，就什么都有了，就会想要什么就有什么。”

尽管天色有些暗，我还是十分清晰地看到在薛本仁夫妇年轻的脸上浮现着一种欣慰的笑容。

果然，透过暮色，薛本仁对我说：

“我们自己是不行了，将来就指望他这棵苗了。”

又摸着他儿子的头，对我说：

“有人给他算过命，说他将来能当到副部级，副省长，或者副部长。我想，他自己要是再努努力，就能当省长或部长了。”

“算得准吗？怎么看出来的？”

“应该是比较准的。老穆虽然在这一带很有名，但轻易不给人算，他是不算则已，一算就准，有准气的。”

“我们旁边还有一个孩子，”薛本仁的妻子说，“也是老穆给他算的，说他将来能做到县教委副主任。”

“还能算出具体的部门？”我不禁有些惊讶。

“能行。”薛本仁说。

“那个孩子，和你们的儿子，中间差着好几级呢。”我说。

“那也应该不错了。”薛本仁说，“县教委副主任是谁想当就能当的吗？农村里的孩子，有几个能当上？”

“可是你们的儿子不是更大吗？”

“这可能就是一个人的命吧。”薛本仁微微地笑了。“我信命。我相信，一个人一落地，以后的一切就都早已定好了。你要是不听话，瞎扑腾，想和命运做斗争，较劲儿，负隅顽抗，最后的结果只能是让你过早地送命，灭亡。”

夜风中送来阵阵中草药的气息，我仿佛看见一群一群的病人滞留在路上，有的奴颜婢膝，有的席地而坐，有的翘首期待，有的奄奄一息，有出气没有进气。

我听见神农庙前的风铃响了。

我的到来使年轻的村主任薛本仁在公务和家务之外又凭空增添了一些新的心事，使他常常自觉不自觉地陷入对某些往事的回忆或猜想之中。就说神农庙前的那几个风铃吧，他说，在他的记忆里，已经有些年没有听到过它们发出响声了，一直以为它们都锈死了。我说，有没有响声，和锈不锈没有关系，即使锈了，该响的也照样还是能响。听见我这样说，他的眼睛眨了几下，又看着我，似乎觉得我说的也有道理。一件事情，如果认真推敲起来，有时候会发现同时会有好几个道理，且无论哪一个又都能说得过去，这常常会让人感到莫衷一是，无所适从，皮条窑村年轻的村主任薛本仁眼下就是这样的一种心情，只有当说起他那有出息的有无限潜力和可能的儿子，并展望其未来的时候，他才会变得格外轻松而愉快，畅所欲言，滔滔不绝。

我要寻找的一些人和事全都没有消息，所有的人和事情仿佛都早已蒸发了。为此，薛本仁时常无奈地对我说，你要是早来几十年就好了。但很快又说，早来几十年恐怕也还是不行。

“没办法啊！不是我瞎说，真是没办法，迟了一点儿，总不能把他们从地底下叫起来吧?”

“那肯定不行。”

我对他说，我也并没有指望那些萧疏久远的往事和早已不成形的人影能够还魂、复活，纷纷站起来，重现当年，散发出那时的气息，传达出正当年的声色，那是在某些梦里才能见到的情景。而现在，我们并不是在梦里，我们周围的石头和草还是热的，羊在叫，牛在褪毛，莜麦在闪光，官员们在纵情欢乐，死人在入殓，信件在传递，收音响和电视机里不停地有人在说活，喋喋不休，滔滔不绝，云彩在互相追逐，含辛茹苦，千里迢迢地从四面八方赶来，怀着一腔美好的愿望聚集到一起，但好景不长，很快又都化整为零，四分五裂，四散飘零而去——

原以为能合得来，能水乳交融，实际上根本不行。

“我知道你在打听一个人。”

有一天，薛本仁的爷爷忽然这样对我说。

早知道老人会这样问，但我还是吃了一惊。我向老人点头承认，又问他是怎么知道的。

“是小五告诉我的。”老人说，“另外，我自己也看出一点点。”

小五就是薛本仁。

于是，我告诉了老人一些事情。

老人听完后，对我说：

“咋不早说？心里有事不说，每天还像个干部一样到处转来转去，光靠瞎转能转出来吗？能转出花儿来吗？你可别学他们。”

老人问我，知不知道他的名字？我说不知道。于是，老人对我说，他的原名叫薛光，但后来改了。

改成什么了呢？

“我现在的名字叫薛大傻。”老人说。

“已经叫了几十年了。”

面对老人，我无法将他的这个名字从我的嘴里说出来。老人似乎看出了我的顾虑，十分大方地对我说：

“名字就是给人叫的，你叫吧，没关系，我已经有些年没有听到过别人叫我的名字了，无论说起来，听起来，都生了。”

倒像是在叫别人，叫另一个人。

“斗争和形势的需要经常迫使我们今天姓张，明天又姓李。”老人说，“同时，又需要我们做一个傻子，做一个革命的傻子。我们考虑，一个人不能仅仅满足于做一个普通意义上的傻子，而应该胸怀宽广，目光远大，努力让自己做一个大傻子，做一个革命的大傻子。于是，在那一年的夏天，分散转移的时候，我把自己的名字改成了薛大傻。同志们都很高兴，领导们也喜欢，一没事就叫我，大声地叫，有时候也小声地叫。有一位领导说，呼唤这个名字，嘴里会有一种快感，会让人忘记斗争的残酷性、艰巨性和复杂性。”

见我听得入神，又说：

“我想告诉你的是，与我同一年同一天改了名字的，还有一个人……”

“那是谁？”

树木由灰变绿的时候，天气已经热起来了，牵牛花和蒲公英开得到处都是，“鬼辣椒”也在随风摇曳，原野上一闪一闪的小黄花小蓝花像星星一样。春天，整整一个春天，没有一点儿亮色，没有一点儿暖意，没有一点儿绿气，是被人当作冬天，当作残冬度过的。实际也确实有点儿像冬天，有些地方还有头一年的雪，旧是旧了，但怎么也化不了。

这以后，夏天直接就来了。

没有过渡，没有明显的迹象和任何的准备，说热马上就热了，呼的一下就热了。当意识到经常动不动就要出汗的时候，人们才开始纷纷脱去棉衣，或者取出里面的棉花，直接变成夏天的单衣。

羊也觉得热了，很听话很安静地卧在院子里，让人给它们理发、剪毛，只保留一撮胡子。

燕子们从南边来了，它们开始给自己筑窝的时候，许多树上的那些鹊巢早已变得又大又黑了，黑压压的被高高地举着。

茶壶在吱吱地叫，吱吱地吐着白气。

“王老五——”

有人在叫他，但他守着吱吱乱叫的茶壶没有动，他没以为是在叫他。

“我是自愿的，我愿意做革命的傻子，做革命的大傻，但王老五不愿意，他担心自己会娶不上媳妇儿。”

“他后来确实一直没有结婚，一个人过了一辈子。”

“真的吗？这样看来，他当初的担心还是对的，有道理的。”

“倒不一定是这方面的原因。”

“我记得当时还有人用两句顺口溜安慰他，说什么‘骑马要骑大红马，嫁人要嫁王老五’这是什么顺口溜，我从来也没有听说过，连他自己也不信。嫁谁不行，凭啥非得嫁王老五？没道理嘛，一看就是临时瞎编的，哄人的。”

夏天最热的那几天，李主任、肖部长带领一部分干部转移到沙坨一带，住进一户康姓人家的院子里。康家比较殷实，另外，主要是人很可靠，值得信赖。这是一个经过多方调查和反复验证后才选定的地方。

他们住在康家的东西厢房里，院子里的几棵繁茂的沙枣树和几畦青菜常常使初到塞外的王老五觉得恍若又回到了碧草连天的南方。

“原本打算在那里至少住上一年左右，一年以后，看情况再说。一开始的时候，我们就是这样想的，也是这样准备的。另外，各路的交通员、办事人员，也都很快就熟悉了那里，无论是骑马还是步行，来去都轻车熟路，也容易隐蔽。你没有去过，我要特别提一下，沙坨那个地方长着很多的白杨树和沙枣树，从地形上看，很像是《水浒》里的祝家庄，路很多，转来转去，绕来绕去，每一条路都连着另外的几条路，但每一条路同时又都有可能是一条死路，一旦走到死路上，你就麻烦了。所以，从外面来的人，不熟悉地形的人，经常会迷路，动不动就转了向，怎么转也转不出来。夏天还好说，大不了天黑了躺到树下草里睡一觉，等天亮了再继续转，再接着摸索门径，寻找出路。可要是在冬天，在又是风又是雪的寒冬腊月里你试试，嗖嗖地转上半夜，转得头晕眼花，云里雾里，整个人冻得像铁一样硬邦邦的，像死人一样硬邦邦的，挨不到天亮，可能就没命了……这会儿想起来，应该说，实事求是地说，那真是一个好地方啊！我们住在里面，安全极了，比住在自己家里还要保险。住在自己家里，还真没那么保险，说不定有谁从窗户外面瞧一瞧，然后，一泡尿的功夫就把你告发了，出卖了，你就等着完蛋吧，等着去见阎王吧！房东一家，从老到小，对我们都像亲人一样，对革命更是热情似火，一腔忠诚，要什么给什么，只要是有的，就没问题。好几年了，在我们吃的饭里，我们第一次看见碧绿鲜嫩的青菜，一段时间下来，我们的肠胃也因此比原来好受多了。青菜就是房东种在自己院子里的，他们自己不吃，全部拿给我们。李主任和肖部长经常让事务长送钱过去，但每次都被退了回来。他们还给李主任和肖部长提意见，说给钱就是客气，就是见外，就是没有把他们这一家人当成自己人看，没有把他们这一家人纳入到革命队伍中去。唉，那种关系，好得不得了啊！就像《沙家浜》里沙奶奶阿庆嫂和新四军的关系一样，只不过是地区不同，他们是在江南水乡，而我们是在塞外，但大的方面，根本的东西是一样的，除了地方不一样，其他的都一样，哪像现在这种关系！为此，李主任和肖部长经常教育我们，人民是水，我们是鱼，离开了人民，我们一天也活不下去。我们一想，可不是么！我们都懂这个理，刚参加革命的愣头青也懂。

“然而，到了九月里的一天，我们这些‘鱼’却要离开那片水，要从里面主动撤出来了。

“为什么？听我慢慢给你说嘛。

“阴历九月，天已经非常冷了。不能说凉，凉和冷不是一回事，是两个概念，两种意思，两种温度。把手伸出去，如果马上又想缩回来，那就是冷，而不是凉。早晚两头，得穿羊皮坎肩，没有羊皮坎肩的，你也得想办法给自己弄一条麻袋或口袋披在身上，要不然真不行，冷得你坐卧不安，随便看见一张黄纸，都会觉得暖和。

“事情已经过去几十年了，可直到今天，我还记得那个九月的晚上，还能想起那个晚上没有月亮，满院子的沙枣树都在摇晃。院子里面有风，院子外面的风更大，听上去像狼嚎一样。那时候，房东一家已经熄了灯，正面的房子里一片漆黑。就在那天晚上，李主任和肖部长召集我们开会，我们坐在一起，听着风声和树枝乱晃乱摇的声音，李主任忽然出人意料地向我们宣布说，由于目前斗争形势的变化和工作的需要，我们要马上从这里撤离，准备向大灰梁一带转移，寻求新的安身立足之地。李主任说完后看看大家，然后肖部长接着又说。他们的话让我们在场的所有的人都吃了一惊。

“天黑得厉害。我们说，‘这就走吗？’

“李主任说，‘对，收拾一下，趁着黑夜，马上走。’

“我们互相看了看，然后开始收拾东西，其实也没啥可收拾的，人走了，就都走了。我们没有惊动房东一家人。肖部长让司务长给房东留了一些钱，压在油灯下面。

“就这样，我们连夜离开了沙坨，朝大灰梁的方向走去。一路上，风刮得我们互相说话都听不见。

“住得好好的，为什么突然要走，要离开？你这个年轻人，你说是为什么？你倒是给我说说看——”

这一次主动撤离，就是根据地历史上有名的“搬家事件”。我从一些史料上零零星星地看到，搬家的原因也说是由于当时斗争形势的变化和工作的需要，这样的说法比较普遍，也容易站得住脚。只有一位姓郝的老人在他的一篇回忆文章中说，撤出沙坨，是由于有人告密。

不知从什么时候开始，沙坨四周忽然出现了一些身份不明，形迹可疑的人，有的时常在树下睡着，有的手里牵着一只山羊，甚至猴子，到处晃悠，还有的竟然直接推开康家的门，闯进房东的院里，兜售他们随身携带的针线或染料，甚至一些莫名其妙的东西，借机又向屋里探头探脑地窥视，张望……正是这样一些令人不安的现象，致使我们的人不得不离开熟悉的沙坨，在一个秋天的夜里，开始向大灰梁一带转移。

面对那些写满记忆和教训的纸页，我在努力劝说自己，并愿意相信那一切都是真实的，曾经发生过的。但是，有些记忆和说法是不是出于习惯和某种兴趣，最终又完全被那些习惯和兴趣所支配，所驱使而形成一种纯属个人秘密的记忆或历史？叙述中的枪声已基本听不到了，字里行间的风势也已渐渐减弱，一些树还在，但它们缄默其口，不愿意说出曾经看见过的一切，只是作为一种树的形象，继续站立在原来的那个地方，不管有没有人欣赏，有没有人琢磨着要砍伐，一站就是多少年。另外，还有那些一坨一坨的板结成铁块的土壤也被保存下来——不是谁成心要保存它们，而是由于它们本身太过于耐久，太过于耐侵蚀。

时光在慢慢地流逝，日子一天天过去。究竟是什么原因使他们突然离开熟悉的沙坨，星夜向大灰梁一带转移？一场雨？一个人？一句话？一件匪夷所思的事情？

合上那些花费了几代人心血的文史资料，我又去找薛大傻老人。夜色使沿途的杂草和青苔也变成了黑色，像是人类的毛发。

我看见我的心里也像这夜色一样漆黑一团。

“在沙坨住得好好的，为什么突然要走，要离开？不是因为大灰梁比沙坨好。真正的原因只有一个——”

“……”

“房东的儿媳妇长得太漂亮了。”

“……”

“你想想看，每天都有那么一个如花似玉的女人在你的身边出来进去，在你的眼前晃来晃去，是个人你就不可能永远无动于衷，是吧？除非你本人有病。说实话，我们谁也没有绝对的把握能够保证自己能管好自己，约束自己，能够保证自己不出问题，不犯错误。不行，真的不行，谁也不敢说自己就有那样的把握，那不是嘴上说说的事，而是要看实际，看能不能抵抗得住，能不能坚持苦熬。熬也不是个办法，可不熬又不行，又没有别的办法，只能躲开，眼不见心不烦。你想想，我们要是把握不住自己，我们要是犯了错误，那还能继续为革命工作为革命战斗吗？肯定不行了。所以，从这个方面来说，也确实就是工作的需要。有些书上说我们连夜撤离沙坨，是由于斗争形势的变化和工作的需要，我认为人家说得没错，说得很对。

“我们也不是在躲她，而是在主动地躲开一个错误，避开一场灾难，非走不可，真到了非走不可的时候了。那天晚上，这样的话，李主任和肖部长就说了好几次。”

“那个女人，真的有那么漂亮吗？”

“真的漂亮，也好看得要命。我活了这么大，还没有见过比她更好看的。有的女人只是看上去不难看，但说不上漂亮，更谈不上美。你知道，不难看和漂亮，漂亮和美，那绝对是两回事，一码是一码，那应该完全是两种人，三种人。”

我翻遍所有的资料，始终也没有看到那个女人的踪影，连她的一根头发，一缕气息也没有，在好几篇文章里都提到过的沙坨的那个安静的庭院里也看不到她的踪影，尽管她一直都生活在那里。我问薛大傻老人，他们离开沙坨后，以后有没有再回去过？老人说，没有。又说，也不知道那一家人后来的命运，完全不知道，连一点儿音讯都没有。

我又一次翻开那些如烟似水的历史，想从中闻到一缕芳香，但看到的只是一夜一夜的风雪，一摊一摊的血。

枪声突然从后山一带传来，我看见薛本仁的身体摇晃了一下，那样子像是被打中了一样。

我猜测可能有什么小东西此时此刻正在地上翻滚，抽搐，血流如注，但薛本仁不以为然，他的手扶在一棵树上，对我说，肯定是没打着，听声音就能知道他们啥也没打着。

正是午后，除了我和薛本仁，再看不到一个人，仿佛所有的人都消失了。山，看上去是冷的，硬的，一棱一棱地压下来，又一堆一堆地揉上去，仔细地看，看得久了，就会发现那像是在长年累月地无休无止地做一个游戏，总在做，一直在做，但似乎总也做不好，像是时光在做，但似乎又与时光完全无关，让人心里暗暗地疑惑。

“你爷爷有兄弟吗？”我问薛本仁。

“没有。从来没有听说过。”薛本仁说。

“他是哪里的人？”

“不知道。”

黄昏的时候，我们从那个海边路过，看见有一个人呆呆地坐在那里，身上斜挎着一个包，胳膊上戴着蓝色的套袖。薛本仁告诉我，那人曾经是剧团里的一位鼓师，精神似乎有些失常，经常来这里等着，永远都是一副随时准备上路，随时准备出发的样子。

“他在等什么？”

“等他们的剧团。他坚持认为他们的剧团是从水边那条岔路上走远了的，走的时候他看见了。他认为剧团不会走远，不会一走就再没有音讯，而还会顺着原路回来，带上他一起走。”

我们来到他的身边，看到他除了身上背着包，旁边还有一把雨伞和一只水壶。

“还在这里瞎等？”薛本仁对他说。

“你们的剧团不会回来了。”

听见薛本仁这样说，他把脸转过来，看着我们。

“谁告诉你的？”他问薛本仁。

“我刚刚得到的消息。”薛本仁说，“就算真的回来，也不可能再从这条路上过了，从别的路上走了。”

“又是一个假消息。”他有些轻蔑地笑了一下，然后转过脸去，不再看我们，而是看着水边那条两旁长满杂草的小路。

“会回来的，一定会回来的。”他自言自语地说道。

又说：

“一个剧团，一个戏班子，咋能没有鼓呢？没有鼓，幕就拉不开，也合不上，既不能开场，也不能收场。”

“他们要是开不了场，也收不了场，就会想起你的，那时候，就会立即派人来找你，叫你回去。”我说。

我看见我说的话让他的眼里浮现出一片光亮，像眼前的水。

后来，我们走到一个坡下的时候，听见身后传来一阵咚咚咚的鼓声。

“我们最后一次看戏，还是在好几年前。”薛本仁有些疲倦地说。

“从那以后，再没看过？”我说。

“这些年人们都在忙，忙着挣钱，忙着盖房子，生孩子，供孩子上学，把好多东西都忘了。”

这个二十多岁的年轻人，却有着一种老年人才有的情怀。他说他经常会想起那场戏，过完年不久，天气冷极了，台上的人哭得悲悲戚戚，泪流满面，台下的人们站在漫天飞舞的雪里。

“过去的事了。”他用手捂着脸说道。

原载于《花城》二〇〇三年第三期

阴　谋

反革命分子皮万春跨过几道积水的壕沟之后，来到了姐姐家门前。此前，皮万春一直感到自己像一只饥饿的飞鸟，在他穿越重重水沟的过程中，他看到了水中漂浮的落叶，房屋坍塌的倒影和倾斜的天空。

几个矮小的农民在田野里低头铲土。

没有人注意他。他站在门外，活动了一下劳累的筋骨，仿佛在抖动臆想中的羽毛和翎翅。他这时看见了姐姐家的那座带有小窗的鸡舍，那是几年前他的手艺。对旧物的短暂注视，使他的脸色突然阴暗起来。

推开门，他看到姐夫正在屋里削木头。

门外吹进来的风使地上雪白的木屑突然旋转起来，姐夫狐疑地低头看了一下浮动的木屑，抬起头后，姐夫看见了走进来的皮万春。

木头一下动起来，我还以为是妖来了。姐夫对走进来的皮万春说。

皮万春说，你在干什么？

没干什么。姐夫说。

我姐姐呢？

有人娶亲，她帮忙去了。

姐夫的两只手在地上雪白的木屑里翻了一阵，找出半包烟，扔给皮万春一支，自己叼了一支。皮万春点燃烟，吐出一串烟雾，姐夫在烟雾中咳嗽起来。

皮万春说，你们是不是又吵架了？你又动手打她了吧？

姐夫伸手拨开脸前的烟雾，对皮万春说，这话是怎么说的？我什么时候打过她？

从前。皮万春说。

姐夫起身走到门口，又立即挨蜇似的迅速折至窗前，外面有一只鸡把头缩进羽毛里，浑身颤抖不止。姐夫在窗前不停地走来走去，皮万春在这个过程中一直注视着他的晃动的背影。姐夫突然回过身说：

你可知道到处都在抓你？

知道。皮万春说。

姐夫的脸转过去，面朝窗外站着。

皮万春说，你可是比以前胖多了。

没有的事，兽医院的人告诉我说这根本不是胖，是浮肿，假胖。姐夫说。

皮万春笑了一下，但没有发出任何声音。连日来的奔波使他此时无心说笑，只对食物和睡眠充满了期待，而姐夫面对他的到来却无动于衷，在窗前抓耳挠腮，姐夫如一个被长期囚禁在家、期待父母归来的孩子一样。皮万春几次想对姐夫说话，但焦渴沙哑的嗓音使他一次次放弃了那些念头，疲惫使他变得极为冷漠。

你在看什么？皮万春对姐夫说。

姐夫吃惊地转过头，掠了一眼窗外，用一种协商的口吻对皮万春说：

要下雨了。

你好像在等什么人。皮万春说。

不，没有，我谁也不等。姐夫一脸慌乱。我能等谁呢，没有人会来找我。

皮万春起身走到门外，他发现了一捆悬挂在屋檐下的土黄色干菜。他伸手想摘下干菜的时候，一滴冰凉的水突然落到了他的脸上。

大雨在晚间如期而至。

民间郎中陈布礼在这个大雨滂沱的傍晚时分走进了基干民兵胡大海的家里。在此之前的一段黑暗而泥泞的时光里，满街冰冷的雨点像昔日里无数肮脏暗锈的铜钱一样铺天盖地地追赶着东倒西歪的陈布礼，灰色的雨水和漂移的柴草纷纷逼至他的身后和脚下，使他在节节败退之余感到有些力不从心，走投无路。而随之传来的一阵游丝断线般的嘤嘤咽咽的女人的哭声又使陈布礼在这个极为熟悉的乡间里彻底迷失了方向，他感到白日里他曾经无数次地出入过的那些僻静的门庭和院落在此时的雨中全部改变了原来的位置和轮廓，视线中的乡村颜色和显眼的风物标志看上去陌生而唐突，街上的石头像空洞的白纸，与房屋毗邻的一处处羊栏在风中摇晃，犹如众多杂乱的脚印。

大雨中位置混乱的乡村格局使陈布礼在这个泥泞的夜晚里产生了一种改朝换代、恍若隔世的印象，奔跑的速度渐渐慢了下来，但他毫无察觉，一种强烈的睡意像雨水一样使他难以驱散。他突然停下了脚步。

雨雾中，他吃惊地回过头，他看见了一段晴朗的乡间小路，一段救死扶伤的昔日时光，他携带着寥寥无几的药品和几件必要的但从未消过毒的器械，踌躇满志地走过一座村庄又一座村庄，他双目炯炯地与一些姿色姣好的妇女相互擦肩而过，温热的肌肤之气常使他在那种时候蓦然回首……在那些低矮的门庭和居室里，他极其不耐烦地让她们自己动手，卸去一切不必要的装饰，之后他专注地审视良久，反复按动她们的松软的腹部。他说这种病我见多了，生过孩子的女人都这样。

雨水遮盖着陈布礼困顿的目光，睡意越来越浓，几乎摧毁了他的行程和脸部轮廓。当他后来像一根泥泞的木头一样冒冒失失地奔走到一户人家的院外时，柴扉上晾晒着的几片印有黄渍的婴儿的尿布出现在他的视线里，尿布上汩汩地淌着水，粗心的主人忘记了在大雨来临之前将它收回屋里。

风雨吹开窗户的时候，基干民兵胡大海正在屋里的地上仔细地擦拭手里的枪支，家中昏暗的光线使他的眼睛越来越花，视线内的一切器物都水蒙蒙的，模糊不清。曾几何时，他曾望着墙角里的一块大炭出神，他以为那是一只放射着幽晕的黑釉的坛子。对于孩子的哭声和外面倾盆瓢泼的大雨，他仿佛全然不知。他闻见了乌黑的枪管上那种腥甜的铁的气味，挂在门楣上的两根银灰色的艾条一直在他的视线里反复无穷地飘扬不止。

胡大海的女人头发蓬乱，敞胸露怀地将哭闹不休的孩子尽量地抱在怀里。孩子不停地在女人的怀里挺来挺去，想要挣脱出来，他的稀疏的头发湿漉漉地贴在小小的脑门上。他的脸每朝窗户外面转一次，哭声便加剧一次，嘹亮的哭声仿佛来自一个成心惹他生气的人，那个人站在窗外，不停地逗他，扮出各种鬼脸。

孩子的脸上出满了红色的麻疹。

胡大海的女人李成英是很久以后才发现这个现象的，她听到孩子的哭声像一些锋利冰冷的碎玻璃时，便隐隐地感到自己的手指和脖颈有些疼痛，她用手摸摸自己的脖子，皮肤完好无损，又将一只手举在灯下看了一阵，手指上并未发现丝毫的破绽或血迹。之后，她忍不住将脸转向窗外，外面的夜色漆黑如铁，深不见底，只听见大雨如注，雨水使屋顶上不时传来阵阵低远的闷响，如同一种渐渐逼近的足音。一丝茫然若失的表情停顿在她的脸上。

他为什么总朝窗外看个没完？李成英这样想着，用一种征询的神情望着她的丈夫胡大海，她像一个停下马来问路的异乡人。

基干民兵胡大海坐在一只蒙有灰色帆布的小木凳子上，眼前的一堆残缺不齐的枪支零件使他感到一筹莫展。在这个寂静的雨夜里，他不断地听到自己的沉重的呼吸声，频繁的呼吸和无所事事的时光使他突然疲倦起来。他将细长的枪管倒过来，眯起一只眼睛朝那个黑色隧道似的枪膛里望了一会儿，里面一片漆黑，什么都没有看见。当胡大海的脸后来若有所失地从枪口移开时，他闻到一种沉闷的令人疲惫困顿的气味从枪膛内涌泻而出，猝然而来的黑色潮气使他的身体在小凳上猛烈地摇晃了一下。他的两只手在突然之间变得柔弱无力，再也举不动那支沉睡的步枪了。他将枪架在膝上，两手下垂，眼睛盯着棕褐色的木制枪托。胡大海在这个过程中感到自己胸腔里的气流异常稀薄，他扬起头，伸长脖子，十分艰难地向上呼吸了一下。

屋里阴暗霉湿的空气在这个时候部分地涌入他的口中，不久便以另一种情形浮现在他的脸上。与此同时，一种荒唐而不可名状的笑容也出现在他的脸上。他的头和上半身向前倾压下来，从墙边的一只圆形水瓮后面拎出一只棕色的玻璃瓶子，他将瓶子打开后，放到鼻子下面闻了一下。之后又找来一只碗，将玻璃瓶子里的煤油倒进碗里，用一块布蘸着煤油在枪身上来回擦拭。煤油的气味刺激着他，使他像一匹疲倦的马一样接连打着喷嚏。

孩子没完没了的哭声使李成英觉得窗外有什么东西正在不停地走动或长久地伫立，李成英望望外面，又看看胡大海。有一瞬间，她在玻璃的反光里看到了自己的潮湿的头发，但眉宇间一片模糊，她出神地看着自己的影子，那隐蔽起来的眉目仿佛远在千里之外，远在蔚蓝苍穹中的星宿之旁。

雨水漫过草皮的屋顶，将屋里的墙壁浸湿了许多地方。在昏暗的灯光下，墙上的那些被洇湿的部分使人想起乌云密布的夏日天空，想起一些山川纵横、烟水苍茫的气象图画。

李成英的头从窗外转过来时，叫了两声胡大海，但李成英自己没有听见自己的声音，她为此显得心神不宁而疑虑重重，她像一个祈求给予的人一样眼巴巴地望着全神贯注的胡大海和他的沉睡的枪支，她的裤带这时候被哭闹不休的孩子的两只脚蹬开了，李成英顿时产生了一种全身崩溃、散架坍塌的没落感觉，这个阴冷霉湿的夜晚，门楣上的一道黄纸桃符在她的视线里淅淅沥沥地淌着水，松散的水珠弄脏了她的目光，并纷纷溅落到胡大海的身上。

基干民兵胡大海在昏昏沉沉的灯光下端起手里的步枪朝墙边的那只黑釉的水瓮上仔细地瞄了一下，有一种令他不安的东西突然挡住了他的专注的视线。

雨水一如既往地敲打着腐烂的门窗和禁不起推敲的屋顶，胡大海感到自己的眼睛越来越不听他的召唤了，夜晚之前的部分经历在远离他的一些地方消失得无影无踪，紊乱的时光使他像一只正在制作中的木偶一样常常空洞而盲目地打量着周围的一切，胸腔内越来越稀薄的气力迫使他又一次无可奈何地放下了手中的枪，那只在他的日常生活中举足轻重的水瓮这时候在他的视线中渐渐成为一个小小的黑点，诡异的变化使他感到有一种上面布满了坚硬绿锈的东西正在他的肚子里迅速风化，腐烂如泥。

民间郎中陈布礼浑身上下水淋淋地出现在屋里的时候，胡大海的女人李成英突然以一种极其荒唐的动作搂紧了怀里的孩子，并从喉咙里发出一声尖叫，突如其来的叫声使李成英的脸扭曲变形，显得异常陌生而夸张，风雨中飘摇的灯光使她的衣服抖成 一团。

晚些时候，李成英发现怀中的孩子已闭上眼睛，停止了哭声。

是我，自己人。

陈布礼抹去脸上的雨水，站在门口，声音暗哑而亲切地说道。

这么大的雨，真少见。

陈布礼说。

一些颜色灰暗的雨水淋漓不休地顺着陈布礼的身体从头至脚地淌到了地下，陈布礼两只脚周围的地上已浸湿了一大片，在那些潮湿泥泞的部分上还依附着几片树叶、鸡毛和废纸。雨夜使陈布礼的秃顶上闪着若有若无的幽光，低矮肥胖的身上背着那个他背了几十年的行医用的猪皮药箱，箱子上的红十字符号被雨水冲洗得十分鲜亮。

我在大雨中忽然迷了路，我没想到会闯到你们家里来，这一带的房子都一模一样，这才叫有缘千里来相会，我上一次离开你们家的时候是清明节的前一天，对吧？

陈布礼笑着说。

惊恐万状的李成英是在后来突然看见那个鲜亮的红十字符号时，神色才渐渐恢复如初的。柔弱的品行和僻静的经历这时使她产生了一种强烈的渴望寄生或被拯救的念头，惊惧和不安的阴影从她的脸上开始退去之后，先前曾一度丧失殆尽的日常用语又重新沿袭在她雨夜的思绪之中。鲜艳而神秘的红十字符号不容分说地遮盖着她的目光，使她无法判断出那只救苦救难的药箱里是否灌进了雨水，蕴藏在其中的灵性是否由于风雨的侵袭而早已荡然无存。对于今夜的安然过渡与明日的期待，更使她无心去探究陈布礼雨夜出诊、继而迷路的真正原因和目的。陈布礼的猝然出现，缩短了她的回忆与雨夜中的漫长期待，使她暂时忘记了孩子在眺望窗外时的那双惊恐的眼睛，随之而来的便是日常的习惯和平稳的问候。

吓死我了。

李成英笑着对陈布礼说。

民间郎中陈布礼这时仍在用手抹着残存在头上和脸上的水渍，晚间的狂奔使他饱受了大雨的侵袭和追逐。回忆自己早些时候的狼狈而可笑的奔跑姿势，陈布礼感到自己微弱的所剩无几的元气在雨中遭到了一次无情的消解，蒙受了不可估量的损伤。一个空隙之时，他望了一眼龟缩在窗下的李成英，女人的脸上和眼中滞留着一种困难重重的笑容，女人的热情使他如同回到了自己的家里，进门之前的某种念头开始逐渐模糊起来。

女人都胆小，我屋里的天一黑就闭了门，有时候我回去晚了，一夜都叫不开门。这种事情我遇见的多了。

陈布礼对李成英说。

李成英这时将身边的一团颜色模糊的东西扔给陈布礼，让他擦去最后的那些水渍。陈布礼擦过之后将那团东西展开，李成英忽然尖叫了一声。李成英发现那是一块婴儿的尿布。

我没看清，我以为是毛巾呢。

李成英充满歉意地对陈布礼说道。

这有什么呢，这没有什么，谁不是从这里边钻出来长大的，我就喜欢闻这种味道。

陈布礼说着，又抓起那块尿布在头上和脸上分别擦了两下。

李成英的脸涨得通红。

行了，行了，可别让我难堪了，这事传出去，我以后还怎么见人？李秀英说。

多少年来，我一直在这一带行医，我是说，咱们都是熟人，是的，都是自己人，就像一家人一样，谁都不用客气，是的，这很好。

陈布礼说着，将紫红色的猪皮药箱从背上解下来，放到一只土漆柜子上。

李成英告诉陈布礼说，孩子哭了整整一个晚上，这会儿刚刚睡着了。她把孩子的脸从自己的怀里挪开，在灯下让陈布礼看了一下。麻疹使孩子的脸庞变得粗糙而红肿，从鼻子里呼出来的气息异常灼人。陈布礼看了一回，嘴里漫应着，眼睛在屋里扫来扫去。

是的，都是自己人，我随便吃点就行了，千万不要讲究，你们一讲究，我就吃不下了。

陈布礼看着李成英说道。

李成英突然将自己的胸前掩好，脸又变得通红。对孩子的过分专注，使她忘记了自己的袒露多时的胸脯。

基干民兵胡大海将他先前拎出来的那只棕褐色的玻璃瓶子重新放回到水瓮的后面，他自小就熟知物归原处的古老习俗。现在，煤油的气味仍旧清晰而强劲地飘荡在他的记忆之中，使他忘记了这是一个漆黑而泥泞的乡间雨夜。他摆弄着忽紧忽松的枪栓，手上的厚茧在枪管上摩挲出阵阵沙沙沙的响声，夜晚的寂静氛围和某些世代沿袭的精神使他在那种一起一落的沙沙沙的摩擦声中触及了一种不可名状的快感，他禁不住有些陶醉，有些忘乎所以。在那只蒙有灰色帆布的小木凳上，他突然变得情不自禁，手舞足蹈。

晚间倾盆的大雨使皮万春愁肠百结。他们生着了火，皮万春与姐夫两人共同分享了那捆土黄色的干菜。

姐姐仍没有回来。吃饭之间，皮万春问了几次，姐夫显得十分不耐烦。姐夫说，她在那里有吃有喝，你担心什么，比咱们这里强多了。那捆隔年的散发着霉味的干菜使他们两个人的脸色都十分难看，一片阴郁。而姐夫像牛反刍一样的吃法更使皮万春感到非常的恶心。

晚饭之后，皮万春看见姐姐家里的一只牌位下供奉着一只塑料制成的鲜红的假苹果，他走过去拿在手里看了一下，姐夫这时突然从外面推门走进来，惊叫道：

快放下，那是假的，不能吃，是专门供奉祖先和佛爷的。

皮万春放下苹果，对姐夫说，你怎么知道我要吃它？谁告诉你的？

姐夫一愣，说，怎么，难道我说错了？那你拿它做什么？

皮万春说，我只是看一下。

姐夫说，我以为你要吃它呢，你不知道，有些孩子一来就去抢它。瞧！姐夫说着，把那只假苹果拿到近前，皮万春看见了遗留在上面的一串又一串的坚实的牙齿印痕。

皮万春说，你把我当成孩子了。

姐夫说，从来没有，从我娶你姐的那天起，我就觉得你是个大人，那时候我常和你在一起玩钻桌子，我从来不喜欢和小孩子一起玩儿，我所以跟你玩，是因为我从来没觉得你是个孩子，你是大人，现在更大了。是的，越来越大了。

皮万春转身走向里间，他看见灯光将他的影子投在对面的墙上，看上去又黑又粗，像一截被砍伐后的树桩。眺望自己的粗糙而混沌的身影，一种心灰意冷的表情出现在皮万春疲倦的脸上。对面的一条巷子里这时传来了一阵急促而响亮的叩打门环的声音。

夜深之后，皮万春被外面的一种尖利的哨声惊醒。晚饭之后的一阵昏睡使他忘记了此时的时间和地点，他睁开眼睛躺在床上，有一种云山雾罩的不省人事的感觉。他听见屋檐下的滴水仍如傍晚时分一样淋漓不止，屋内一片黑暗。他的呼吸声惊动了睡在一旁的姐夫，姐夫悄悄地爬起来，推了皮万春两下，皮万春没有动。之后，姐夫披衣下床，穿好鞋之后，姐夫又过来趴在枕边轻声叫道：

万春。

万春。

姐夫在皮万春平稳而一起一落的呼吸声中推开门向外面走去，外面的雨水在屋门打开之际向屋里溅落，随之而来的一阵冷风使皮万春堵塞多日的鼻腔在这一瞬间之内豁然开朗，昏昏沉沉的睡意突然消失得无影无踪。皮万春侧身半卧，他听到了姐夫在大雨中疾走如飞的声音，水声夸张着姐夫的每一寸足音，漆黑的夜色又使一切都显得天衣无缝。

皮万春点燃了一根干燥的艾条，一边用来吸烟，一边驱散夜晚中阴冷的寒气，白色的烟雾在他的头顶上方左右盘旋，四散缭绕。

雨中忽然传来一阵辚辚的车声。

皮万春的目光注视着窗外，他想起了自己不久前做过的一个半途而废的梦，梦中的一辆马车上坐满了人，每个人都喜上眉梢而一声不吭，他们脸上的表情犹如光洁而无懈可击的瓷器。在梦中，皮万春看见自己跪在路边潮湿的沙地上，伸出颤抖的双手祈求飞奔而来的马车将自己带走。一个人在车上突然发出一阵经过压抑后的笑声，笑声如一只年老的猫。依附在马鬃上的团团水珠向四周飞散溅落，皮万春歪着头，躲避着一路袭来的水珠。这辆欢天喜地的马车，车后看不见飞扬的尘土，只留下一路花纹般的车辙。一个女人的一条腿从车上伸出来，皮万春伸手抱住那条腿时，姐夫的一只寒气袭人的手停顿在他的耳边。

为什么不脱衣服？脱了衣服才能睡得更舒服，在这里你还怕什么。姐夫说。

你的身上都是水。皮万春对姐夫说。

我肚子难受，出去上了一趟茅房，茅房在对面的一条巷子里。姐夫说。

我听见你在路上踩水的声音了，你像一个古代的侠客。皮万春说。

你是在做梦，要不是我回来叫醒你，你恐怕现在还在梦里。姐夫说。

姐夫脱去外面的湿漉漉的衣服，挂在屋门上，猛一看，像是有一个人站在门口。那根白色的艾条还在悄悄地燃烧，姐夫拿起烟吸了一阵。皮万春吃惊地发现自己竟然穿着衣服，还戴着帽子。皮万春透过烟雾注视着满脸水渍的姐夫，他感到一些很要紧的问题在时间上出了一点毛病，他仿佛已看见了那种令人绝望的纰漏或破绽。姐夫注视着屋里的陈设，目光中充满了罕见的新奇之色。

你好像是你们家里的一个客人，一个多年不相往来的客人。皮万春对姐夫说。

外面的雨大得不得了，街上到处都是水，连个鬼都没有。姐夫说。

姐姐为什么夜里还不回来，那里有住的地方吗？皮万春说。

很多女人都挤在一起，热闹得很，一个个像脱了缰的马。姐夫说。

那里离家很远吗？

不太远，她们是被一辆马车载走的，我后来想起来该给她多带一件衣服，我追出去时，马车已无影无踪了。

皮万春说，我在来时的路上看见她们了，我看见那辆满载女人的马车在大道上狂奔不息，我没想到她会在上面。

姐夫说，你怕是见鬼了，三天前她们就走了，快睡吧。

皮万春说，我记错了，我来时的路上狂风大作，沿途一个人都没有。

姐夫说，天不早了，快睡吧，我刚才出去时看见磨坊里已亮起了灯，有人已经起来了。

基干民兵胡大海是听到从黑暗的街上传来一阵尖利的哨声后才抓起枪离开家里的。来到街上，他看见一只手电筒的亮光在街上到处乱晃，光芒所及之处，都是一汪一汪的积水，水中浮动树叶和柴草。

几个民兵正在临街的一座青砖门楼下避雨，暗红的烟头一闪一闪的，十分显眼。胡大海朝门楼下走过去时，听到几个人正在说话。胡大海沉重的脚步声将街上的雨水踩出很大的响声。零件残缺不齐的枪支使他的心情颓废而懊悔，而雨夜中的巡逻又使他禁不住摩拳擦掌，激动不安。晚饭之前，胡大海曾自作主张地将那支完好无损的枪支在短短的十几分钟之内拆卸成零乱的一堆，他原以为只要花上同样的十几分钟他可以将拆下来的部件一一归位，但随着细小部件的不断消失，枪支的完好形象在他的头脑中变成一团乱麻，再也无法恢复原状，复杂而陌生的工艺使他心绪烦乱，哑口无言。

在黑暗的西边，从一片密集的房屋之间，传来一头牛懒洋洋的叫声，叫声潮湿而绵长，令人回忆起雨中的地下水道。

胡大海告诉民兵连长说，我的枪坏了，今晚我无法打枪了。

李成英是被一种异常隐秘而琐碎的声音从梦里惊醒的。早先曾无休止地纠缠在她怀中的孩子不见了，李秀英发现自己依附在一根柱子上，柱子的力量使她浑身燥热，下半身淅淅沥沥的。她吃惊地打量着屋内的大致轮廓和方寸，一些陌生的器物高矮不齐地呈现在她的视线之内，一种气息在她的身边反复萦绕，她在眩晕的同时感到自己已毫无任何力量可言。经过一阵缓慢而滞重的蠕动之后，李成英突然看见了悬挂在屋里墙上的一面镜子。镜子是她熟悉的，十几年来一直无声无息地记录着她的容颜与形影。镜子的四周镶有复杂而规范的花边。现在，李成英看不见镜子的花边，只能看见镜中的人影暝晦而苍茫，团花的土布被褥在其中飞舞飘扬。飘动的被褥像雨前的茸厚的乌云，像拖泥带水的旗帜，使她想起了一些白日里给她造成的印象。汩汩的水声在黑暗的屋内低远地回响，李成英在这个泥泞多雨的夜晚感到自己的身体内部早已泛滥成灾，她像一堆华而不实的衣物一样附属在一种声音之上，一种来自天地之间的频繁而持久的摩擦声。她在黑暗中吃力地辨认着窗户的方向和位置，雨打窗骨的声音使她的一系列努力都毫无任何结果和价值，她听到了邻居家里的艰涩的咳嗽声和意犹未尽的小便声，瓦盆的声音听起来像水一样清脆而透明。李成英移动了一下自己的双腿，从她怀中分离出去的孩子她已不再去想了，突然紊乱了的家庭格局使她的呼吸变得困难起来，她的嘴时启时合，犹如风中的家门和记忆中的一道道不堪一击的栅栏。

不久之后，李成英感到自己的身体如舒卷的云彩。

一只青花的坛子突兀在她的眼前，她伸出一只麻木的手臂，视线中的坛子离她越来越远，如同漂浮在水上的一种幻影。面对远去的日常生活器皿，李成英发出一种情不自禁的叫声，叫声使她的腹部变得坚挺而紧缩，滚动在她胸前的汗珠使她在某一瞬间内误以为是一堆饱满而浑圆的粮食颗粒，一种无可奈何的笑容迅速地浮现在她的脸上。好多次，李成英在极度松懈的情况下睁眼看到的都是密不透风的墙壁，期待中的窗户犹如遗失多年的声音，久久没有出现，一次又一次的期待令她的头发蓬乱如麻，面对失败的眺望，她不断地改变着身体的姿势，她的头像向日葵一样随意地转动，每转动一次方向，都会有一些不同的东西从她的视线之内一掠而过，情形如同车窗外的景色。

夜晚如此冗长而密不透风。

这个泥泞的夜晚行将结束之前，李成英麻利地将被子拉至身上，微笑着进入了昏昏沉沉的睡眠之中。

民间郎中陈布礼睁开眼睛之后，发现自己躺在一道高大而霉湿的山墙下，他的身体被一根绳子绑着，几个孩子围站在他的面前笑着，用唾沫吐他。周围只有一棵杨树，其余的都是一些低矮的乱丛棵子。到处都是树篱和石堰，几间房子像舞台上的布景一样使突然醒来的陈布礼感到虚实不定，难以捉摸。

活了，活了。

几个孩子一齐叫道。

陈布礼说，不要怕，我没有死。

一个孩子对他说，我们在这里看了半天了，我们以为你死了。

陈布礼挤出一丝笑容，对孩子们说，我是医生，医生是永远不会死的。

一个孩子对其余的孩子说，别听他胡说，我舅舅就是医生，上个月刚死了的。

陈布礼说，你舅舅他是不是医生还很难说，照我看他不一定是医生，真正的医生就像我这样，是要死在所有人后面的，医生的职责就是为别人收尸，并负责抚摸他们。

早晨的炊烟从一些屋顶上缓缓升起，一个头发蓬乱的女人从一扇门里探出头来向外张望了一下，又立即缩了回去。昨夜的一场大雨使许多人家门前的对联遭到了不同程度的洗劫，门前的地上红纸如泥，水渍斑斓。一部分山墙和屋脊上沐浴着初升的阳光，几只家畜从村中的阴影中渐渐分离出来，四处走动。

陈布礼在阴冷的泥地上蠕动了半天，毫无任何结果。他抬起头，对一群孩子说，来，孩子们，扶我起来。

两个孩子走过去扶起了陈布礼，他们发现眼前的这个人像田野里的一只迟归的耕牛，浑身上下滚满了泥水，脸色发青，两条腿不停地颤抖。远处传来一声呼喊，一个孩子听到喊声后立即跑掉了。孩子沿着喊声传来的方向迅速跑去，陈布礼知道吃早饭的时间到了。

把绳子给我解开。陈布礼说。

一个孩子说，你为啥要躺到这里，是谁把你绑起来的?

陈布礼说，是梦，我做了一个一个噩梦，我在梦梦的时候被扔到了这里，像一堆垃圾一样。谁能把我的绳子解开，我给他一块钱。

两块。有人说。

两块就两块。陈布礼说。

先拿出来看看。

陈布礼说，我要是能拿出钱来，还用得着你们解吗？快解，两块一了。

一个孩子说，我不能给你解，我要是把你放了，你又要给我打针了，我不打针。

陈布礼说，你要是不给我解，等有人给我解开了，我就专门住到你们家里，每天给你打一针，不，十针。解不解，两块一角五了。

几个孩子在原地站了一阵，突然像受惊的鸟一样一哄而散，全都跑了。

陈布礼站在阴冷的山墙下，无可奈何地注视着远去了的孩子，数十年的道貌岸然的行医生涯使他在脚下的泥水中变得踌躇不前，心事满腹。他在这个天气晴朗的雨后的早晨丧失了走出去的勇气，他无法预料以现在这种形象暴露在众人的视线里会对他造成一种什么样的后果。他的一张脸由青变红，背上的绳索使他难堪而耻辱，四周传来的每一阵脚步声都令他不安，他深恐在这个清冷的早晨遇见那些平日里极为熟悉的男人或女人。他引颈眺望，翘首期待，之后又将头埋得很低，他期望能遇见一个不太熟悉的人，甚至一个完全陌生的人，一个清早起来外出拾粪的老人，一辆过路的马车……从脚下的泥水中离开，他向旁边的一块石头前移动着身体。仰望村庄上空盘旋缭绕的炊烟，他看见许多陈旧的屋瓦在大雨之后露出了最初之时的本来面目。

陈布礼突然竖起了警觉的耳朵。一片号哭声从对面的一座房子里传了出来。

上午。姐夫在院墙下修理被淤泥堵塞了的水道，院子的东西一半处在阳光下，一半罩在阴影中。一只母鸡在一只公鸡的追逐下四处奔走，尖声高叫，母鸡奓着一双翅膀，像一个卖弄风情的女人一样，不时回头延续着继续追逐的游戏。透过窗户，皮万春注视着院子里飘零的鸡毛。院墙下，姐夫沉默的背影使他感到索然无味。皮万春望着紧闭的街门，如果不出意外的话，姐姐该在今天上午回到家里，而事实上，昨天傍晚时分她就应该回来了，乡间最铺排的婚礼也不过至多延续两天。皮万春想到了昨晚的那场滂沱大雨，眼下他唯一的解释是大雨阻止了姐姐的行程。雨过天晴之后，天空里轻飘飘的云彩使人产生一种不祥之感。从早晨一开始，皮万春就站在屋里，透过窗户，看着一只又一只的鸟从天空里飞过。每隔一个时辰，便会有一阵开山的炮声从远处传来，使房屋和门窗发出一阵沉闷的震动。姐夫一直背对着家里的窗户，他手中的工具不时地碰在泥土和石头上，发出一些零零碎碎的响动。皮万春回头看了一下冰冷的锅灶，早饭至今还没有吃，铁锅里盛着一汪发黄的雨水，昨夜，他们说完话之后，房子突然开始漏雨。

上午九点钟，街门突然被推开了，一个头上顶着一块白色孝布的人走进来。姐夫从水道边抬起头来，吃惊地注视着这个突然闯进来的人，姐夫像一个被捕获之后的猎物一样，眼睛望着来人，慢慢地从水渠边站起来。

来人向姐夫询问制作一具普通的棺材所需的木料及有关尺寸，姐夫侧着头，吃力地听着，昨夜漏雨的房屋将他折腾得筋疲力尽，眼睛里贮存了一夜的缕缕血丝使他的目光现在变得异常渺茫，他像一个倾听传奇故事的痴呆之人一样注视着来人的一张一合的嘴唇和头顶上的那块耀眼而晦气的白布，来人所说的某些问题显然使他感到迷惑不解。

接下来，姐夫开始向来人介绍棺木的式样和厚度，这位昔日的木匠，在向来人推荐木料的同时，一直不停地眨动着那双疲倦的眼睛，他正在回忆有关的尺寸及其制作规格和程序。姐夫时述时停，像是在回忆一件久远了的往事。

姐夫闪烁其词的表情使来人有些心不在焉，来人的目光从姐夫的脸上移开，透过窗户，探头探脑地向屋里张望。

家里来了客人？

来人问姐夫。

皮万春急忙将头低下，走到一个不易被来人发觉的角落里。皮万春无法原谅自己的冒失和莽撞，他悄悄探出头向外看去，那个人仍在向屋里探望。

姐夫这时终于回忆起了什么，一种兴奋不安的光芒浮动在他的脸上。姐夫声音颤抖着，激动不已地对来人说：

棺木至少要四寸厚才行，否则难以体现你们的一片孝心。是的，四寸，就是这样。

来人满脸狐疑地注视着屋里的动静。皮万春的突然隐藏使来人不停地用手擦拭着眼睛，很显然，他想努力重新澄清什么。刚才明明看见屋里好像有一个人，可是一转眼的工夫，却又什么都没有了。他觉得自己很有可能是看错了，可是同时又觉得并没有看错。

姐夫找到了话题和可以突破的缺口。四寸正合适，抬起来也不很吃力，六七寸的木料太厚了，过去只有大户人家才用，没有十几个壮劳力，你休想把它抬起来。

我暴露了吗？

来人的狐疑神色使皮万春心里发毛，他回忆起来时的那天，一路上狂风大作，他避开所有的大道，在一些崎岖的小路上疾走如飞。那时候田野里只有几个身材矮小的农民正在低头铲土，田野里一堆一堆的肥料遮掩着他们的身影和目光。皮万春在急急奔走的过程中，没有忘记用警觉而无遮无拦的目光向四周仔细搜索，结果连一个放牧的人都没有发现。天空里一片灰暗，雨前沉闷而频繁的雷声像一块巨大的石头一样在人的头顶上面滚来滚去，村里村外的白杨树叶子在风中刷刷作响，风声使所有的炊烟和蒸气都不复存在了。在通往村口的一条土路上，皮万春看见一个人影在风中重复了一下，飘拂的衣襟使皮万春停下了脚步。

几只猪在土路上拼命狂奔。

皮万春跟在那几只猪的后面跑进了村口。村子里的大部分房屋门窗紧闭，皮万春只看见一个三四岁的孩子在一个土堆前玩土。雨前的狂风使许多人家把一些晾在外面的分量不足的东西提前收回到屋里，只留下那些沉重的铁器、农具以及诸如石磨、铡刀一类的不容易被风吹跑的东西，隔年的辣椒和豆角在屋檐下飞舞飘扬，哗哗作响。迷雾般的尘土穿行在一些巷子里，犹如半个世纪以前的滚滚而来的马队。不久之后，皮万春推开了姐姐家的大门。那时候姐夫正在家里一片一片地削木头，堆积在身边的雪白的刨花使他重温了昔日的手艺和经验。

自始至终，皮万春感到自己在整个过程中一直足够小心，虽然不能说天衣无缝，十全十美，但似乎也并没有出现哪怕是任何一丝纰漏或破绽。可眼前的这个头上顶着一块白色孝布的人仿佛心怀鬼胎，似乎早已窥透了什么，他在院子里磨磨蹭蹭的情形使皮万春感到了一种极度的不安，姐夫的絮絮叨叨对他毫无作用。

吃完晌午饭我把木头送来。

来人对姐夫说着，最后朝屋里望了一眼，顶着那块白布心事满腹地走了。

太阳照亮了淤塞在水道中的层层污泥，一辆胶轮马车咣咣当当地从街上走过，车上载着高高的草垛，比院墙高出许多，皮万春在屋里的窗户上望见有一个人仰面朝天地睡在车上高高的草垛上，一只手在身上反复摸索。有一瞬间，皮万春感到那个人也许离云彩很近，粗糙而坎坷的地面与他毫无任何瓜葛。

望着望着，他顿时对那个看上去离云彩很近的人充满了由衷的羡慕，羡慕之心不仅仅是由于对方离云彩很近，轻松优哉，更重要更为关键的是能够远离凶险而坎坷的大地，不再与之有任何的关联。

那才是他目前最想要的。

午后，一个不祥的消息在村中不胫而走：基干民兵胡大海连同那半支步枪一起失踪了，到处都没有他的踪影。胡大海像雨后的湿气一样，在这个阳光灿烂的上午突然蒸发得干干净净，消失得毫无痕迹，片甲未留。

李成英坐在门口，望着正在屋檐下啁啾做巢的几只燕子。不久前一位邻居大嫂推门进来，告诉了她一个异常可怖的消息：一个沿途打家劫舍、杀人放火的歹人在昨夜的大雨来临之前窜入了村中，几十名民兵在村中的几处易于隐藏的地方搜索了一夜，结果一无所获。基干民兵胡大海就是在夜晚的搜索过程中突然失踪了的。早饭之后，民兵连长推开了李成英的家门，民兵连长告诉李成英说，胡大海说他的枪坏了，他拿着半支步枪要求参加夜晚的搜索活动，民兵连长并没有骂他，只是说了他一句。昨天晚上我的心情很好，我的对象来了（民兵连长在说这话的时候，脸不自然地红了一下），照我以前的性情，我非踢他个半死不可，可昨天晚上我的心情很好，我的对象再过两个月就要正式成为我的老婆了，所以我没有去踢胡大海，我只是说了他两句，也许是一句。我为什么要踢他呢？我没工夫踢他，也不想踢他，我的对象在家里等着我回去，而那个可恶的阶级敌人偏偏又在这个节骨眼上窜入我们村中，全村人的生命财产危在旦夕，“山雨欲来风满楼，黑云压城城欲摧”，我怎么能在这个时候踢胡大海呢？我没有踢他，我真的没踢他，我只不过说了他一句。

李成英迷惑不解地望着滔滔不绝的民兵连长，李成英在那个时候感到生活中的一些环节和缺口令人不寒而栗，李成英后来看见民兵连长裤裆的那个地方一耸一耸的时候，立即将脸移到了别处。当民兵连长红着脸说完之后，李成英忽然对他说：

你好像弄错了，你说的是另外一个人吧？胡大海昨天晚上一直在家，根本没有出去，夜里他一直睡在我的身边。

李成英停住了说话，她的脸红了一下，扭动了一下两条酸困的腿，仰起脸对民兵连长说，你说的是另外一个人吧，你说你要踢谁？

你真是个可怜的女人，我看你是睡糊涂了，我跟你说不清楚。

李成英注视着民兵连长远去的身影，他的话使她产生了一种深深的倦意。院子里的几件农具浸泡在昨夜的雨水中，看上去像一些坏在河里的船只。李成英吃惊地打量着院中的一系列杂乱的脚印，想起了邻居大嫂的那张惊慌失措的脸，她在描述那个歹人打家劫舍的不良品行时，苍白的脸色使李成英感到劫难并不是一种传说，并不是一种饭后的闲聊，而是就在眼前。她伸开两手向李成英比画着一种什么，李成英明白了她的意思后，感到脸上一片灼热。李成英对她说，按说我们不应该担心，我们都这把年纪了，还怕他啥？这种人要的是年轻女人。

邻居大嫂立即打断了李成英的话，她压低声音说道，我听说了，他这个人，只要被他撞上了，他是不分老幼的，管你是谁。我虽说比你大，可也不至于有多老。我真怕啊，我不知道万一被他撞上了，我该咋办？

晚些时候，邻居大嫂又一次推门进来。那时李成英依旧坐在门口望着雨后的天空，天空里的那种一尘不染的蓝色使她感到眼前一阵阵发黑。邻居大嫂极为神秘地将李成英拉回屋里，撩起衣襟让李成英看她的武装。腰间系了三根裤带，一根红线裤带，另外两根都是人造革的。邻居大嫂的脸上有了血色，她得意地用手拍着自己的腹部，对李成英说：

他能解开我的裤带？我就不信他能解开，我自己都解不开了，等他解开了，民兵们就都来了，他会啥也干不成。

李成英本来想问邻居大嫂，你希望他干啥？但是最终说出来的却是：

你真有办法，我就想不出来。

李成英情不自禁地赞赏道，她对邻居大嫂的防范措施感到由衷的钦佩。她望着眼前的这位毫无姿色可言的女人，又在镜子前审视了一下自己的容颜。李成英在镜子里看到了自己的披散的头发和眼眶下面的两道乌青，昨夜的经历在她看来只是一场虚幻的梦境，现在重新追溯起来早已变得遥不可及了。那个秘密潜伏在村里的四处流窜的歹人使许多人在一夜之间变得惶惶不可终日。早晨来临之后，一位老太太闻知此事后，突然气绝身亡，家人在为其换衣服时，发现她的裤子早已湿透了。与此有关的消息多种多样，各执一端。现在，李成英在邻居大嫂的协助下，在家里翻箱倒柜，到处寻找多余的裤子和裤带。邻居大嫂手里提着几根长短不一的橡皮筋对李成英说，别扔了，这些也都是很有用的。李成英在慌乱中将胡大海的一条裤子蹬到腿上后，镜子里的人忽然变得陌生起来，李成英盯着看了一阵，又将胡大海的一件上衣套在身上，并戴上了胡大海的帽子。那时候邻居大嫂正在一只箱子里低头翻找什么，李成英在她的背上拍了一下，邻居大嫂回头一看。立即如惊弓之鸟，尖声叫道，他来了——。李成英的笑声使她转过身体，愣了许久后，突然一拍双手叫道：

老天爷，这才叫真正的万无一失，比我那个笨办法不知要好多少倍。

在这个寂静的院落内，两个女人的脑海里各自都浮现出一幅英雄救美、除暴安良的感人画面，一些与此有关的枝节使她们的心情难以平静，想象使她们激动，参与使她们略感害怕。

邻居大嫂在正午的阳光下哼着小调，走出李成英家的大门。这时，一个人突然出现在她的视线尽头，她大吃一惊，立即伸手捂住了腹部，刺眼的阳光使她无法看清那个人的面目，她的两条腿在这时凭空颤抖起来。时隔不久，她看见了那个人的背影，那个人倒背着手。起初她以为那个人在独自散步，渐渐地她看见那个人不像是散步，而一直朝村口的一条水沟前跑去。一只雪白的山羊正在低头啃吃那里的嫩草。她知道那是一道没有水的干沟，但当她眼看着那个人越来越接近那条干涸的水沟时，她的耳边忽然传来了一阵哗哗的流水声。

午后，那个头上顶着一块白布的人与另外几个戴孝的人将几根潮湿的木头抬进了姐夫的院里。昨夜的那场突如其来的大雨使这几根风干了多日的木头变得又湿又重。姐夫操起锯子，在几根木头上分别试了几下，进展甚微。接下来，他们坐在木头上开始吸烟，他们谈起了那个沿路杀人放火、打家劫舍的歹徒。那个头上顶着一块白布的人对姐夫说，我的老娘就是在听到他突然窜入村中的消息后才被活活吓死的，她今年刚七十三岁，年轻得很呢，根本不到死的时候。姐夫对他说，这木头太湿，我无法拉开锯子。那个顶白布的人一边吸烟，一边偷眼向屋里张望，他脸上的那种狐疑的表情一如他上午进来的时候那样。皮万春百思不得其解，他不知道自己是如何引起这个人的怀疑的，皮万春觉得自己从未见过眼前这个疑心大于信心的人。他们坐在潮湿的木头上吸烟，消磨着时光。

皮万春看见姐夫正在低头磨砺一把生了锈的斧子和一片刀刃，这个昔日的乡村木匠，在他摆弄自己从前的这些木匠工具时，表现出一副半推半就的羞羞答答的样子，他的所有动作都给人造成一种尴尬而难为情的印象。他从那块灰色的磨刀石上抬起头，向那几个抬木头来的人颇为不好意思地报以轻轻的赧然一笑，犹如一位谢幕前的男性的旦角演员，偶尔也会向屋前的窗户这边望一眼。

姐夫现在看上去更像是阴谋败露，刚刚被捕获。

皮万春这样想的时候，那个头上顶着一块白布的人突然以一种不假思索的动作从那根潮湿的木头上站起来，大步流星地向窗前走来。姐夫抬起头来，他的脸涨得通红，那把磨了一半的斧子停顿在他的手中，斧子上面灰色的水珠滴滴答答地淌到地上。

皮万春从里间奔至外屋，隐藏在一条帘子后面，帘子被他突如其来的走动掀起，开始飘拂，他立即抓住了晃动的帘子。

那个人的脸贴在窗户上，仔细地向屋里注视着。之后，他一手扶着疏松的窗骨，回过头对正在愣神的姐夫说：

还没有吃早饭吗？都什么时候了。

吃了。姐夫说，早饭已经吃过了。

可你的锅里盛满了雨水，是昨夜里的那场雨水吧。

是的，昨天夜里房子漏雨，我一夜都没有睡成。姐夫说。

很多人家里都漏了雨。

他在窗前说着话，继续向屋里张望。皮万春在屋外听到了他的头碰在窗户上时发出咚的一声。午后的阳光将他头顶上的那块白布像一面反光的镜子一样折射到屋里，白亮的光斑在屋里的箱柜之间反复跳跃，在一些坛子罐子之上一掠而过，一种不可名状的生机在潮湿的屋子里油然而生。之后，他离开窗户，转身向众人这边走来，那种格局凌乱，缺乏整理的家庭情景显然使他有些心灰意冷。他重新在那根潮湿的木头上坐下来以后，脸色变得很难看，他伸手想往外掏烟，但手忽然停住不动了。他望了一眼姐夫手中的那把尚需精心磨砺的斧子，又一次从木头上重新站起来，与同来的那几个戴孝的人一起走了出去。

姐夫在木头前喃喃自语。

皮万春闻到了木头腥甜而潮腐的气息后，松开了握在手中的帘子，重新走进里间，在窗户上他看见姐夫正在小心翼翼地用手指试着那片磨得雪亮锋利的刨刃，姐夫的嘴里吸吸溜溜的，像是在患着牙疼，那把磨了一半的斧子如同一件久远的往事一样被遗忘在他的身边。

几年之后，我来到了这个鸡鸣狗盗的乡间。一些看上去无所事事的人携带着各种农具在街上走来走去，他们的神态像是去看戏，又像是去投亲访友。几个女人踏着满街金黄柴草，她们左顾右盼的身影映在部分高大的山墙上。

按照我的叙述，一位异常热情的跛腿青年自告奋勇地要带领我去找前任基干民兵胡大海的妻子李成英。跛腿青年过度的热情使我的心里飘过一阵阴影，并升起一种隐隐约约的不祥之兆。他的倾斜的身体急不可待地起伏在我的面前，走不了几步，便会回头对我报以某种笑容。临街的一扇门在不知不觉中被一只布满蝴蝶斑的手推开，一张虚浮的脸从里面探出来张望了一下，又立即缩了回去。

其时，天色阴晦，李成英正在院里看一群鸡吃食。公鸡母鸡争抢食物的场面显然使她十分开心。在路上，跛腿青年告诉我说，李成英现在负责收发村里的报纸和信件。临近李成英家门前时，跛腿青年忽然笑着对我说，你不知道吧，李成英早在几年前就做了绝育手术，她今生今世再也不可能生孩子了，她当年带头做了手术，手术使她得到了一笔钱。

我望着眼前的这个女人，孩子和丈夫的相继失去并没有使她的容貌和身段受到多大的摧毁，相反，她要比一般的农村妇女白净得多，秀气得多。跛腿青年没有要离去的意思，他也不肯闲着，在我们的身边起伏不平地走来走去，询问李成英的鸡一天能下多少蛋。

李成英开门见山地告诉我说，他们抓错了人，他们把外出行医的郎中陈布礼误认为是那个沿路打家劫舍的歹人了，村里的妇女们都朝陈布礼的身上吐唾沫。

我对李成英说，听说陈布礼在村口打死了一个人，那是他天亮后遇到的第一个人。

李成英茫然若失地望着我，声音极其沉闷地说，有这样的事？

我朝她笑笑。我这时看见跛腿青年正趴在窗户上，向李成英的屋里探望。

李成英说，不可能，那老汉是个好人，他不可能干出那样的事。

我想起了村口的那道明亮的水渠，以及与此相毗连的那些年久失修的农业灌溉系统，它旁边的那条乡间大道上时常飞扬着弥天的尘土和疏松的人影，傍晚时远远传来的辚辚的马车声使它不至于完全寂寞无主。民间郎中陈布礼就是在那里遇见并打死了他天亮后看到的那第一个人。饥寒交迫的奔跑使陈布礼丧失了正确的方向，陈布礼那时看不见水渠里的水有多深，早晨的阳光使那些积存了一夜的雨水发出一种异常耀眼的光芒。在水渠边蹲下后，陈布礼在水面上看到了自己脸上的条条血污。他捧起水来洗脸，忍不住喝了一口。之后，他突然发现一双穿翻毛皮鞋的脚出现在自己的身边。

李成英站起身，将那些鸡关进一个笼子里后，对我说，他要真打死了一个人，那也一定是被逼到了墙角，没办法了才会那么做。

李成英挥舞着那根搅拌鸡食的木棍，对那个跛腿青年说，看什么，还没看够吗，有什么好看的。跛腿青年闻声收回目光，离开了窗户，脸上现出一丝讪笑。他一瘸一瘸地走过来，对李秀英说，没有我的信吗？这两天应该有我的信来，是的，就这几天之内。

李成英说，谁会给你写信？

跛腿青年说，一封是从北边来的，另一封是郭副部长的。

我问跛腿青年，你叫什么名字？

我叫杜林。他走到我的面前，对我说，你知道伟大的导师恩格斯吧，是的，你不会不知道，连我们这样的人都知道，他有一篇很著名的文章一叫《反杜林论》，那里面的那个被反的名字与我的名字一模一样。

李成英对我说，村里一来了人，他就来劲了，觉也顾不上睡。那年上边来了一个宣传员，他整整缠了人家三天。

杜林脸色煞白地说道，看你说的，我后来还缠他吗？我后来理都不理他了，我看透了他，他不学无术，什么都不懂，他连屠格涅夫都不知道，我还缠他干什么。

李成英说，你说的那人是谁？

杜林说，一个苏联人。

李秀英说，是苏修特务吗？

杜林说，动不动就是特务，他能是特务吗，他是一个好人。

李秀英说，呸，我就不信苏修还有好人。你走吧，我们还有事情。

杜林看了我一眼，一瘸一瘸地走出了街门。

我对李成英说，听说陈布礼是被村里的一位木匠擒住的。

李成英说，听人们说，好像是，他想跑来着，木匠用斧子砍伤了他的腿，他就跑不了啦。

我说，受伤也不至于死呀。

李成英说，陈布礼那时看见一个大坑，他以为人们要活埋他，就自己在墙上撞死了。其实，人们并没打算要活埋他。

后来，你再没有见过胡大海吗？我说。

李成英摇摇头，冷风吹乱了她的头发，遮住了她的眼睛。我注意到她的脖子里扎着一条由几种颜色组成的纱巾。我想起了她那个出麻疹的孩子，行医数十年的陈布礼面对一个出麻疹的孩子，竟然会束手无策。

傍晚的时候，我离开李成英的家。在街上，一个身材高大的脸上有刀疤的男人充满敌意地望着我。他手里拿着一截树枝。走出很远之后，我发现他仍站在原处。街上的风将他的衣服吹到他的头上，蒙住了他的脸。他恼怒地扔掉手里的树枝，将卷上去的衣襟放下来，抻平。

夜里，我住在乡间的一盘热腾腾的火炕上。一阵狂妄无比的狗叫声从外面传来，并伴有阵阵厮打声。不久，狗叫声消失了，杜林衣衫褴褛地推门走了进来。

怎么？是你，咬着了没有？

我对杜林说。

杜林笑笑，拍了一下衣服，说，让我打跑了，不过是一只虚张声势的纸老虎而已。凡是反动的东西，你不打，他就不倒。

杜林摘下自己的近视眼镜，用袖子擦了擦，又重新戴上。

那天晚上，杜林告诉了我很多事情。这一带的河流在春天的时候要么没水，要么就是一片浑黄，夏、秋两季，河水的颜色逐日澄清变浅，远远望去，呈现出一种纯净的蓝色。河水在每年冬季来临之时，突然消逝得干干净净，无影无踪，满河床里都是黑白两种颜色的石头，像无数拥挤在一起的密密麻麻的眼睛，狭长的河滩微微凸起，如一条倒毙后的大鱼。到处都是缓慢的山坡和乱丛棵子，周围偶尔可以望见几棵稀稀落落的树，山坡的颜色或深或浅，朱红的、褐黄的，有些地方甚至完全漆黑一片，土质如一种古老的化石。冬天里的时候，常有人在河床里利用那些石头制作一个又一个的十分隐秘的陷阱，一些在山坡上或乱丛窠子里来回走动的动物在饥饿难挨的情况下，会不顾一切地穿越空旷而萧瑟的河道，去对面的几个村庄里掠取食物。一部分头脑简单的动物在跨越河滩的过程中，常常会落进那些石头制作的陷阱里，制造陷阱的人会在一两天以后准时出现在河滩上，将一只只冻僵了的躯体拎回村庄里。河滩上的石头和时光都干干净净的，随便捡起一块石头在手里抚弄半天，也不会把手弄脏。河滩上的空气和风也是如此一尘不染，许多人家的房屋里在夜晚的时候都不点灯。

村子往东三十里，有一个小镇。杜林说，那里出售白酒、砂糖、红布、农具。小镇的颜色与格局很容易使人联想到历史，并追溯起某种久远而模糊的往事。一些绘制在庙墙上的油彩故事和半神半妖的人物传记使镇子显得更加苍老而衰败。小镇有四道拱形城门，城门上的土像一种异常疏松的矿物白粉一样经常悄悄地往下掉，漫长的岁月使那些土早已失去了最初的黏性，用水将它们调成泥巴时，酥松易散，抹到墙上后，用不了多久，泥巴会自动从墙上脱落分离下来，时光使它分化得与墙彻底无缘了。从城门里进出的人经常会遇到城上的浮土落到他们的头上，身上。天一黑下来，小镇的城门口便黑乌乌的了，风很大。小镇由北宋末年的两座皮匠作坊繁衍而成，街上有许多矮小狭窄的杂货铺、干鲜水果店、肉店，坐在柜台后面的人戴着眼镜，蓄着胡子，衣裤肥大，白发苍苍。凸凹不平的街上从早到晚都弥漫着那样一种带有檀香和老式衣柜的情调，许多住户和店铺前的空气甜而霉潮，像陈年的核桃或腐烂的瓜果。镇子里有一个会吹口琴的人，还有一个会说书的人。牌楼街口有一个终年茶杯不离手的老人，棋下得很厉害，腿脚也很矫健，大家都很怕他，所有的人都叫他龙大爷。

西城门附近原来有一个卖包子的男人，菜包子，整天满头大汗地守候在白气腾腾的锅灶前。几年前，这个卖包子的人写了一本书，书中描写了一座高而窄的房子和一个行动不便的女人，那个女人每天梳妆之后，便坐在那个又高又窄的窗户上看外面的天和云彩，看一道苍白而霉湿的山墙和街对面的一棵枝叶扶疏的香椿树。那本书有三百多页。镇里的一位小学语文老师经常到他的包子摊前闲坐，有时会带来几个男女学生，学生们带着各自的作文本和日记本，羞羞答答地在炉火熊熊的包子摊前一页一页地仔细展开，卖包子的人透过升腾的热气朝他们笑着，笑容很腼腆，腼腆的笑容使几个学生和他们的老师都感到很亲切，不再那么拘束紧张。语文老师一坐就是大半天，当他的学生们离去后，语文老师就会从贴身的衬衣口袋里掏出一张满是褶皱的纸，递给卖包子的人，上面有他在教学之余写的一首诗。

不久之后，卖包子的人在一个漆黑的雨夜里被一副手铐铐走了，从此再没有回来。雨夜里的那种尖利而刺耳的摩托车引擎声像一个噩梦一样划破了整个镇子。

每年春夏之交，天气晴朗的时候，镇子里的人都在各家各户的屋顶上升起各种式样和各种颜色的风筝。

飞起的风筝是一种绵长的思绪，它来自炊烟缭绕的市井，飞起的风筝像一种古怪的现象，尾巴长长的，浮动在明火执仗的天空里。

我感到天空像一块瓦。杜林说。

从此往西十几里，有一个几十口人的小村庄。村庄里的土墙又低又短，豁口和漏洞随处可见。街上常有干黄的草。

村里村外的树都稀稀落落的。

村外是密不透风的玉米地，有明亮的水渠和纵横如织的阡陌，有无人看守的土豆地和荞麦地，黄白相间的牛羊放牧在古老的耕种制度上。

夜深之后，杜林从怀中掏出一卷牛皮纸，纸上写满了密密麻麻的字。

这是什么？散文，还是日记？我说。

杜林摇摇头，说，我不知道这算什么，我就是想让你给看看。

我看见他的近视眼镜上现在蒙满了雾气，我几乎看不到他的那双闪烁不定的眼睛了。

我开始翻看那卷写满了字的牛皮纸，杜林的那种描写是令人惊讶的。

在杜林的描述中，失踪多年的基干民兵胡大海突然出现在家乡的土地上。

杜林在开头部分描写了生长在家乡土地上的几垄绿色的麦子，突然归来的基干民兵胡大海就站在那几垄绿色的麦苗之前。对故土的眷恋与怨恨使杜林的文字变得犹豫不决，闪闪烁烁，一种显而易见的感伤主义的情调回荡在词语之间。胡大海像一个迷失方向的外乡人一样站在耕地的一侧，旁边的几条伸向不同方向的岔路使他踌躇不前，一只浑身滚满了泥水的耕牛慢慢地从他的视线里走过。胡大海注视着耸立在故土上的所有那些山墙房屋和几处显眼的风物标志，眼前灿烂的阳光和阳光下蠕动着的几条黑色的人影使他感到无比惊愕。接下来，他开始像一头机警的猎物一样在村庄里四处游荡，随意出没。

在第三页牛皮纸上，杜林这样写道：

仿佛也是在这样的一个傍晚，一个远道而来的人手持一封介绍信，住进了这座由砖墙围起的院子内。

来人穿着一件不合时宜的军用雨衣，他在走进大门后突然停下了脚步，变得有些踌躇不前。在傍晚灰蒙蒙的夕照里，他吃惊地看到院中的十几排红瓦的平房被河滩上的风吹得有些东倒西歪，几只鸽子落在屋顶上，鸽子的头都埋进羽毛里，看上去像一些被工匠们的建筑手艺固定在屋顶上的一只只古老而凶残的兽面。

来人在一位打水的老头的带领下，向院中最后一排房屋前走去。老头在看过他的介绍信以后，短暂地注视了一下他的蒙满了风尘的军用雨衣，他的那张疲惫困顿的脸在老头看来既潮湿不堪又干燥无比。老头放下手中的水桶，将介绍信揣进怀里。

来人对老头说：

我在这里住不了多久，郭副部长让我先暂时住在这里，到时他会派人来接我。

老头掏出一串钥匙，带着他向最后一排房屋前走去。院中几乎所有的房门上都挂着一把又大又黑的锁子，每一道门前的台阶上都用白粉笔画着一个又一个的规范而整齐的棋盘，一些棋子七零八落地残留在棋盘上，那是一些黑白两种颜色的碎石子，门前的河滩上到处都是这种模样的石头。老头在后排的一间屋檐低垂的房子前停下。旁边有一道虚掩着的小门，来人引颈向那道小门张望的时候，老头对他说：

那边没有什么，那是一个菜园子。

来人收回了继续眺望的目光。脸上不自然地红了一下，老头的提醒使他发窘。他伸手拍打雨衣上的灰尘，用来掩饰眼前的难堪。但他的手比雨衣更脏。

屋前松动的门闩使老头轻而易举地打开了紧闭的房门。老头的手轻轻一碰，那把又大又黑的锁子就被打开了。一阵霉味夺门而出。

老头探身望了一下，发现原先存放在里边的部分纪念品早已变形走样了，看上去像一张张腐烂多年的脸。

（那原来是一把又大又黑的假锁，许多年来，它曾经那样天衣无缝地蒙蔽了那么多人的眼睛。）

杜林写在牛皮纸上的字越来越小越来越密了，我点燃一支烟，望着他的脸。房东大婶又进来在灶膛里加了一次火，使滚热的火炕经久不衰。我不知道这些事情是杜林的编撰，还是他的耳闻目睹。

杜林看出了我的心事。

杜林对我说，这些都是我自己坐在家里想出来的，不知道我想得对不对？

你认为胡大海还没有死吗？我说。

是的。杜林说。我经常总是能在村中隐隐约约地看到那么一个高大的影子，这也许是我的幻觉，我的眼睛近视得很厉害，一只眼睛650度，另一只750度。曾经有那么一个天气阴晦的傍晚，我看到胡大海在暮色中狂奔不止，我现在很难再回忆起那种情景了，我不知道是在梦中，还是真的看见了他。

我望着杜林，这个被乡人误认为是疯子的乡村知识分子，无数个不眠之夜使他的形容变得极为枯槁，举止猥琐，浑身上下看不到丝毫的水分，而他的文字却是潮湿的，他的叙述语言弥漫着水一样的情调。我浸淫在他的描绘中，感到自己的袖筒里湿漉漉的。他小心翼翼的叙述方式像一个胆怯而多疑的孩子一样在漆黑的乡村夜晚里游移徘徊，惊走观望。他的怦怦的心跳声清晰地呈现在他的描述中，许多个段落里的文字上都程度不同地蒙着被惊吓出来的冷汗。我在翻阅牛皮纸的过程中，不止一次地透过他的语言，闻到了那种冰凉而恐怖的汗味。接下来，杜林又告诉我说：

迷失了方向的胡大海正在东一头西一头地到处寻找自己的家门，而陈布礼却急于要逃离村庄，在下面的部分里，在村口的那道明亮的水渠旁，他们两人将会不期而遇。

我听着社林的讲述，急忙匆匆地浏览了一下后面的几部分文字。毫无疑问，后面的那些语言将更加阴晦而霉湿，沿路上到处都是隔夜的雨水和杜林自己人为地设置下的一个个语言的陷阱，我仿佛看到了疲于奔命的头破血流的郎中陈布礼和面如死灰的胡大海。杜林把他家乡的那些最凶险最不吉祥的日常物品都一一地设置在路上，令人不寒而栗。

在杜林的描述中，我听到了一种叮叮当当的彻夜不休的砍凿木头的声音。

那是什么声音？我说。

是村里的一个木匠。杜林说。那个木匠，我不打算专门写他，他那时正在为村里的一个突然中风的老人制作棺木，我只需一笔将他带过就行了，我需要他院子里传出来的那种叮叮当当的声音，它不易捕捉，但很实用。

那个木匠还有一个远道而来的亲戚，当时就住在他的家里。我说。

不管他。杜林说。

那个穿军用雨衣的人是谁？你以前在村里见过他吗？我说。

杜林听了我的话以后，脸上忽然现出一种失望而焦躁不安的神色。他重新擦亮雾腾腾的眼镜戴上，十分认真地望着我，说：

你难道没有看出来？

你指什么？我说。

我是说那个人就是我，那个穿军用雨衣的人就是我自己。杜林说着，摇摇头，也许是我写法上有毛病，我可能没有交代清楚。

那个人怎么会是你？我感到奇怪。

是的，那就是我。杜林说。

你才多大，那时候哪有你。我说。

是的，那就是我，那个远道而来的穿雨衣的人就是我，我带有郭副部长的秘密指令，郭副部长看过我的履历，到时他会派人来接我。杜林说。

你的任务是什么？我说。

杜林的话使我看到一种生活中随处可见的迷雾，迷雾中晃动着他的信誓旦旦的面孔。杜林的一双眼睛在厚厚的镜片后面飞快地看了我一眼，轻声说道：

我不能告诉你，这是秘密，郭副部长要是怪罪下来，我会吃不消的。

我放下手中的那卷厚厚的牛皮纸，突然想起了一个问题。我对杜林说，那个木匠怎么样？制作那具棺木对他是否有利？

这些事情对我来说轻描淡写。杜林说。他的手艺已荒废多年，这使他面对一堆木头时难免会感到吃力。作为一名木匠，他已完全丧失了有关的尺寸观念和方圆规矩，就像一名教师突然丧失了说话的能力和写字的能力一样。办丧事的那家主人对他的松弛懈怠和粗糙的技艺感到非常不满，他们只要随意一摸，便能在木头的平面上摸到几颗突然冒出来的钉子。手艺实在是糟透了，简直少见。但棺木终于还是制作成功了，只是还缺少一只棺盖。可是就在那天晚上，木匠趴在那具尚未油漆的棺木里死去了。

杜林忽然中断了他的叙述。我感到这显然是可以突破的一点。我对杜林说，他是怎么死的？失意、羞愧，还是由于连日的劳累所致？我这时听到墙外传来一种尖利的哨声，异常刺耳。

房东开门向外面泼水。

杜林斜视着他的那卷写满了字的牛皮纸，他手中的烟蒂快要燃着他的手指了，但他毫无察觉，我拿过他的烟蒂扔到地上，他抬起头，从镜片后面向我投来一道莫名其妙的目光。我又点燃了一支烟递给他。

杜林若有所思地说道，我在想，他的那个亲戚，看到他的尸体后竟然会无动于衷，他把他的尸体从棺木里拖起来看了一下，又马上扔回到棺木里去了。这以后，他开始向外面奔跑。在街上，有一只脚将他绊倒了。

杜林的一只举着烟的手在微微颤抖，我望着那只手，它很像是风中的一只耐不住寒冷和饥饿的鸟。杜林的目光与我相遇后，又立即偏离了我的视线。他也注意到了他的那只手。

事情好像就是这样。他说。

他把那只手放回到自己的膝盖上，眼睛却继续盯着它，烟换到了另一只手中。我望着他的膝盖，我担心他的膝盖会由于那只手的影响而也一同随着颤抖，但没有。他的裤子上磨破了一个洞，比手指头大一点，里面是一条灰色的内裤，也许是皮肤本身。夜深了，房东一家已安静下来。

没有人会等我。杜林朝我笑了一下说道，我的父母都已不在人世了。

我递给他一支烟，这是我唯一能够做的。

杜林说，我的父亲是一个远近闻名的酒鬼，在我十岁那年，有一天晚上他喝醉酒从外面回来，那时我已经早早睡下了。我父亲突然拧着我的耳朵要把我从家里扔出去。我的母亲听到动静后立即跑过来把我从他的身边拉开。醉意很快使父亲忘记了我，他揪着母亲的头发大声说，你算什么，你以为我会在乎你吗，我根本不会在乎你的。我的母亲对他说，你饿了，走，我给你弄点儿吃的去。父亲说，我不饿。母亲说，你饿了，我这就给你弄吃的去。就这样，母亲推推搡搡地拉着父亲走了出去。我听见他们在外面的说话声，父亲渐渐地安静了。过了一会儿，母亲走进来，摸着我的脸问我，他拧痛你了没有？黑暗中，我看不见母亲的脸，但我知道她哭了。第二天早上吃饭的时候，父亲的酒醒了，他已经什么都不记得了。他问我，你今天干什么？我说，学校里要考试。他听了，点点头，对我说，快点吃，别迟到了。

你有一个好母亲。我对杜林说。

杜林点点头，我看见他的眼眶里出现了闪亮的泪水。

那些天，我住在这个世代种植玉米、放牧牲畜的乡间，时常都能听到村庄四面的环形山谷里日夜回响着秋风的声音和落叶的声音，村里的人们带着他们的妻子儿女兴冲冲地穿越在新鲜的粮食和水中。仰望乡村晴朗如洗的天空，丰收的颜色涂染着他们的面孔。

时间删节了一切。

时间的流逝使许多原来貌合神离的东西变得表里如一，甚至无懈可击。

我现在站在这片收割过后的麦田里，有一个语无伦次的当事人断断续续地向我讲述了几年前发生的那场劫难，我知道我并没有也不可能触及那个真正的坚硬而严密的内核，我所了解的只是它辐射出来的一种虚拟性的阴影，听到的只是一个远去了的乡村传说，我没有看到那种包含了无穷距离的时间和标志，我见到的只是生活中的一些细节。

按照别人的指点，我终于知道那个身材高大的脸上有刀疤的男人就是李成英的第二个丈夫，他们在一起过了不到一年就又分开了。

村里的黄昏安详如初。

到处都轻轻地流动着一种若有若无的暖意，那是一种柔软而亲切的怀念，宛如穿堂而过，筑巢而居的燕子，那是一种繁衍在三十里乡土上的纷繁的裙带与亲缘，日夜填充着饮食和居所共同构成的风景。

那个穿军用雨衣的人是在一天的傍晚时分到来的，他住在村中唯一的那座红瓦的平房内。那个老头住在小门的一侧，他的耳朵很背，几乎什么都听不见。穿过小门，就看到了房子后面的那块空地，灰色的土壤，像是多年闲置不用的水泥，老头一个人种着这片灰色的土地，大葱、白菜、豆角、番茄和黄瓜、丝瓜，还有几垄土豆和芥麻。院墙下有一个水道。夏天里，老头通过那个水道把外面河里的水哗哗地引进园子里了。老头一边干活儿，一边与引进来的水说话，他的声音从没有高出过水的声音，只有天上打雷的时候，他才会提高自己的声音。水道旁边的青草长得茂密而修长，一丛一丛的，透出一种阴冷的森气。那里的阳光常像面粉一样，一只鸟也没有，灰砖的院墙和红瓦的屋顶上长着细细的黄草，一根一根像铜丝一样，零零落落，疏朗而向上，有风的时候像随波逐流的水草，左右飘摇，无风的日子里支支直立，颤颤巍巍。细瘦的草棵在阳光下摇出更细更弯曲的黑影，像一群人的眉毛的倒影。

老头常在菜畦里小便，名曰施肥。

有一次，李成英来到菜园子里，她发现老头正对准一棵白菜的根部射出一串弯曲的尿水，周围很多地方都能依稀看到老头留下的类似的痕迹，像种种不良的品行。这以后，李成英就很少来了。房上的红瓦令她不安。

村里的报纸经常每隔两三个月来一次，来一次，便是高高的一厚叠，偶尔还会随之夹带来几封语焉不详的死信。李成英自己一般很少看报，每逢报纸来了以后，她便齐齐整整地叠好，与以前的那些堆在一起。经常有几个收破烂的人推着自行车，长久地伫立在她的门外。李成英在屋里做事，耳边听着他们在外面不断地报出一个又一个徐徐上升的价格数目。纠缠的时间长了，李成英就会打开门，探出头对外面的人说：

不卖。

收破烂的人如听到某种确切的消息后一样，在李成英的关门声中骑上自行车逶迤而去。过不了多长时间，又会出现在她的门口，盘桓许久，劝她说，那么多旧报纸死信留着有什么用处，既不能当饭吃又不能当衣穿，卖了还能得到不少钱。

李成英还是那句话：

不卖。

不是我的东西，我没有权力出卖它们，我只是替人代为保管，会有人来取它们的。

李成英说着，将门掩上。

白日里，她一个人做饭，一个人吃饭。每顿饭吃做很少一点，切开两个土豆，洗净几片白菜，一只鲜红的辣椒。偶尔在她心情烦躁的时候，她会把家里的一切日常用品弄得叮当乱响。但这样的时候不多，一年中只有稀有的几次。除了她自己，没有人会听到这种响动。屋檐下有一只风铃，她已聆听了多年。她看惯了远处的那些山，只不过是灰蒙蒙的一堆，什么都看不清楚。只有铃声常在风中大声喧哗。

天气晴朗的时候，她常扎着一条碎花的蓝布围裙擦擦那些玻璃。玻璃其实不脏，只有在刮风的时候，上面才会蒙上尘土。擦完玻璃以后，她一声不吭地坐在门口看外面的阳光和院子里的一些东西在阳光下不断变幻的或轻或重的影子。那红瓦的房屋常常使她想起一座古老的庙，甚至大雪封门的深山。

她几乎闭着眼睛就能准确无误地随手摸到一把漏勺或酱油瓶子，摸到她所需要的一切东西。她很清楚有关的位置。她知道水在什么时候开，她知道灶膛里的火什么时候最旺，最为熊熊燃烧，她知道那只盛盐的黑色罐子总是与那只装油的葫芦并排着放在一起，筷子与菜刀放在一起。她从来不把菜刀放在案板上，她听说所有破窗而入的歹人总是首先窜进厨房，抢过菜刀握在手里。她知道在放盐的时候必须腾出另一只手来扶住那个装油的葫芦，否则油葫芦便会自动倾倒。她知道几个月前买回来的肥皂差不多要用完了，还有花椒、碱面和苏打……有一件白底黑点的内衣挂在镇子里的一家小店内，一年多来始终无人问津，她在那件内衣前停留过几次，衣领上的一个污黑的手印使她一直下不了买下它的决心。月经期所需的草纸还有很多，粗糙而褐黄色的草纸，每个月内都会使她不可避免地遭受几次皮肉之苦，它的柔软程度甚至远不如一张报纸。她想到了淋漓不息的经血……乳房内活动着的一小块硬硬的令她不安的来历不明的东西……雀斑……早晨起来遗留在枕边的丝丝断发……夹带在小便中的那些黏稠而发白的水浆……又是两三个月过去了，那个送报纸的人又快来了。上一次（几个月前），他的自行车链条在她的门前突然断裂了，他垂头丧气地望着她，她回屋找来了斧头、菜刀，甚至织毛衣用的针。她站在门前看他修理链条，他身上的一种莫名其妙的汽油味使她感到昏昏欲睡。油渍斑驳的自行车链条像一条僵死的蛇一样蜷缩在他的手里，他说起了他的家，说起了他那间时常漏雨的房子。他的老婆，一个在菜场里负责磅秤的女人，每天夜里睡下后鼾声如雷，致使他常常彻夜难眠，睁着眼挨到次日天亮。他的儿子与伙伴们打架，几个孩子窜上他家的屋顶，用砖头和破布堵死了他家的烟囱……时近中午，他的修理毫无进展，他把斧子、菜刀和毛衣针一一地归还给她。她举着两只沾满面粉的手留他吃饭，他将自行车推着走出大门。她返身回屋，拿出两穗煮熟的嫩玉米追上去塞进他的手里。他放下自行车，脸变得通红，结结巴巴地说：

这不行，我怎么能吃你的东西呢，我长这么大，从来没吃过别人的东西。

她说，你给我们送来了那么多的报纸和信，两穗玉米算什么呢。

他说，这是我的工作，我的工作就是给别人送报纸送信，国家已经给了我一份工资，我没有理由再要其他的了。给你，我真的不能吃你的东西，你拿回去吧。

他是在说完这番话以后，才发现她的眼里早已含满了泪水，他见状，急忙低声对她说，你不用拿回去了，我这就吃，你不要哭了，赶快回去吧，我这就吃了它。

啃着玉米，他终于上路了。

李成英视线中的那些沐浴在夕阳下的石头如同一块块被烘烤着的熟食，她在这时往往能听到村庄里传来女人和孩子的喊声，以及牛马猪羊的鸣叫。院子里干干净净，拂天而过的大风几乎从来用不着她去亲自扫除什么。她坐在一只木凳上，身后虚掩的门窗和房上的青草是她的全部背景。她眼看着太阳在西边最后沉没，空旷的河滩上出现的萧瑟的铅灰色取代了先前的苍黄的暖意，冷风吹乱了她的鬓发。天完全黑下来以后，她关门睡觉，上好门闩，打开被褥。窗户上糊着厚厚的报纸和麻纸，古铜的颜色，风吹上去发出沉闷的嗡嗡声，像一张硬朗的牛皮。屋里，一只黄杨木桌上，抽屉里放着针线剪刀，一只抽屉里有一瓶润肤油，还有一个厚厚的灰色笔记本。润肤油使抽屉内外始终弥漫着一种香气，笔记本的扉页上有一行留言，还有一个签在角落里的不易被发现的异常渺小的名字。女人站在桌前，若有所失地注视着那个瘦小的名字。笔记本粗糙的纸张里面夹着几张发黄的照片，都是黑白的，还有一片白果树叶子，一只薄薄的蝴蝶标本。一种喃喃低语时常从那些粗糙的纸页之间传来，来历不明的私语使她举止失常地合上笔记本，关上抽屉。一把黄铜的小锁吊在抽屉上，终日开着，从不上锁。她感到自己没有什么需要锁起来的东西。几年前，张委员每隔一个月就要翻阅一次。君子坦荡荡，小人长戚戚，什么叫秘密？秘密就是那种戚戚之语，只有那种与自己过不去，与别人过不去，与社会过不去，与整个世界过不去的人才会有所谓的秘密。张委员后来告诉她的那些话，她都慢慢地忘记了。

早晨，漫山遍野突然刮起了黄尘，大风吹跑了初升不久的太阳，使它很快消失得无影无踪。几步之外什么都看不清，仿佛到处都是耸人听闻的高墙。到处都天昏地暗，飞沙走石。

邻居大嫂的晚饭在下午就已经开始了。

邻居大嫂那天被变化无常的天气弄昏了头，所以，早早地吃完了晚饭。其实，邻居大嫂吃饭的那时，下午刚刚开始，离天黑还很远。但邻居大嫂以为天快黑了，她在收拾碗筷的时候为自己的聪明举措而感到高兴，嘴里不住地哼哼出一种愉快而发自内心的声音。她恐怕大风吹断田野里的电线，晚上会漆黑一团。

天快黑的时候，风停了。

李成英出来，持续了一天的大风使她在屋里昏睡了许久。现在，她看见天地之间充斥着一种陈旧的黄色，就像那些发黄了的旧报纸一样，时光仿佛一下过去了很多年，所有的一切都蒙上了一层古董的意义。

李成英在门口站着看了一会儿，她打了一个冷战，又转身走进屋里。关上门之后，她突然看见窗户上晃过一个光着脑袋的男人。李成英大吃一惊，急忙出门去看，但外面什么也没有，只有不久前她刚刚眺望过的那种苍黄的旧日景象。这时，天渐渐黑下来了，街门以外的巷子里寂静无声，一片苍茫。

李成英凝神站在门口，傍晚的寒气使她的双肩不停地抖动。李成英高声说了一句什么，相当于一句自己给自己壮胆子的话，就像有的人走夜路因为心虚害怕而大声地唱歌一样，但是她感到自己的声音失真而夸张，毫无真实性可言。院子里静悄悄的，所有的那些农具都像是一种临时草草搭就的仓促的布景。

李成英重新转身进屋，点火，煮饭。她把火柴，锅盖一类的日常物品弄得叮当作响。她取出菜刀，在别无一物的案板上敲出一串急促而恐怖的剁肉馅一样的当当声。她看见了放在碗柜上的一棵白菜和两只土豆，取过其中一只土豆，放在案板上，高声说道：

你这个不成器的东西，今天我要杀了你，剥了你的皮，抽出你的筋，把你剁成肉馅。

土豆从案板上滚落下去。李成英擦了一把额上的汗。李成英在寻找那只突然滚走的土豆的过程中，目光散乱，口里仍在高声说道：我看你能跑到哪里去？藏到天边我也能看见你，你不出来我也能照样杀死你。

窗外突然有一个声音说道：

土豆哪会有筋？人才会有筋，人还有魂。

李成英尖叫一声，扔了菜刀，夺门而逃。

邻居大嫂站在窗前，外面渐渐黑下来的天色使她有些迷惑不解。她感到一些事情在时间上出了毛病，生活中渐渐显现出某种破绽或漏洞使她感到不寒而栗。

李成英告诉邻居大嫂说，她看得真真切切，站在她窗外的那个光头的人很像是几年前被民兵们吓死的那个郎中陈布礼，也像是一个陌生人，可说话的声音又像是她的丈夫胡大海。

李成英苍白的面容和断断续续的叙述使邻居大嫂不时地将一种不安的目光投向窗外。邻居大嫂拉着李成英的手，安慰她说：

你一定是看花了眼，这样的天气，外面连个鬼都没有。

李成英伏在一只枕头上嘤嘤地哭起来。邻居大嫂端出一碗下午吃剩的饭，说，我以为天黑了，我早早地吃完了饭，我没想到天会黑得这样迟。

傍晚。没有了风声的村庄使种菜老头的那种凄厉而苍老的呼喊轻而易举地传遍了每一个角落。村庄里的人来到那座唯一的红瓦的平房外面。住在里面的那个人死了。

那个人穿着那件蒙满了风尘的军用雨衣，紧紧地抱着一根木头。

那个人是杜林。

原载于《山西文学》一九九三年第十一、十二期

王家峪

一

午后过去不久，在距离傍晚还有一会儿的一段时间里，在弥漫的烟雾和树木释放出的阵阵苦味里，三十已过的王家峪正在一间僻静的西厢房里睡觉。他侧身躺着，心脏和左臂被压迫在下面，由此引起的不适和疼痛正源源不断地纷至沓来。四月的光线透过有些晦暗的窗户，停留在他右面的脸颊上，使之看上去如一片发亮的山丘。

他梦见自己正在结婚。婚礼虽然比同龄的人们晚了很多年，但毕竟还是来了！他的记忆中从此有了喜悦而发红的一页。前来参加婚礼的客人们大多因兴奋过度而显得十分疲倦，至于是因喜悦而发红，还是因发红而喜悦，他还没有来得及去深究，因为事情本身已经足以让人无法分心了，它的庞杂而又不容懈怠的特性也使人难以顾左右而言他。仿佛一出因场次过多而变得既复杂又漫长的戏，此种状况在婚礼临近结束时尤其变得明显而突出。有人用“留得青山在，不怕没柴烧”，“跑了和尚跑不了庙”之类的俗话安慰王家峪，作为眼前这场婚礼的验证和对于新郎本人的一种不无善意的吹捧。这样的说法非但没有博得王家峪的好感，使之产生共鸣，反而让他心生厌倦，期望眼前这场极度混乱的婚礼早早收场。他对人们说：

“虽然我的年龄一天比一天大，但我从来没有为这件事情着急过。我知道总会有这一天的。”

“这一天不是已经来了么？”他的一位端着一只酒杯到处乱走的表弟对人们说。“我们大家现在正在干什么？难道仅仅只是聚在一起简单地吃喝？不，完全不是！”

有人将喝得烂醉的表弟拖到一间房里，令其休息，之后又从外面将门反锁了。但过了一会儿，人们惊讶地看到他又摇摇晃晃地出现在婚礼之上。门是锁着的，谁也不知道他是怎么出来的。他东倒西歪地出现在每一张桌子前，仿佛有无数的话要对在场的每一个人说。这个几乎很难站稳的人，不断地歪倒在一些女人的身上，有时甚至像拥抱一样扑进她们的怀里。女人们的尖叫声此起彼伏地传来，渐渐地引起了王家峪母亲的注意，她几乎是充满仇恨地将王家峪的表弟拉到一边，在他的耳边咬牙切齿地低语道：

“你这个挨刀的！你在干什么？你的表哥他好不容易才举行一次婚礼，你把他的脸都丢尽了，你把我们所有人的脸都丢尽了！”

婚礼似乎是从早晨开始的，人们在朝霞中渐渐走来。午后时分，达到了高潮。

眼前的这场婚礼虽然从哪个方面看都显得真实自然而又不违背生活，但从一开始就逐步显露出一种越来越逼近的狰狞可怖与残酷。因为在婚礼开始不久，一个时期来身心已极度疲惫的王家峪便不无惊骇地发现自己的身份在霞光将尽的余晖之中和人们的嘈杂声中发生了某种自上而下的变化，甚至是一种完完全全的颠倒——

他是在向一位似曾相识的客人敬酒时偶然发现的。作为新郎，他不可能认识所有到场的宾客，但每一位前来参加婚礼的客人都应该有理由认识他本人，至少应该明白他才是这场婚礼的主角，否则，所谓的参加婚礼，就将不可避免地成为一次纯粹的漫漫长夜里的进食。很少有人只顾埋头吃饭，只顾与身边的人聊天，而直到曲终人散仍不知新郎是谁，何等模样。

但王家峪发现那位客人对于他的到来竟视而不见，只是轻蔑地向他点了一下头，之后转身端起桌上的酒杯，对身边的另一个人说：

“我不能陪你说话了，我要去与新郎喝一杯，差不多有两年没见到他了。这几年过得真惨，活得不如人了，但愿这场热闹的婚礼能冲掉我的一些晦气。”

一边说，一边用目光向四周搜寻。那个人从椅子上站起来，也在帮他寻找新郎的踪影，搜索幸福的源头。他记得不久前似乎还看到过新郎，喜悦中蕴藏着不尽的辛劳和某种伤痛。过了一会儿，他用手指着远处台阶下的一群人，对那个心存期冀，渴望去掉晦气的人说道：

“啊，我看见新郎了，他好像在那里。”

“在哪里？”

“在那些女人们中间——”

“我看不见他。”

“是的，那就是他。快过去与他碰一下，这时候去还不算晚。”

那个人打起精神端着酒杯向一群女人前走去。王家峪望着他的背影，有些狐疑地对自己说："谁是新郎？难道不是我？难道还有另一个人？"他低头看看自己的胸前，他的衣服上挂着一个写有"新郎"字样的鲜红的标志，此刻正在他的胸前拂动，飘扬。这个及时的发现给他带来了极大的安慰与镇定，帮助他摆脱了迷雾，重新确立了做人，尤其是作为一名新郎的信念。现在，他觉得自己比不久以前的时候更加坚定了，更加成熟了，比以往任何时候都更加坚信自己就是眼前这场婚礼的新郎，主角，其余的一切人都不过是舞台上跑龙套的。

"我就是新郎，真正的新郎；别人都不是，至少今天不是。"他有些沉痛地对自己说。

有一种死里逃生的脱险的感觉伴随着他的觉醒远远地到来，很快又在人们的喧闹声中消失殆尽。历险对他来说已不是初次，但这一次却意义非凡。想起那位有眼无珠的客人，他不禁冷笑了一下。"让他去找吧。"他想。他不相信他能在今天的这个场合里找到第二个新郎，用不了多久，他就得回来向他道歉，并为自己的粗疏拙劣的眼力而请求原谅。

三十二岁的王家峪端着一只空酒杯，像一名性情安静的侍者一样在人们的中间穿来穿去，脸上始终洋溢着一种疲倦而经久不息的笑容。作为一名正处于喜事漩涡中心的新郎，为表达对所有客人的感谢，他有必要与所见到的每一个人喝上一杯，寒暄几句。又走了一阵，他终于发现了事情的严重性：几乎没有一位客人认为他是新郎。当他笑容可掬地端着酒杯走到一些人的面前时，人们有的置之不理，或者视而不见；有的则对他说：

"去去去，找新郎喝去！我们这里不碰杯。"

他没有立即声明自己就是新郎，因为他觉得这不是一个问题，此时此刻，他应该说一些更重要的话，因为他是今天的中心，自我感觉炙手可热。这么多的人从四面八方纷纷前来，正是为了给他和另一个被称为“新娘”的女人捧场、祝贺，这样的时候，傻瓜才会画蛇添足，急不可耐地声明自己是谁。

只有一个贪杯的醉汉虚拟性地向王家峪扬了一下手中的酒杯，表情中虽然不乏热情，但那完全是在自斟自饮之中滑出的一个无意识的动作，一种两耳不闻身边事的自娱行为。醉汉一个人占据着一张桌子，喝得天翻地覆，姹紫嫣红，顺理成章地将王家峪认作是一位陌生的酒友，甚至壶中的同谋。

婚礼的高潮似乎已经过去。除去那个醉汉还在自斟自饮，大多数的人都三五一群地在一起交谈着，有的谈话让人感到诡秘。王家峪不知道他们在说什么。高潮之后的人们都显得慵懒而倦怠。在靠近窗户的地方站着一个身材高大的女人，她的一双过于突出的乳房仿佛一桩后果不堪设想的恶性事件一样让人感到触目惊心。那个醉汉拎着酒，从一张桌子前转到另一张桌子前，向所有的人微笑着，向所有的人点着头，招手致意。在他的上首，一位四十多岁的男人正在向一位老女人诉说着自己的不幸，老女人先是默默地听着，渐渐地露出一副痛心疾首而又无可奈何的神情。

“恐怕是遗传在起作用。”老女人对那个四十多岁的不幸的男人说道，“她的母亲，已经六十多岁了，至今还是那样。”

“在我的印象里，岳母可是一位严肃的人。”男人说。

“那是假的。她只对你这个没本事的女婿一个人严肃，对别人可不严肃。”

“听您这么一说，我好像找到我的病根了。”四十多岁的男人眼睛亮了一下。

在隐隐传来的一阵女人们的笑声中，王家峪意识到自己成了一个真正的闲人——看客兼食客，尽管从昨天晚上到现在，他一直没有吃过什么。他带着一只空酒杯穿过纷乱而又各自为政的人群，走进西边的一间僻静的厢房里。他侧身躺下，望着有些灰白的窗户，心脏和左臂被压迫在下面；四月的光线透过窗户照在他右面的脸颊上，使之如一片发亮的山丘。

不久以后，过于迅速的心跳为他带来一阵钻心的疼痛。

二

表弟摇摇晃晃地站在一旁，看着睡梦中的王家峪。这个脸色通红的年轻人此刻正处于强烈的醉意和倦意的双重折磨与困扰之下，变得一句话都不愿意多说了。他在等待着表哥王家峪自己醒过来，不想用自己的声音叫醒他。他的头不断地向上仰起，因为他感到呼吸十分困难，充满了重重的阻力，因为呼吸出来的是一种十分火热的来自周围的气息；他不喜欢这种东西，但却无法将它们赶走。

透过屋里的窗户，他用一种乏力的目光看着外面的情形。

“所有的人都醉了。”他想，“可能连蹲在房上欣赏婚礼的猫都醉了。”有些人，有些从来就管不住自己的人，不管何时何地，不管是去参加别人的婚礼或前去吊丧，首先要把自己灌醉，采用的完全是做生意时的一种主要的方式——灌醉或哄骗，但后者是针对别人的。这天中午时分，表弟在酒桌上看见一位富有强烈责任感和自我批评精神的人，不断地主动要求自罚一杯。不久以后，这个善良而自责的人便受到了来自自责本身的真正的惩罚：他的手再也握不住一双筷子了，先后换过几双筷子，但每一次筷子都无一例外地从他的手中飞逝而出，像某种可疑的暗器一样落到别人的面前。表弟对那种从自己耳边呼啸而过的声音至今还保留有一种模糊而勉强的记忆。他心情复杂地朝外面看了一会儿，不久又将目光收回来，仿佛树叶的影子一样落到王家峪的脸上。王家峪还在睡着，身体有时突然痛苦地抽搐一下，过后又一动不动，归于平静。

表弟感到自己的心里很乱，麻烦极了。

“王家峪，快醒醒吧！我觉得你要出事呀！”

表弟看着王家峪的受难般的姿势，在心里呼喊道。急促而艰涩的呼吸使他没有发出任何声音。他感到自己一筹莫展，无计可施，已没有任何办法能将自己的表哥叫醒。他哭丧着脸在地上走来走去，屋里的一些东西在他的身体的碰撞下，不时地发出阵阵的响声。有一只瓶子从柜子上滚落下来，在地上摔碎了，表弟被吓了一跳。他俯身收拾碎片时，看到自己的手被洇红了一片。他捡起几块碎片，转身往外走时，忽然又停了下来，他吃惊地看到表哥王家峪正在注视着他。

“对不起，我把别人送给你的九个花瓶打碎了一个。”表弟对王家峪愧疚地说。

王家峪没有说话。他是在一阵疼痛中睁开眼睛的。现在，来自胸前的一阵悸动又使他的一张脸严肃得几乎近于愤怒。

“你终于醒了。”表弟手里握着几块碎片，对王家峪说，“包括你在内，所有的人都统统醉倒了，不省人事。”

“我也醉倒了？”王家峪说。

“别说你，连附近一带的狗都变得软软的，像是纸剪出来的狗。”表弟说，“有人走到它们的跟前，它们都叫不出声来。”

“我们醉成什么了！”王家峪说。

“只有我没有倒下。”表弟说，“其他的人都完了。”

“谁在招呼客人?”王家峪有些吃惊地问道。

“没有人招呼。”表弟说，“神志稍微清醒一点的差不多都已走散了。已经没有什么客人了。”

透过窗户，王家峪向外面看去。前来参加婚礼的人们的确已经不多了，但还有一些人正在那里低声说话。有两个人在收拾残局。入睡前的嘈杂与喧哗已成为一种需要认真追忆才能勉强记起来的依稀往事。端盘子的人走来走去，某些遗落在地上的零星的鞭炮有时会在他们的脚下突然爆响。他认真地看了一会儿，发现事情并不像表弟听说的那样。现在，王家峪觉得眼前这位表弟的身上倒是浸透了令人忧虑不安的醉意。

“你也累了，”王家峪对表弟说，“你睡一会儿吧。”

他边说边将站在他面前的表弟拉到自己刚刚睡过的床上，接着，又将表弟按倒。表弟在向后倒下的时候，头碰到了窗台上，他听到“嘭”的一声闷响，仿佛有一只气球在身体下面破灭了。

为了维护某种必要的独立，证明自己是唯一没有倒下的一个人，表弟很快又站了起来。于是，王家峪又一次将他按倒在床上。但表弟像一个性能很好的弹簧一样总是不断地将自己弹起来，他的脸上呈现出一种不屈不挠的神色。

“你他妈的!”表弟喘着粗气对王家峪说，“你怎么总是想要将我按倒?刚一睁开眼就要这样做，你要干什么?”

“我只是想让你睡一会儿。”王家峪说，“婚礼虽然是我的婚礼，但你看上去比我本人更累。”

“我说了，我不想睡。”

“你还是睡一会儿吧。”

“我就不睡。”

“你应该睡一会儿，或者睁着眼躺一会儿也很好。你现在看上去像一只忠厚的正在被挤奶的山羊，操劳已使你变得越来越瘦削了。”王家峪感到精疲力竭，他一边喘息，一边吃惊地看着看上去同样疲倦却又不服输的表弟。

“你不要折腾我了，我不想睡。”表弟对王家峪说，“我只是感到有些恶心，想吐……”表弟这样说的时候，仿佛忽然悟到了自己一段时间以来心绪烦乱的真正原因。他抬起一只手紧紧地捂住自己的嘴，有些惊恐不安地望着表哥王家峪。过了一会儿，作呕的感觉慢慢减弱以后，他才松开自己的手，但仍然紧锁着眉头。

“你的表嫂在哪里？我怎么一直没有看见她？”王家峪忽然想起了什么，十分紧张地向表弟询问道。

“我来正是要告诉你这件事情。”表弟说，“事情本身已变得非常可怕了，而你却在这里睡得像个死人一样。”

“发生了什么事？”王家峪说。“作为新娘，难道她也醉倒了？”

“要仅仅只是醉倒了，那倒好了，事情就简单多了，也就不需要费什么劲了。”表弟说，“你的新娘——我的表嫂，大约在几个小时以前就不见了。从那以后，我再也没有看见过她。”

“你说什么？”

王家峪像一根棍子一样直立在表弟的面前。

三

下午的时光被众人拉得十分漫长。一位远房亲戚在婚礼结束之后竟忘记了自己要回去的方向。事实上他的家在一个距此不过十几里的村庄里，而他却一再声称自己来自首都北京，不久又说是来自华东的上海，因而执意要让王家的人为他订购机票，要乘飞机回去。按照以上两个方面的实际路程，他的要求并不算过分。这个叫李富的亲戚已经有五十多岁了，但仍像一个女人一样喜欢生气。他怀里抱着自己的一个提包坐在台阶上，红着脸，要求尽快启程。

“好吧。”王家峪对他说。之后，又对自己的表弟说：“你送他去机场吧。”

名叫李富的亲戚恍惚而迟疑地从台阶上站起来，事情多少有些出乎他的意料，太容易太顺利了反而让他觉得自己是在做一个梦。他认真地想了一会儿，然后认为很有必要地很在行地对王家峪说：

“好像不应该这么简单？”

“你是想事情再复杂一点？”王家峪说。

“我不想复杂，当然越快越好。”名叫李富的亲戚说，“问题是还应该有一些不得不办的手续和关卡。我连机票还没有拿到手呢。”

“你是说预订机票？啊，已经不需要那么麻烦了。现在经济十分发达，一切都变得赤裸而透明，直接登机就可以了。”王家峪说完之后，用手拍了拍他的肩膀，示意他可以走了。

名叫李富的亲戚自言自语地说：“……还是有点不够正

式，哪有这么简单的事?”事情好像在什么地方绊了一下，然后就开始出错，开始在一个看似光洁的槽子里飞快地滑行，开始让人虚实难辨。因为顺利得有些过头，还有些突然，很快又使他想到另一些事情。

“要是有人不让我上飞机怎么办?”

“放心去吧，不会发生那样的事情。”

“为什么?”

“因为你是从首都来的，一个国家可以有无数个城市，但首都却只能有一个。”

“不对，我是从上海来的。”

“这样一来，那就更没有人敢阻拦你了。”

表弟推出一辆哗哗作响的自行车，对名叫李富的亲戚说：

“走吧。路上紧一紧，说不定我们还能赶上六点四十分的那趟航班。”

“再见。”王家峪对名叫李富的亲戚扬了扬手说，“我们结婚三周年的时候，希望在吃饭的客人中间还能看到你。”

“到时候一定来，一定能看到。”名叫李富的亲戚一边说话，一边坐到自行车的后座上，用一只胳膊夹紧自己的提包，然后腾出另一只手朝王家峪扬了扬，高声说道：

“再见。越是大喜的日子，越应该多加保重，请多保重。再见。”

他一连说了三个再见，说第四个的时候，王家峪本人已经听不见了。那时候，王家峪的表弟已用自行车驮着他摇摇晃晃而又飞快地行驶在一条大路上。

四月的风中，王家峪的表弟和名叫李富的亲戚像两只匆匆而过的鸟。沿途到处有人在点火，焚烧一些无用的荒草，狼烟滚滚。烟雾在风的驱动与吹拂下，有时朝他们迎面扑来，将他们完全罩住，两个人一起咳嗽，一起流泪。王家峪的表弟吃力地蹬着车子，几乎是闭着眼睛在幽深而无边的烟雾中盲目地穿行。在一个较为平缓的坡上，王家峪的表弟突然停下车子，跑到一边去呕吐。在风的吹拂下，他的酒劲像一些火苗一样被越吹越旺。

名叫李富的亲戚一边焦虑不安地在自行车前走来走去，一边催促道：

“快一点吧。说不定飞机已经起飞了。”

“不误事。”王家峪的表弟一边呕吐一边说，“六点四十分的那一趟要是飞走了，那就换乘七点五十分的。”

“两趟都是一回事吗？我有些不信，我不相信它们都是去同一个地方。”

“不管你信不信，世界上所有的车船飞机一直都在奔向同一个地方。”

“我看出来了，你喝多了。”

“你才喝多了。你要是没喝多，怎么会想起要坐飞机，怎么会提出这种无理的要求？完全是无理取闹。”

“快走吧！我不和你计较，我从来不和喝醉酒的人计较，因为那根本决不出雌雄。”

又走了一会儿，王家峪的表弟突然停下车子，又蹲在路边去呕吐，他作呕时的声音很吓人。名叫李富的亲戚看看渐晚的天色，愁云又一次像深重的暮色一样笼罩到他的脸上。他想起一句话：人无远虑，必有近忧。于是，高声地对王家峪的表弟说：

“吐得怎么样了？快完了吗？能不能再快一点？”

“马上就好。”王家峪的表弟说。

四

“要仅仅只是醉倒了，那倒好了，事情也就简单多了。”表弟对王家峪说，“我一直都在注意着她。但从那以后，我再也没有见过她。”

“发生了这样的事，为什么不来告诉我?”王家峪说。

“老兄，我到处都找不到你。”表弟说，“我几乎逢人就问，但没有一个人能肯定你在哪里。”

“我们遇到麻烦了。”王家峪神色颓丧地看着表弟。

“那是肯定的，那还用说么。”表弟说，“从此以后，事情将一天比一天复杂，一天比一天难弄。”

“……”王家峪的嘴张了一下，但没有说出话来，突然像一根棍子一样朝地上倒去。表弟伸开自己的一双手，想将他稳稳地托住，但他的企图与动作之间充满了明显的距离。在自己的脸部贴住地面的那一瞬间，王家峪忽然感到获得了一种几乎从未有过的凉爽和随之而来的惊喜。他躺在地上，眼睛朝上看着表弟，说：

“你最后一次看见她，她在干什么?”

“我看见她与几个花枝招展的女人站在一起。”表弟说。

“还有一个男人?”

“是的，是有那么一个人。”表弟眨着眼睛，很快陷入了对往事的回忆之中。“他就在她们的中间，好像一直就在他们的中间。”

“你知道他是谁吗?”

“我隐约听说过一些。”

那个脸颊刮得很干净，身上散发着花香和蜜香的人刚一出现，就立即受到了在场的女人们的注意。从二十出头的年轻姑娘到四五十岁的中年妇女，很多人都变得心潮起伏，趋之若鹜。一开始的时候，王家峪感到有些迷惑不解，不明白女人们为何而激动。直到后来，当人们将一种巨大的东西传得沸沸扬扬的时候，才引起了他的一些思索。梦中的王家峪在听说了那件事后，变得心绪难平，义愤填膺。他明显地注意到一个三十五六岁的女人面色潮红，目光痴迷地站在那里，仿佛早已被汹涌而来的激情湿透了。

“我明白他为什么那么受重视了。”王家峪对表弟说，“他真是那样的吗？”

“谁也没有亲眼见过。”表弟说，“也许只是一个传说，一个谣言。”

“可那些女人们都以为是真的。”

“女人们，”表弟说，“有三分颜色就要开染坊。”

“今天来的女人可真不少。”

“老中青，各个年龄段的都有。”

“我大都不认识。”

“别看她们长得不一样，可实质上她们都是同一个人。”

“同一个人？”

“我正在旁边向一位客人敬酒，我听见一个四十五六岁的女人对别的女人说，我们这个年纪的女人还图什么？就图一种看得见，摸得着，能够实实在在地感觉到的东西。”

“我不明白她在说什么？”王家峪十分困惑地看着表弟，“她到底在说什么？”

“应该明白。”表弟说，“她已经说得再清楚不过了，再不能更具体了。”

“你明白她在说什么吗？”

“我当然明白。我当时就想，这话对于新婚的表嫂来说，可不是什么好兆头。敬完酒以后，我走到她们那里，看见那个女人还在说，她分开自己的两条大腿，不是坐，而是骑在一只凳子上，一副火烧火燎的样子。”

“这些事情我一点儿也不知道。”王家峪轻声地说道。

“因为你不在场。”表弟说，“我非常难过。”

王家峪出神地听着，像一个聆听故事的、耽于幻想的孩子。他坐在床上，坐在表弟的对面。

看着表弟，听着他的讲述，王家峪感到自己正在从一个遥远的梦里逐渐清醒过来。

五

婚礼在午后达到了高潮，像滚雪球一样越滚越大，谁也不知道一共有多少人在这里吃饭，有多少张嘴在说话、交谈。在王家峪的父亲的紊乱而烟熏火燎的记忆里，仿佛全世界的人都来了。他和他的老伴两个人被众人用各种颜色涂抹得五彩缤纷，光怪陆离，看上去像两个上了年纪的小丑。欢乐与兴奋填平了各种年龄之间的界线，使人们不再有尊长老幼之分，所有的人都像兄弟姐妹一样。一位牙齿特别长的客人面对一道菜，对同桌的人说：

“我不明白为什么叫‘鱼香肉丝’，这哪有鱼的影子？”

王家峪的父亲涂着油彩走过来，笑着对他们说：

“一开始就叫成那样了。依我看，叫‘狗香肉丝’也未尝不可。”

他几乎成为婚礼上最活跃的人物，特殊的身份使他可以与所见到的每一个人进行程度不同的交谈。与某一位做母亲的女人说话时，他会腾出一只手拍拍她的孩子的脸，或者象征性地拽拽孩子的小辫。到处都能看到他的影子，这使他像一个会使幻术的善于分身的妖人，而且，每个人都能得到他的一些笑容。父亲的形象使身为新郎的王家峪感到汗颜，他尤其担心新娘在看到父亲的这种样子时会做何感想。不久以后，他将父亲叫到一边，半是埋怨半是劝谏地说：

“你看你像个什么样子。”

“怎么了？我怎么了？”父亲不解地问道。“我有什么过火的行为和不对头的地方吗？”

王家峪充满哀怨地瞥了父亲一眼，低下头。

“你懂什么！我是为了活跃空气，为了让婚礼的气氛更浓一些。”父亲大概明白了王家峪的意思后，理直气壮地说道。“也是我的人缘好，一个人缘不好的寡人，伸着脸过去，也未必有人会抬举你，更别说会有人给你化妆了。”

父亲将人们的嬉闹理解成为对自己的化妆，王家峪的头压得更低了。

这时，王家峪的表弟走过来，对王家峪的父亲说：

“舅舅，表哥的话也不无道理。”

“什么意思？”

“我是说，今天是表哥结婚，而不是您。”

“我难道不知道是他在结婚？用不着你来提醒我。”

“所以我劝您多一些沉稳，少一些激动。”

"什么意思？你想说什么？"

"舅舅，您不觉得您今天的行为多少有些喧宾夺主吗？"

"我喧宾夺主？我没有喧宾夺主。"

三个人悄悄地不欢而散。王家峪的父亲很快又将自己汇入到了汹涌起伏的人声之中。

"这老头，王八吃秤砣，铁了心了。"表弟对王家峪说，"真不知道他要干什么。"

"让他去疯吧，我们不管他了。"王家峪抑郁而有些伤感地说道。

"他看上去比你还要轻浮。"表弟对王家峪说，"这年头的老头老太们，个个都像妖精一样让人可怕。"

下午大约过去一半的时候，身心极度疲惫的王家峪来到厨房里。从昨天下午到现在，他没有吃过一口东西。一位厨师从盘子里拿起一个苹果送给他。王家峪坐在一只低矮的凳子上，擦拭完脸上的热汗之后，他正要将那个苹果放在嘴边，厨房的门突然被推开了。

一位客人出现在门口。

"啊，终于让我逮住你了！"客人兴奋地说道。

这位客人是来找王家峪谈话的，目的是为了追寻人生的终极意义，搞清楚一个人活在这个世界上究竟是为了什么？这个世界本身究竟有什么意义？是否值得每一个人流连忘返？谈话的基础当然是一开始就建立在婚姻之上，因为从今天开始，王家峪就是一个有妻室的人了，不再是孤单的一个。但客人所持的论点却是：婚姻——就算它美好无比——并不能给人带来什么，并不能帮助一个人解决真正的问题。这位试图从根本上否认婚姻的客人对王家峪说：

“一般说来，婚姻所能解决的只是一些生理上的问题。但事物是一分为二的，人们往往满足了一时的需要之后，总是得意忘形地忽略了它的背面，即它在解决一些问题的同时，又在引发出一些另外的问题，而这些问题——诸如气虚或肾衰——是在婚姻的基础上才有的；一个人要是没有婚姻，也许就不会有这些问题，但麻烦的是，一个人要是不结婚，最初的那些问题便无法得到解决，一切也都无从谈起，矛盾就在这里。这就叫按下葫芦又起了瓢。”

客人滔滔不绝地说着，并未注意到王家峪满脸的倦意。他想给自己找到一只小凳子，但四处寻觅不得，于是就蹲在王家峪的对面。过了一会儿，他突然停止了诉说，因为他听到一种声音——王家峪睡着了。

那时候，王家峪也听到了自己的一阵鼾声。他像被人从背后狠狠地打了一下一样，猛然睁开眼睛，用袖子擦去嘴边的一缕口水，不无惭愧地对蹲在他面前的客人说：

“对不起。请接着说吧。”

“矛盾很快就暴露出来了。”客人笑了一下，显得胸有成竹地说道，“不妨假设一下，要是没有眼前这场婚姻，你老弟何至于累成这样？”

“我不累。”王家峪勉强笑着说。

“假话！一听就知道是假话。”客人指着他的鼻子说，“怎么能不累呢？你累极了，可以说一塌糊涂，很难有什么事能让你再打起精神。”

“我很好，我很精神。”

“不，目前看来你很不好。你知道今天一共来了多少客人？这个问题恐怕你永远也没有机会和可能搞清楚了。你认识我吗？知道我是谁？”

“你是王英。”

客人摇头否认。

“孔祥云？……孟繁水？”

仿佛车胎撒气一样，从客人的唇齿之间发出“嗤”的一声。王家峪似乎被提醒了，他几乎有些激动地叫道：

“老罗？罗建军！啊，我想起来了，你就是罗建军，是的。”

“什么罗建军！不要再乱猜了。”客人说，“看来和我估计的一样，绝大多数的客人对你来说都形同路人。至于我，既不叫王英，也不姓孔孟。”

“你也不是罗建军？”

“当然不是。不要再试探了，你永远也猜不着的。”

“你到底是谁？”

不久以后，强烈的睡意又一次断送了他们之间的谈话。王家峪的眼睛虽然尚未全部闭上，但整个人大致陷入一种无意识的休眠状态之中，唯有他的身体还保持着一种与人谈话，聆听教诲的十分谦恭的姿势，令人心生恻隐而又肃然起敬。一直蹲在他对面的客人终于失去了耐心，来自王家峪身上的沉重而悠远的呼吸是促使他下定决心，毅然离去的主要原因。他猛地从地上站起来，眼前突然一阵发黑，身体摇晃了几下后才渐渐稳住。这位有备而来的客人原打算趁婚礼之机“寓教于乐”，但现在看来显然已行不通了，毫无可能。不仅仅是由于王家峪在倦意的侵袭下什么都听不进去，最让他感到不可思议的是，他自己也从一个信心十足的人变得异常悲愤而丧气，他的心绪完全被搅乱了。不久，他很快又让自己重新回到婚礼之中，沉默寡言地在一个陌生的位置上滞留了一会儿，眼前不住地闪现出一些出师不利的悲凉情景，未等到婚礼结束，便先行离去了。

这是一个让很多人感到难以忘怀的午后，喜悦和兴奋虽然像四月的柳丝一样从每个人的脸前拂过，但更多的人记住的却是混乱与疲倦，以及与此有关的种种细枝末节。所有这一切，以一个漫长的下午存在于人们的记忆之中。没有人关心别人是否离去或继续一如既往地沉浸于婚礼的喧闹与纷扰之中，人们甚至对各自身边的人也感到变幻莫测，难以把握，因为每个人的流动性都极大，到处乱走，随意落座，位置频繁地更换，有时还没有来得及将一个人的面目特征记住，转身之际，很快又变成了另外一个人，因而，很多人感到眼花缭乱，目不暇接。注意他人，成为一件累人且棘手的事情。

六

晚饭与午饭之间没有明显的过渡，甚至看不出丝毫的距离或反差，甚至完全是午饭的延续。如果把中午看作是一根绳子，现在这根绳子依然光滑无比。而渐渐降临的暮色非但没有给人以时间飞速向前的印象，反而为这一切带来了极为模糊的色彩，带来了白天所没有的幽暗无边与影影绰绰。时光在随意伸缩，变得既虚泛又任性，很多人感到中午与晚上是一样的，还有人根本没有意识到晚上已经到来。

从昨天下午到现在，两名受雇而来的厨师一直都在不停地制作，他们大汗淋漓地在烟火油污中度过了一天一夜的时光。到最后，他们已经完全不清楚自己是在干什么，只剩下一种疲倦而机械的运动。在连续不断的接近于麻木的操作过程中，他们渐渐感到有一种行将崩溃的危险正在越来越快地向他们逼近。那位中年的厨师扔下勺子，用一只手托住自己的头，像一个失眠症患者一样痛苦万分地对自己的助手说：

“现在几点了？什么时候了？”

“不知道。”年轻的助手说。

“但愿他们不再要什么了。”厨师说，“这时候要是突然提出再增加两道菜，我就要疯了。我已经闻到那种越来越近的让人发疯的气息了。”

年轻的助手则抱怨自己自始至终一直未能一睹新娘子的芳容，他不无悲哀地感到自己是一个永远与桃花运无关的人，一个永远背时的人。“菜烧得再好又有什么用？”从昨天下午到现在，他的活动范围和生存空间一直被限定在这间低矮破旧的厨房之内，只在昨晚夜深人静之后才有机会在附近一带的月光下形单影只地走了走。仿佛是为了女眷们的安危，他像过去年代里的那些好色的僧人或道士一样被提防着，这使他感到无限委屈。“我并不是打算要干什么，”他想，“我只不过是看她们一眼。”透过烟熏火燎的日常生活，眺望远处，借机喘息一下，这倒是他很想做的一件事。

在某些问题上，两位厨师没有取得共识，达到一致。年轻的助手提出一个一走了之，不辞而别的主意。他的师傅从痛苦中抬起头来，严肃地提醒并警告道：

“往哪走？我们的工钱还没有拿到手呢。”

仿佛被人在头上狠狠地打了一下，年轻的助手猛然清醒过来。只要稍一回味，他便惊讶地发现他的那些主意不仅禁不起推敲，而且令人作呕。诚如师傅所言，这时候往哪里走？这时候要是走了，难道一天一夜就白干了。有人正巴不得他们不辞而别，正盼望他们借着夜色的掩护逃跑呢，逃得越远越好。师傅告诫他，越是这种时候，越要坚守自己的岗位，除了厨房，哪里也不去，无论外面有什么，也不为所动。

于是，他们继续滞留在厨房里。

师傅还告诉年轻的助手，所有的新娘子都是一样的，所有的女人也都是一样的，熄灯后的感觉尤其一样，无不表现出惊人的一致性，有的甚至连大同小异都谈不上。天生一个仙人洞，千人一面，千篇一律，没有什么过多而特别的奥秘。漏掉一个不看无伤大雅，并不会因此缺少了什么。每天都有无数的人在结婚，在这里看不到的，在别处还可以无数次地目睹。

年轻的助手说："我好像有些明白了。"

天快黑的时候，有人端来两杯水，王家峪起初像一位局促不安的客人一样再三表示不喝。杯子放在他的脸前，他的眼睛看着窗外。杯子里的热气渐渐使他的脸湿润了。不久，他怀着一种恭敬不如从命的心情，端起面前的杯子，很快就将水喝光了。过了一会儿，又有人端来两杯水，他很快又喝光了。

天快黑的时候，他忽然想起一件事。

七

暮色渐渐地遮住了已经持续了整整一天的喜悦。在黑暗将要代替一切的时候，王家峪对前来看望自己的表弟说：

"有一件事我一直想说，但又恐怕因记得不准而说错了，被人看成是一个什么也不懂的白痴。"

"什么事？"表弟吃惊地看着他说，"你放心说吧，说错了也没关系，没人会笑话你。至于我，无论任何时候，都不会认为你是一个白痴。”

“十几年前的时候，好像是一个下午，是谁把我推到一个女人身上去的？当时我正在专心地剥豆子，猛不防被人从后面推了一下。”

“竟有这样的事？”表弟更加惊讶地说道。

“那个女人有三十八九岁了，她用她的两条腿紧紧地把我夹住，声称要将我活活夹死。”

“有一点我必须声明，那不是我干的。”表弟说。

“我想不起是谁干的。”王家峪说，“这些天，我认真地想了很久，但一直什么都想不起来。我不知道是谁在我的后面推了我一下。”

“你应该清楚，那时候我还很小，根本没有力气推动你。我哪有那么大的劲？倒是我自己时常被你一推一个跟头，这你总还记得吧？你不会都忘了吧？”

“那么，我剥豆子的时候，你在哪里？”

“我怎么能知道？也许我也在剥豆子——帮你剥豆子。从小到大，我不知为你做过多少事。我一直替你效劳，且总是无偿的。”

“话不好这样说，哪一次剥完豆子以后，我没有犒赏过你？十次有九次，每次我至少要送给你一个又大又沙的烧土豆。”

“‘至少’？好像应该说‘只是’才对。我的劳动难道就值一个土豆吗？过去的事我看就不要再提了。”

天快黑的时候，王家峪忽然想起一件事。他对在暮色里变得极其模糊，甚至只剩下一个轮廓的表弟说：

“有一位叫李富的客人，你还记得吗？”

“是的，”表弟说，“还有点印象。”

“他好像是我们的一位亲戚。”王家峪吃力地在缓慢的回忆中确认道，“为什么这个时候还不见他来吃晚饭？晚饭已经开始了，是吧？”

“也可以这样说。事实上午饭一直就没有结束。”表弟说，“不过，不管怎么样，他都已经不可能来吃晚饭了。”

“为什么？出了什么事？我们不应该让每一位客人受到冷落。”

“因为我已经按照你的吩咐把他打发走了。他走的时候，看上去倒是显得很热。”

“打发走了？”

“他单方面提出无理要求，要乘飞机回去。”

“他要回哪里去？他是河对面白杨树的人，当过十几年基层干部。”

“我用一张站台票把他送到一列即将要开走的火车上。”表弟说，“火车很长，看不见头尾。他的头从车窗里探出来，狐疑地问我：‘这是什么飞机？为什么和天上飞的那一种不一样？’”

“我告诉他说天上飞的那种很容易爆炸，还经常像带血的死鸟一样掉下来，而这一种却完全不需要担心它坠毁，它最多也就是猛烈的摇晃几下。”

“‘那我就放心了。’他说，‘再见吧。’”

“他没再说什么吗？”

“哪里还能再说什么，一到座位上，他很快就睡着了。”

“他手里有票吗?”

“有一张站台票。”

“可怜的李富！他已在不知不觉中骑上了老虎，是你让他骑上去的。当他睁开眼的时候，他的麻烦也就随着到了。”

八

表弟看到自己的影子以一种十分虚幻的形式依附在屋里的墙上，给这间新婚的房子蒙上了一片挥之不去的难以驱散的阴影，这使他变得忧心忡忡，神色不安。幸亏没有引起更多人的注意。“除非我离去。”表弟暗自想道，“否则那阴影将永远存在。”他用一些不易察觉的动作试图改变那种使他深感不安的图景，但收效甚微，反而看到它越来越黑。

早晨的时候，当王家峪穿戴一新，披挂整齐以后，曾漫不经心地对表弟说，结婚事实上也没有多大的意义，因为几乎所有的新娘差不多都是一样的。由此上溯到更多的人，所有的女人也都完全是一样的。他的这番话与那位厨师告诫其助手的话不谋而合，如出一辙。但王家峪的表弟却与那位年轻的助手不同，他对表哥的话充满了怀疑与不信。王家峪是用一种既得利益者的口吻谈论这件事的，尽管不乏自嘲，但仍然使表弟感到有些反感，他听出他话里的弦外之音和某些其他意蕴。“那怎么可能呢?”表弟想，人与人怎么会一模一样呢？世界上没有相同的两件事，两个人。人与人活着的时候难以求同，即使死了，也还是很难一样。死人与死人也是不一样的，尽管大家都是死人，不一样就是不一样。就说他的这位表哥，他才见识过几个女人，新婚的早晨就做出如此不尽沧桑的结论？那完全是在以点代面，一叶障目，那不过是他的一孔之见。喜悦尚未正式到来，早晨的霞光已提前映红了他的脸，使他变得心神不宁，目光闪烁，言谈举止之间充满了令人费解的叵测之意。

“是的，那真正是他的一孔之见。”过了一会儿，表弟又想道。

表弟在几年前曾做过一件令自己懊悔不已的事，失手打了一个叫贾小山的人一个耳光，此后，贾小山的五官和头一直向右倾斜着，几经医治无效。后来，有人告诉贾小山一个非常古老的秘方：解铃还须系铃人。急病乱求医的贾小山恍然大悟，于是决定去找王家峪的表弟。当初他打的是他的左脸，现在，他请王家峪的表弟在自己的右脸上下手，再打一下，希望再能帮他打回来。

贾小山找到王家峪的表弟时，表弟感到大祸临头，闻到四周飘满了强烈的血腥的气息。

“你终于来了。”王家峪的表弟故作镇静地对兴冲冲地到来的贾小山说，“我就等着这一天呢。是祸躲不过，请动手吧。”

“说什么傻话!”贾小山对王家峪的表弟说，“我是来请你动手的。”

“自从那年不小心打了你，我没有愉快地活过一天。”王家峪的表弟说。

“什么也别说了，请快些动手吧。”贾小山有些急躁地说。“我来找你，就是为了这事。”

“我怎么能再打你？我已经对不起你了。绝对不行。”

“行，怎么不行？赶快动手吧，再给我来一下。”

“老贾，我坚决不能打你。我把你打成什么了，你现在的模样让我感到难过死了。”

“是的，我就是为了改变这模样才来的。”

“实在不行，我打我自己可以吗？你可以监督，我绝不手软。”

“那怎么行？那绝对不行。打你自己是没用的。你要明白，你不是在打我，而是在替我治病。像我这样的疑难杂症，没有人能够治得了，专家教授，江湖郎中，全都没有办法，只有你才能手到病除。”

在贾小山的再三恳求下，王家峪的表弟又打了他一个耳光。那时候，表弟有一种重温旧梦的感觉。贾小山的五官很快得到矫正，恢复了正常。几年来为了治病，不知花了多少钱，但从未听到过任何一种声响。现在，他听到响声了。真正的响声来自于一次迟疑但不乏响亮的重逢。他感激得无法用言语表达自己的心情，掏出身上仅有的四十元钱要送给王家峪的表弟。表弟执意拒绝收下，贾小山见状难过得流下了眼泪。表弟又一次遇到了令自己手足无措的事情。

“打了人还要拿钱，世上哪有这样的事。”表弟说。

“看病哪能不花钱，世上也没有这样的事。”贾小山说。

“四十元绝对不行。”表弟对贾小山说，“我拿二十吧。”

表弟看到贾小山笑了。于是，他收下了他的二十元。

表弟在外面欠了很多钱，因为无法偿还，很长一段时间以来，一直东躲西藏，四处奔逃。究竟欠了多少，现在连他自己也记不清楚了，往事如苍茫暝晦的暮色一样存在于他的心中。每当夜深人静的时候，表弟常常会感到自己像一只被猎人追赶的兔子，无时无刻不处于奔逃与喘息之间。猎人是众多的，而兔子却只有他一个，他的周围和面前布满了陷阱和杀机，他的危险性越来越大，与日俱增。表弟强烈地预感到自己终有被众人合围捕获的那一天，那也许就是他的末日。他已经许久没有回过自己的家了。有一天深夜，他秘密地潜回家里。在窗户外面，他听到他的妻子正在哄他们的孩子睡觉，她一边轻轻地拍着孩子，一边唱着“摇篮曲”：

“宝贝，快睡吧，你爸爸正在过着动荡的生活……”

他没有推门进去，很快又转身消失在茫茫的夜色之中。我动荡不安并不是由于参加了游击队，而是因为欠了别人很多的钱不敢回家。他想。事实上他过的完全是一种游击队的生活，但在某些方面远不能与游击队相提并论。游击队还时有出击，骚扰一下的时候，他却从来没有。更多的时候只是疲于奔命。看来他只能与兔子相提并论了，兔子才是他目前生活的真实写照与另一种身份。

在表哥王家峪的家里，借着为表哥筹备婚礼，他获得了一种从未有过的解脱与轻松，尽管包括欢乐在内的一切都是暂时的，甚至是别人的，但也足以让他这个长年奔逃，已惯于晓行夜宿的人感到十分满意了。有好几天，他几乎忘记与自己有关的一切，包括他的唱着摇篮曲的妻子和那些永远纠缠不清的债务，以及无数个不眠之夜。渐渐地，随着时间的推移，他将自己融入即将到来的婚礼之中。他觉得这桩喜事完全是冲着他来的，完全是他个人的一件私事。当表哥王家峪在他的眼里忽然变得像一个为他跑龙套的人一样时，他开始觉得自己就是新郎了。人们把他的这种只有他自己才知道的变化看成是一种单纯的热情和对于表哥婚事的全身心的投入，因而他不断地得到赞赏与褒奖，那是他有生以来听到过好话最密集的时期。他都理所当然地一一接受了，并理解为是对喜事本身的一种正常的祝贺与礼貌，因为他本人就是喜事的象征与代表，因而所有的褒扬与甜言蜜语都将顺理成章地无一例外地由他来领受。

黎明之前，天还没有亮的时候，他忽然醒来了。婚礼将在天亮以后的上午开始。前来为婚礼帮忙的人们起得比他还要早，他们已经在厨房里忙了好一阵子了。人们的身影在烟雾与灯光中穿梭往来，他从中听到哗哗不断的水声和走路的声音。同样是使用刀，切菜的声音与砍肉的声音是完全不同的两种声音，他分辨得一清二楚。他感到自己的脑子很清醒，甚至比以往任何时候都更加充满了想象与智慧。他爬起来，隔着窗户向雾气弥漫的厨房里看了一阵，不久又重新躺下，幸福地闭上眼睛。

"这一天终于来到了。"他喃喃地对自己说道。

"人人都得结婚，我也不能例外。"过了一会儿，他又说道，"这么多人起早贪黑地为我忙碌，我还有什么好说的？该结就结吧，不然能对得起谁？连厨房里那些烟熏火燎的帮忙的人们也对不起。就算是一个鬼门关，我也必须得过了。"

在距离婚礼三天前的一个午后，王家峪在纷繁的事务中忽然想起一件最让他感到担心的事，他特别提醒表弟：如无万不得已的事，尽量不要频繁地在婚礼上抛头露面，婚礼上人多眼杂，以免某些人将他认出来，因为谁也很难保证来的人中间没有一位是追逐他多日的债主。表弟当时听了，一边浑身哆嗦，一边在一旁点头称是。

在距离婚礼还有一天的时候，王家峪又一次向表弟重复了自己在两天前说过的话。

他们坐在院里的潮湿的台阶上，一边说话，一边似乎在等待着一件事情的到来。

新近雇来的两名厨师正在将整扇整扇的猪羊按照不同的部位分割成一堆一堆的小块，化整为零。那位中年的厨师剃着光头，宽盘大脸，虎背熊腰，看上去更像是一位在寺院里执掌事务的阅历甚广的僧人。他一边用一把锋利的小刀慢慢地割肉，一边对他的那个挥动着斧子砍骨头的助手说：

“智清，这回该你露一手了。”

“我不敢露，我怕弄砸了。”名叫智清的年轻助手说，“那样一来，人们也许会把我吃了。”

“放心地露吧，有我呢。”中年的厨师说。

不久以后，中年的厨师先是取下一个紫红色的猪腰子，接着又取下一个同样颜色的羊腰子，还有一根像生日蜡烛一样粗细的羊鞭。他将三样东西拿在手里，对坐在台阶上的脸色苍白的王家峪说：

“过一会儿你到厨房里来，我把它们炖熟了，给你补一补。”

“补什么？”王家峪说。

“补你的身体。”厨师说，“你看上去十分的虚弱。”

“我需要补吗？”王家峪不解地看看厨师，又看看身边的表弟，笑着说道，“我不需要补。我看见它们就感到恶心。把它们拿走，我不需要补。”

“怎么不需要？太需要了。”厨师有些蛮横甚至不容分说地说道，“一个小时以后，你到厨房里来吧。”

“我去厨房干什么？我又不是厨师，我不去厨房。”王家峪有些生气地说道。

“我是过来人，我是在为你着想。你看看你的脸。”厨师一边说着，一边托着那三样东西走进了厨房里。

"我不明白他要干什么。"王家峪对表弟说。

"我明白，他说得对。"表弟对王家峪说，"一个小时以后，你就到厨房里去吧。"

"我就不去，"王家峪说，"要去你去。"

"我去干什么？你应该去。你看看你的脸。"

表弟后面的话与那个厨师的话几乎是一个腔调。王家峪有些烦躁地说：

"我的脸怎么了？"

九

"你看上去比中午的时候好多了。"

表弟从暮色中进来，对王家峪说。表弟显得十分焦渴，他看到王家峪的面前放着两杯水，于是就端起来很快将它们喝光了。过了一会儿，又有人端来两杯水，他很快又将它们喝光了。

"有一件事我一直不放心。"王家峪对表弟说，"你把那个叫李富的客人送到哪里去了？"

"我把他送到了河边。"表弟说，"河对面就是他们的村子。等他睁开眼的时候，就能看到他的家了。"

"他在河边睡着了？"

"是的。"

"你没有遇到你的那些债主吧？"

"还好，还算幸运。"表弟看了看王家峪的脸，说道，"不过，我遇到了另外一个人，一个完全出乎我们意料之外的人。"

"什么人？"

“他是表嫂的一位哥哥。我遇到他的时候，看见他买了很多东西，光鱼就有两筐，光猪头就有八个，另外还有数不清的猪手。”

“他买那么多东西要干什么?”

“这也正是我要问他的。他说他正在为他的妹妹的婚礼做准备。顺便问一句，表嫂有几个妹妹?”

“一个都没有。据我所知，她是她们家最小的；她的上面有两个已出嫁的姐姐和两个已成家的哥哥。是的，我娶的是她们家最小的一个。”

“这就对了。所以，我告诉他说，婚礼已经结束了，我正在遣送客人，但他不信。”

王家峪忽然像一根蜡烛一样朝一边倒去。表弟伸手去扶他时，有一种被烫伤的感觉迅速地传遍了表弟的全身。王家峪倒下去的时候，仿佛被风吹灭了，变得无声无息。表弟一边摇晃他，一边呼唤他。有一个喝过水后的空杯子没有来得及滚出去，被压在他的身体下面，不久以后变成一声低沉的闷响。表弟看到自己的一只手在距离自己身体很远的地方忙碌着，有时又出现短暂的停顿或僵立，像一个犹豫不决的人蹲在那里。

表弟闻到表哥王家峪的身上散发出一种冬日里干草的气息。在他的眼里，表哥王家峪整个人也像一捆干草一样苍黄而轻软，偶尔才会泛起某些细微的响动。表弟感到自己的心里很乱，这使他的一条手臂不断地在自己的脸前挥来挥去，仿佛要将什么赶走。他不时地发出一种猫一样的怒吼，这声音尽管很低，但总是能够将他自己吓一跳，使他感到既害怕又无法完全控制，使他不住地将恐惧不安的目光投向窗外。

表弟听到自己的声音里充满了怀疑与冲动。

天开始黑了。

过了一会儿，王家峪睁开了眼睛。他有些颓丧而无可奈何地说道：

“我不知道他买那么多猪头干什么呀？”

“可怕的还不是那几个猪头，”表弟对他说，“而是那两大筐鱼，还有那些数不清的猪手。”

“那也还不是最可怕的。”他说。

不久以后，他的这种担心变成了一种真正的忧虑。当他从家里出来，走到街门外时，看到人们正在三三两两地站在一起说话，有的还不住地向他这边张望，翘首以待，似乎在期盼着一件事情的出现或到来。距离他不远处的几个人已经停下来不再说话了，因为他们看到他出来了，并正在注视着他们。他们多少显得有点尴尬，手足无措。他仿佛看到一个诡秘的话题或消息正在晚间的雾霭中不胫而走……

“你估计他们在议论什么？”王家峪向表弟打听道，“天气？收成？贪污？寻欢作乐？”

“那怎么能知道？”表弟隐在他的身后，言语如同他的影子一样模糊不清。“我们又没有在他们的身上安装窃听器，他们说什么，我们怎么能知道？我们永远也不可能知道。”表弟的声音仿佛雨前的天气一样异常沉闷而又无比沮丧。

“永远也不可能知道吗？”王家峪回头看着表弟说。

表弟看上去被他的问话明显地吓了一跳。“你说是天气或寻欢作乐，就算是天气或寻欢作乐吧。”表弟顺水推舟地说道。之后，表弟又在心里说道：“你懂得什么叫寻欢作乐！”

“‘就算是’是什么意思？”

“他们就是在说那种事情，和你看到的一样。”

“你看到什么了？”王家峪问表弟，眼睛却看着那些人。

“我不知道。”表弟说。

“我以为他们是在说我，你说呢？”王家峪突然又转过身来，盯着表弟说道。“他们难道不是在说我？”那时候，他忽然感到自己看到一种令人心悸的东西，他的嘴张了几下，但没有说出来。

“我不知道。”表弟说。

“他们就是在说我。”王家峪说，“你的脸非常红，通红的，潮红的，红极了。”

他们闻到了风中飘来的红白两种颜色的荆棘和荨麻草的青涩的苦味。没有人过来与他们说话，有两个人在看到他们以后便迅速地离去了。表弟像一个飘忽的影子一样不断地出现在王家峪的身后，他似乎已只能徒具其表地这样转一转了，无法再为自己的表哥提供任何意义上的帮助，灵机一动或出谋划策就更谈不上了。

“我们到底出了什么事，这样引人注意？”王家峪在苍茫的暮色中茫然不解地向表弟询问道。

“因为今天是你结婚的日子，他们大概是闻到了结婚的味道。”表弟小声地在一旁说道。

结婚是什么味道？王家峪轻轻地哼了一声。也许就是那种醉醺醺的喧哗与眩晕的体验。婚礼的味道难以言状，他只对曾经目睹过的一幕幕丧事存有余悸，因为那时候才有一种能清晰地闻到的不同于日常生活的味道。一个人断气了，到处都能闻到明显的死人味，到处都散发着不祥的死亡的气息，与此有关的每一个活人的身上也都或多或少地带着一种难以抹去的死相，仿佛全都登记在册，提前打上了死亡的烙印。表弟只说对了很小的一点，但那并不是他想要知道的，因而也完全没有涉及事情的全部和核心。从黄昏开始以后，忙碌了一天的表弟逐渐在他的眼里变得狡诈，虚假，推卸责任，甚至动不动就言过其实，谎话不断，总是有意无意地在回避着什么。谁想他竟是这么一个人，他的心里充满了憎恶。他开始意识到自己对他缺乏深入全面的了解。多少年来，虽然表面看上去熟得不能再熟，但现在看来却远不是那么回事。你的身边时常有一个人，但实质上却等于没有一样。

这样一想之后，他开始突然感到真正有些孤立无援了。

他再没有和表弟说一句话。他渐渐地发现，不仅远处不断地有人向他这边指指点点，甚至连家里的房子和街门都有人在暗中盯着。他有些悲凉地在家门口站了一会儿，直到一个新的决定在脑子里慢慢形成以后，他仍然不知道站在远处和附近的那些人们在等待什么。

十

“天那么黑，你怎么能看得那么仔细？我的脸真有那么红吗？”

表弟在黑暗中说道。

这天晚些时候，王家峪到了岳母的家里。他的一朵别在左胸前的象征喜庆与吉祥的红绢花在路上被风吹掉了，他毫无察觉。走进院里以后，他感到岳母的家里无声无息，异常寂静。

没有人在家。钟在屋里走着。

王家峪站在门口，打量着屋里的情形。过了一会儿从西边的房子里传来一个女人的压低了的呻吟。

那声音将王家峪吓了一跳。于是，他高声地问了一声。不久以后，他看到新娘赵玲的姐姐赵青掀起帘子，从西边的房子里走了出来。这个出嫁已多年的女人面色潮红，神情十分慌张地整理着身上的衣服。当看到进来的人是王家峪的时候，她似乎又一下放松了许多。

她用一种自然而又娴熟的动作将裤子前面的拉链轻轻地拉上；与此同时，也让镇定与沉着回到自己的尚存着几分酡红的脸上。

“家里怎么没人?”王家峪对她说。

“我不是人吗?”她说。她用最快的速度和一种只有她自己才深谙的最便捷的方式恢复了常态。

“我是说其他的人，他们都干什么去了?”王家峪为自己的唐突而感到不安，认真地解释道。

“没想到你还是那么不会说话。”赵青叹息了一声，对王家峪说道。她显得有些倦怠而慵懒，又有一种深藏不住的对于某种往事的意犹未尽的眷恋，它们不久前刚刚逝去，尚未走远，尚未完全烟消云散。

王家峪看着面前的女人。他想起了距此两年前的一个夏天的晚上，在夜来香和合欢树混合弥漫的空气里，她站在窗户里面，神情慵懒而又有些急切地对他说：

“有什么事进来说吧。”

晚间浮动的暗香在风尘仆仆的王家峪的脸前萦绕不去。窗户是开着的，他看到她只穿着很少的衣服，又似乎什么都没穿，如同镶嵌在窗户里的一幅半身像一样清晰而又模糊地浮现在他的眼前。他有些心惊肉跳地问道：

“家里怎么没人?”

“我不是人吗?”她说。

“我说的是其他的人，他们都干什么去了？赵玲干什么去了?”王家峪的脸红了，声音与勇气仿佛都被淋湿了，变得艰难、滞重而苦涩。那时候他感到自己站在窗外，像一棵因受潮而发霉开始从内心深处渐渐死去的树，外表虽然还呈现着青翠与苍劲，但根须却正在暗中收缩，在枯朽中动摇。他被笼罩在晚间的树木的气息和四处弥漫的花香压得有些喘不过气来。那以后他开始意识到自己不知什么时候已被裹挟在一种幽晦无边的水气之中。

“赵玲干什么去了?”他说。

柔软的树枝和湿漉漉的花茎垂在他的身边，有些挂到他的肩上，不经意间成为他身体的一部分。他没有留意到这些。一种过于潮湿的坠落在水中的感觉为他的身心带来了意想不到的沉重和自上而下的痛苦。对于这样的突然到来的变化，连他自己也感到害怕。以前的一些经验不仅丝毫不足为凭，而且在关键的时候总是显得毫无意义。站在敞开的窗前和花木的重重阴气之中，他有些魂不守舍地想道。不管什么时候来，总是没有人在家。慢慢地他发现寂静甚至销声匿迹也不能让他很好地集中精力，不能始终如一地专注于某一件事情。他开始走神，思绪纷乱而又不无羞怯，仿佛四周的繁茂的树木和娇媚之气十足的花瓣，某些念头刚一闪现，还没有来得及深究或回味，很快就又像纤细脆弱的花茎一样被轻而易举地折断了。

他的那种惶恐不安的魂飞魄散的样子使得站在窗户里的赵青大为不满。

“早晚是要成为一家的，难道你永远不打算进来了吗？”她的嵌在窗前的半身像冲着他说道，“每次来了，都像一个邮差一样隔着窗户说几句话。你非要把自己弄成这样，我们也没有什么办法，看来我们只能把你当作一名邮差看了。”

“我不是什么邮差。”他诚恳地赔着笑脸说道。说完之后，才发现她的身影已从窗前消失了。

她的话不无道理。剩下他一个人了，他在水蒙蒙的充满绿意的天气里想道。她说得很对。他哪里是什么邮差！他怎么会把自己装扮成邮差的样子？这样想过之后，他忽然感到自己变得轻松多了。他几乎有些惊喜地发现，接踵而来的轻松又为他带来了某种前所未有的幸福，并迅速地向他展示了其中的一页。

于是，他鼓起勇气，用颤抖的手打开门，轻轻地走了进去。

搁置在记忆另一端的是又一个水蒙蒙的浮现着树木般的绿意的傍晚，虽然周围一带的天空像沙滩一样有些微微发红，甚至红得有些过于夸张，充满了人为的痕迹和色彩；云彩也仿佛刚刚被明亮的犁铧犁过，但二者在很多方面却有着惊人的相似之处。在敞开的窗户里面，赵青呼吸着晚间的花香，她给风尘仆仆地到来的王家峪留下一种强烈而眩晕的印象——一种成熟的金黄的气息扑面而来，以至于使一直处于喘息与恍惚之间的王家峪判断不出她的身上是否穿着衣服？他仿佛在面对一个久攻不破的谜语。天快要黑了，但他仍然没有答案，一切也都没有结论。

“……看来我们只能把你看成是一名匆匆路过的邮差了。”

“我不是邮差！”他用一种争辩的语气说道，几乎是在痛苦地呼喊。说完之后，才发现她的身影不知什么时候已从窗前消失了。

她的话不无道理。剩下他一个人了，他在水蒙蒙的充满绿意的天气里想道。她说得很对。他哪里是什么邮差？他怎么会把自己装扮成邮差的样子？这样想过之后，他忽然感到自己变得轻松多了。他几乎有些惊喜地发现，接踵而来的轻松又为他带来了某种前所未有的幸福，并迅速地向他展示了其中的一页。

于是，他像一阵风一样走了进去。

“来了，我来了！我已经进来了！”

十　一

很长时间内没人回来。

当赵青又一次来到窗前的时候，看到外面有一个人，正在朝屋里张望。她被吓了一跳，发出一声脆利的惊叫。很快，王家峪也来到窗前，他看到赵青正在遮掩自己的胸前。王家峪对她说：

“不要怕，那不是一个坏人。”

王家峪看到表弟站在外面。眼前的景象使他意识到自己比身边的这个女人更加吃惊。

“你怎么来了，”王家峪对表弟说，“谁让你来的？”

“我让我来的。”表弟用手分开面前的湿漉漉的花茎，来到窗前说，“我以为你需要我的帮助。”

“你以为？你以为你是谁？”王家峪有些生气地说。

“我以为我是你的表弟，难道不是？”表弟说。

“那不一定，那要看情况。”王家峪高声地几乎有些蛮不讲理地说道，“就算是，你以为你就能帮得了我吗？”

“王家峪，我难道没有帮过你吗？一次也没有？”

表弟的身体站在窗外，一只手却因情绪过于激越起伏而冲动不安地伸进了窗户里，在赵青和王家峪——主要是王家峪——的面前挥舞着。赵青已不像刚看到表弟时那样感到害怕了，但依然保持着一种难以掩饰的惊讶。她饶有兴趣而又不太明白地看着两个男人在面对面地隔着窗户争吵。在表弟的眼里，表哥王家峪和眼前的这个女人并肩站在一起，他们的身体之间看不到什么距离，他们像两只准备冲出窗户，比翼齐飞的鸟。表弟看到眼前的情形，感到自己难过极了。表弟这样想着，突然将王家峪推到那个女人的身上。

那时候，王家峪觉得自己正在狂奔，他仿佛又回到了十几年前的那个午后。太阳很白，有一大堆豆子要等着他剥。

早上出的是白太阳，到午后渐渐变得晕黄而迷离，使每个人都有一种斑斓无比的体验。

王家峪怀着一种无悲无喜的心情站在炫目的光线里。

一位戴着假发，衣着体面的客人对王家峪说：

“新娘子在哪里？能否请出来让我等一饱眼福？”

“不要急。”王家峪笑着说，“到时候我让她出来，让大家看个够。”

戴假发的人离去之后，又有一位客人走过来，对王家峪说：

“你们把新娘子藏到哪里去了？都这个时候了，为什么还一直不见出来？”

“会出来的，就要出来了。”王家峪笑着说。

“再等等吧。”另一位知趣的客人善解人意地说，“性急吃不了热豆腐。她不出来，你着急也没办法。”

他们走后不久，王家峪看到一位二十多岁的胸部平坦的女客站在台阶上不住地向内房里焦急如焚地张望着。她引颈眺望，翘首期盼的样子引起了王家峪的注意。于是，他走到她的身边，轻声问道：

“您要找什么？洗手间？”

那位女客看了一眼身边的王家峪，依然焦虑不安而又心不在焉地说道：

“都这个时候了，新娘子也该出来了吧？”

“是的，该出来了。”王家峪说，“到时候就出来了。”

“‘到时候’？还要到什么时候？”女人说，“都已经这时候了。”

“‘这时候’是什么时候了？”王家峪小声地问道。

在厨房外面的窗户下，有两个人正在谈话。

“由此可见，我敢肯定，新娘子一定还是一个原封未动的，像一颗还没被碰破的葡萄。”

“你怎么敢肯定？”

“你想想看，都已经这个时候了，还不见她出来，这不是摆谱又是什么？越是这样姗姗来迟，久不露面，越表明身价高，货真价实。这要是一位寡妇再嫁，她早就急不可耐地从里面蹦出来了。老骥伏枥，老马识途，中华儿女多奇志，不用扬鞭自奋蹄。”

“你的话不能说没有道理。”

“什么话！道理完全在我这一边。”

他们在窗下的谈话使王家峪的脸上掠过一片阴影。

十 二

到处都没有表弟的影子，王家峪渐渐地开始感到事情有些不祥了。他怀疑表弟遭遇了某一位甚至数位旧日的债主，现在已经自身难保了。他开始感到后悔，也许正是由于自己的某种偏执和感情用事，才使表弟在婚礼刚开始不久便像一滴水珠一样在炫目的光线里消失了，变得无影无踪，吉凶未卜。

早在签发请柬的时候，表弟就显得极为不安，甚至如坐针毡。他在王家峪的身边团团乱转，忧心忡忡。他竭力劝表哥要对前来参加婚礼的每一位客人从政治上，经济上，甚至人格上严格把关，严加审查，不合格的一个也不要发给。王家峪当时听了极为生气，表弟这样说是因为他存着一份私心，唯恐有什么闪失。王家峪当即驳斥道：

“这样搞法，还能叫婚礼吗？对每一位客人的资格进行审查，也许更像一次吹毛求疵的代表大会。”

表弟无言以对，神情无限沮丧地看着王家峪。婚礼不是他自己的婚礼，即使是，他也不可能做出多少随心所欲的决定，更无法完全控制事情的整个局面，很少有人能够做到这一点。现在看起来，这是造成他心境灰暗，情绪低落的一个重要的原因。

距离婚礼开始之前不久，有人忽然看见表弟独自一个人在一间房子里流泪。王家峪的母亲闻讯赶去，对他在大喜的日子里发出的这种异乎寻常的在她看来完全是神经质的悲音表示了极大的愤慨。她骂他是丧门星，冤家，居心叵测的乌鸦，游魂野鬼，甚至是反革命，三种人和长期隐藏在王家的坏人。之后，有人又将表弟啼哭的事告诉了王家峪，王家峪听后没有什么表示。他想，他想哭就让他哭吧，一个人要是没有什么过不去的事情是不会轻易流出眼泪的。他想到表弟也怪可怜的，像一只疲惫不堪的猎物一样终年漂泊在外，不得安生，有家难回，过着动荡凄苦而又朝不保夕的生活。王家峪没有将表弟的啼哭放在心上，唯一感到过意不去的是他自己没有专门的时间去安慰一下表弟。所有的事情都迫在眉睫，如火如荼，千头万绪，他甚至觉得连喘息一下都不得已要借助于忙里偷闲，借助于倏忽之间的缓冲。他感到自己劳累极了，身上的每一根骨头都在咯咯作响，举手投足之间，每一个动作甚至眼神都被打上了颓废或荒谬的色彩，不可避免地流露出强烈的倦意。事实上表弟的眼泪也并没有给即将就要举行的婚礼蒙上耻辱或难堪的不洁之色，更没有为这个喜庆的日子带来什么不祥之兆，因为从一开始就没有几个人知道这件事情，就连到处乱窜的、什么事情都要亲自过问一下的王家峪的父亲都闻所未闻，一无所知，可见其影响之小，可见其所带来的不良后果之微乎其微；从始至终，它只存在于一个极其窄小的面上，并未呈恶性地向外扩散，形成蔓延之势。

“我太需要休息了，需要长时间的卧床不起。”王家峪在心里对自己说，“恐怕只有天知道我的这种心情。”

人们都以为他被即将要像曙光一样出现的喜事冲昏了头脑，没有一个人以为他很想闭上眼睛睡一觉。人人都觉得喜悦可以拨云见日，冲刷掉一切，这个时候睡什么觉？客观上，情理上也不允许这样做。

一直都在到处乱窜，显得忙极了的王家峪的父亲，无论见到谁，都要说：

“快点吧！来不及了。”

他的那种焦躁、兴奋、紧张、盲动，甚至痉挛般的无事三分忙的情绪如同失眠症一样几乎影响了每一个人，他几乎很少有停下来的时候。在他的传染与影响下，人人都在动，也开始像他一样在到处乱窜；不断地有人相互撞在一起，有的当即酿成轻伤，做出无谓的牺牲，甚至从此潜伏下完全不必要的暗疾。焦躁是莫名其妙的，兴奋是莫名其妙的，紧张，盲动，痉挛和匆忙也都全是莫名其妙的。

王家峪看着乱七八糟的人们，有些惊异地想道：

“好像有人要来了？”

他看见有一个人正在他的视线之内抽搐、挣扎，其状痛苦万分。他在疑惑与惊讶中观望了一阵，不久以后才看明白，原来是厨师正在与一只将要被宰杀的羊进行着殊死的搏斗。后来，厨师与他的那位年轻的助手两个人共同将羊制服了。羊被杀死了，流出一盆红油漆一样的血。厨师土头土脸地从地上站起来，一边擦拭手上的血迹，一边不无自嘲与牢骚地说道：

“他妈的，这年头的一切都乱套了。做厨师的不仅要负责烧菜，还得负责屠宰。”

有人从王家峪的面前匆匆经过。王家峪叫住他，问道：

“是谁让厨师杀羊的？不是说有人专门负责屠宰吗？”

“我怎么知道？”那个人显得烦躁无比地说道。

厨师站在厨房门口，看着羊皮在橙黄色的光线里展开。他半是玩笑半是认真地称自己从事的是“一条龙”的事业。从亲手将羊按倒杀死，到亲手烹制出羊肉，说不定将来还得亲自去养羊也未可知。一切不过是为了填充那些坐在桌子前的嘴。那时候，做厨师的忽然有一个大胆而空前的设想，希望人能够通过自身的努力繁殖出小羊。

父亲从外面跑进来，看见王家峪时微微愣了一下。他只对他说了一句“快点吧！来不及了”。很快又匆匆地不见了。

王家峪在强烈的光线中闭上眼睛，听到眼前的纷乱正如同风雨侵蚀的墙皮一样在严重地剥落，风化。想到自己的婚礼将要在一种斑驳迷离的情景中逐渐展开，他的心情变得复杂而又难以言状。

他抓住一个六七岁的正在燃放鞭炮的小孩，问他是谁家的孩子。他说：“告诉我，你是谁？你的父母叫什么？你是跟谁来的？”小男孩突然发出一种碎玻璃一样的哭声。那锋利的声音将王家峪吓了一跳，他的神经仿佛被应声划破了。他有些手足无措地说：

“你看你，我又没有骂你，我不过是想问问你是谁家的孩子。”

小男孩不说话，眼泪汪汪地看着自己手里的一只小鞭炮。

“你这么小的年纪就出来参加别人的婚礼，这可不算是什么好事。”王家峪换上一副和颜悦色的口气对他说，“你知道今天是谁结婚吗？”

小男孩摇摇头，表示不知道。

“你知道吗？是我结婚。”王家峪说，“是的，是我，我叫王家峪。我要把一个女人娶进家门，和她结为夫妻。你看到刚刚贴上的那些对联了吗？有的写着‘百年好合’，有的写着‘白头偕老’。那些都是表面光洁的假话，你知道吗？一个人怎么可能活那么长时间？一个人怎么可能活那么长时间而不出一点儿问题？”

“你能给我放一个大炮吗？”小男孩从衣服口袋里掏出一个又粗又大的爆竹对王家峪说，“我只敢放小的，不敢放大的。

麻烦你帮我放一个吧。”

王家峪接过来看了一下，不禁有些沮丧地说道：

“这么大的爆竹，我也不敢放，从前敢，现在不敢了。”

“连你也不敢?”小男孩认真地看着他，惊讶地说道。

“你知道吗？今天我是新郎，我要是突然被炸掉一根手指，或者炸瞎一只眼睛，你们所有的人就都白来了，今天一整天就什么意义也都没有了。你不想我一只眼睛瞎了，是吧?”

“是的。”小男孩点点头。

“你去找那些十四五岁的哥哥们去吧，他们敢，他们是初生的牛犊，什么都敢。退回二十年，我也什么都敢。”

十　三

太阳升起以后，一些他不认识的人仿佛戏里的角色一样开始陆续出现。他们衣冠楚楚，花枝招展，似乎早在很久以前便已做好了粉墨登场的准备。此刻，他们正迎着朝阳，在霞光的照耀下轻松地穿越着素昧平生和网络状的关系。

王家峪笑容可掬地站在强烈的光线下。

一两个小时以后，他开始意识到那种经久不息的微笑使自己变得很累，身心疲惫，倦意如同雨后的潮气一样正源源不断地从四面八方向他袭来。

每个人都在忙着自己的事情，各司其职，各尽其能。有一个人肩上扛着两块木牌，一块牌子上写着：“此处禁止小便”，另一块牌子上写着：“此处禁止放炮”，正要插到该插的地方去。两块木牌都十分醒目，字迹又黑又大，由不得不让人相信它的作用。

一位四十多岁的客人在目睹了木牌上的内容之后，不无感慨地对王家峪说：

“连这都想到了，工作做得够细的。”

“还是不够细，还是有点儿粗。”王家峪谦逊地说道。

“已经够细的了，不能再细了。”那位客人说。

四十多岁的客人慢慢地踱到别处以后，王家峪想，真的就不能再细了吗？难道我们不应该更细一点儿？但仅仅过了几分钟以后，他又忽然如同从梦中醒来一样想道：

“要那么细干什么？好像不需要那么细。”

客人们有的停下来说话，有的仍像刚到来时一样鱼贯而行。

大约一个多小时以后，王家峪又看见了那个喜欢燃放爆竹的小男孩，小男孩已被爆竹炸伤了，一只眼睛上蒙着雪白的绷带，看上去异常醒目。他的母亲——一个怒气冲冲的女人，牵着他的手，站在门边，仿佛要随时走掉。眼前的景象让王家峪感到惊愕不安，不久以前小男孩对他说过的话他还记忆犹新。

“……麻烦你帮我放一个吧！”小男孩充满希望地看着他说。

“……麻烦你帮我放一个吧！”

客人越多，王家峪的父亲就显得越高兴；他不断地和人们——主要是一些女人们开着一个个自以为幽默的玩笑，他自己笑得尤其响亮而开心。

王家峪的表弟对他说：

“舅舅，该收敛的时候就收敛一点吧！不要把事情做绝了，做得没边了。你的行为已经让表哥感到无地自容了，连我也非常难堪。”

“你难堪什么？你这不是狗扯羊皮嘛！”王家峪的父亲说，

“别在我面前说这种丧气话，我不会上你的当。”

“他妈的！我已经忍无可忍了。”表弟想。

表弟听见一声惊天动地的闷响。有人压塌了一把椅子，沉重的身体像一只麻袋一样被摔在地上。在人们嗡嗡的叫声中，表弟感到自己的脸前弥漫着一种异常灼热的气息，挥之不去。

有人踩着梯子爬到房顶上面，站在烟囱附近燃放爆竹，以为爆竹的声音会随着人的身体的上升而水涨船高；事实上人们听到的是一种比在地面上更加遥远的响声，是一种逃跑了的响声。表弟不禁有些哑然失笑，不知这是谁出的主意，看来帮忙办事的人和来客之中不乏蠢材。但不久以后，他就又看到了让他更惊讶的一幕：王家峪的父亲嫌炮声不够响亮，遂命令那个站在烟囱附近的人离开烟囱，到高耸的屋脊上去燃放，响声不够，仿佛是烟囱在作祟。

表弟感到自己笑得直不起腰来。有人从旁边扶了他一下。

“这个死舅舅！”表弟看着屋顶上的情形，一边咳嗽一边想。“他是个什么东西，到处指手画脚，指鹿为马，到处都要插一手，好像是他自己在结婚。”

耸峭的屋脊使那个手持爆竹的人虽然高高在上，但几乎无法立足。他头重脚轻地在上面摇晃了一会儿，不久以后便像骑马一样骑在屋脊上，仿佛要乘着房子逃走。

“舅舅，你还不让他下来吗？”表弟对王家峪的父亲说，“你就不怕他踩坏你的房子？骑着你的房子跑掉？这年头可什么人都有。”

“谁说不怕？我正在这么想。”王家峪的父亲说，“可是当着这么多客人的面，我能骂他吗？好像不能骂。是的，一句也不能说。”

之后，王家峪的父亲冲着骑在屋脊上的那个人竖起大拇指，高声地说道：

“好！闹得好！再来一下。”

人们嗡嗡地沉浸在一种水蒙蒙的喜悦之中，很多人都在努力或不自觉地发出自己的声音。在黄白的光线里，人们相互湮灭。

又有人过来向王家峪询问新娘子什么时候出来？王家峪脸色阴沉地看了那个人一眼，似乎没有听见。

当王家峪突然意识到自己是一个无所事事的人时，他显得沮丧极了。但表弟却对他说：

“这个时候你不需要有什么事情。”

“这个时候，你和表嫂应该是神前的一对供品。”表弟接着又说。

十　四

午后过去不久，在距离傍晚还有一会儿的一段时间里，在末日般的晚霞和树木的清香里，王家峪听到人们对一件事情的议论已接近尾声。客人们是有礼貌的，懂得分寸的，每当涉及王家峪本人时，人们都很快地像山羊一样敏捷地跳开了。王家峪清晰而又遥远地感受到一种小心翼翼的走动和善意的回避。有的人酒后失言，仿佛完全是由于眩晕而导致的躲闪不及。

王家峪感到自己的头在夕阳下变得很大。

不久，一个人忽然慌慌张张地从外面跑进来，贴着王家峪的耳朵，用一种最低的声音告诉了他一件事情。

“她事先什么都知道。”王家峪惊恐地看着那个人，说道。

“知道又有什么用？就算曾经发过誓，那又怎么样？”那个人说，“人们经常发誓，但经常不算数。”

“我的表弟呢？你看见他了吗？”王家峪说。

那个人环顾左右，欲言又止。他又一次将自己的嘴贴到王家峪的耳边，发出一阵嘁嘁喳喳的梦呓般的声音。

有人端来两杯水，王家峪很快就端起来喝光了。过了一会儿，又有人端来两杯水，他又很快喝光了。

看着眼前的人们，王家峪仿佛又回到了多年以前的那个寂静的午后，——他听到了轻轻的剥豆子的声音。

他找出昨天晚上剩下的半盆糨糊，要将一个很大的木箱子粘到墙上去。他的行为很快使他的那间装饰一新，到处弥漫着婚礼意蕴的新房里挤满了人。很多客人都在摇头，脸上挂着怜悯或沉默。

王家峪的父亲从人们的中间挤出来，疲惫而焦躁不安地叫道：

“不要胡闹了，那怎么可能粘得住？”

“怎么不能？”王家峪回了一下头，向父亲投去异常冰冷的一瞥。这个人让他厌恶极了。

不需要任何人的帮忙，他亲自动手，很快就在雪白的墙上刷好了糨糊。随后，他又搬起那个很大的木箱子来到墙前。看着眼前那面湿漉漉的散发着面粉气息的墙，他的脸上露出了安详的笑容。他觉得一个长期困扰着他的噩梦就要在晨光熹微之时结束了。

原载于《山花》一九九九年第一期

编后记

除了另外三部长篇小说以及部分短篇小说由于版权等原因未能收入外，这次编辑出版的作品系列囊括了我目前面世的全部作品，共计有长篇小说六部、中篇小说四十四部、短篇小说三十七部。在各册的编排上，力求和谐。不过，因篇幅字数的差异，有时又确难做到内容与风格上的高度一致甚至相近，如此，同一册之中，有时会有完全不同面目的作品并存。阅读一本风格内容相近的书犹如在一个熟悉宁静的地方漫步，反之，则如同在同一座山上浏览四季；对于阅读者来说，很难说哪一种方式更好。也许，这中间并不存在可比性。此外，部分篇章中偶有另造之词句，我视之为自己之词句，更视之为一个写作者对于语言、对于表达所做之努力或曰贡献。我不喜并厌恶被无数人咀嚼过无数遍的词句及语言，故在与各册编辑商榷后，使它们得以保留。保留它们，也意味着保留了我之所思所想，更是一次与它们生离死别之苦痛的避免。

这套作品系列，贯穿了我迄今为止的写作生涯，从最早到最近。

感谢此系列最早的策划者续小强、孟绍勇二位青年才俊，感谢北岳文艺出版社，感谢北岳文艺出版社众位编辑朋友在此系列的编辑、校阅、出版过程中付出的大量艰辛的劳动和努力，她们认真、求真、严谨细致的工作作风和编辑精神给我留下了深刻难忘的印象，也使我深为感动。

吕 新

二〇一七年十月二十四日